Herbert Rosendorfer:
Vorstadt-Miniaturen
gefolgt von Der Basilisk

Deutscher
Taschenbuch
Verlag

Von Herbert Rosendorfer
sind im Deutschen Taschenbuch Verlag erschienen:
Das Zwergenschloß (10310)
Briefe in die chinesische Vergangenheit (10541; auch als
dtv großdruck 25044)
Stephanie und das vorige Leben (10895)
Königlich bayerisches Sportbrevier (10954)
Die Frau seines Lebens (10987; Auswahl auch als
dtv großdruck 25068)
Ball bei Thod (11077)
Vier Jahreszeiten im Yrwental (11145)
Eichkatzelried (11247)
Das Messingherz (11292)
Bayreuth für Anfänger (11386)
Der Ruinenbaumeister (11391)
Der Prinz von Homburg (11448)
Ballmanns Leiden (11486)
Die Nacht der Amazonen (11544)

Ungekürzte Ausgabe
Dezember 1984
4. Auflage Juni 1992
Deutscher Taschenbuch Verlag GmbH & Co. KG,
München
© 1982 Nymphenburger Verlagshandlung GmbH, München
ISBN 3-485-00420-0
Umschlaggestaltung: Celestino Piatti
Gesamtherstellung: C. H. Beck'sche Buchdruckerei,
Nördlingen
Printed in Germany · ISBN 3-423-10354-X

Inhalt

Das Buch

Geschäfte, Cafés, Amtsstuben und kleinbürgerliche Wohnzimmer bilden die Kulissen von Herbert Rosendorfers hintergründig-grotesken Alltagsszenen: Ein Junggeselle läßt sich zum Beispiel das fünfundvierzigste Stück Seife an der Wohnungstür aufschwatzen und erhält von der mitleidigen Vertreterin brauchbare Tips zum Abwimmeln ihrer Kollegen. Zwischen einer Kellnerin und einer älteren Dame findet ein köstlicher Wortwechsel über die Tischwahl statt. Ein Polizist versucht einen Verkehrsunfall zu Protokoll zu nehmen ... In der Tradition und nach dem Vorbild Karl Valentins gibt Herbert Rosendorfer siebzehn herrliche Dialoge wieder und beschließt den Band mit einer phantastischen Szenenfolge, in deren Mittelpunkt ein Untier namens Musil steht. »Equilibristische Spiele«, wie Otto F. Beer in der ›Süddeutschen Zeitung‹ schrieb, »in denen der Nonsens zum Tanzen gebracht wird.«

Der Autor

Herbert Rosendorfer, geboren am 19. Februar 1934 in Bozen, lebt seit 1939 in München, wo er zunächst an der Akademie der Bildenden Künste und später Jura studierte. Er war Gerichtsassessor in Bayreuth, dann Staatsanwalt und ist seit 1967 Richter in München. Einige Werke: ›Der Ruinenbaumeister‹ (1969), ›Deutsche Suite‹ (1972), ›Stephanie und das vorige Leben‹ (1977), ›Das Messingherz‹ (1979), ›Ballmanns Leiden‹ (1981), ›Briefe in die chinesische Vergangenheit‹ (1983), ›Vier Jahreszeiten im Yrwental‹ (1986), ›Die Nacht der Amazonen‹ (1989), ›Die Goldenen Heiligen‹ (1992).

An der Haustür

Personen: Hausherr, Vertreterin

Stiegenhaus eines abgewohnten Mietshauses. Mehrere Wohnungstüren. Die Vertreterin hat an einer geläutet, der Hausherr macht auf.

Vertreterin *schielt auf das Namensschild:* Herr Frantzspeck, ich habe eine gute Nachricht für Sie –

Hausherr: Auweh.

Vertreterin *stutzt:* Wieso – *fängt sich sogleich wieder* – Ich habe eine gute Nachricht für Sie –

Hausherr: Entschuldigen Sie bitte, wenn Sie den Herrn Frantzspeck sprechen wollen –

Vertreterin: Ja, oder die Dame des Hauses. Ich habe eine gute Nachricht –

Hausherr: Entschuldigen Sie – wen wollen Sie jetzt sprechen, den Herrn Frantzspeck oder die Dame des Hauses?

Vertreterin: In erster Linie die Dame des Hauses, denn ich habe eine interessante Überraschung für sie. Aber auch den Herrn des Hauses dürfte die Nachricht, die ich für ihn habe –

Hausherr: Nein, bitte, wir müssen vorher klären, wen Sie sprechen wollen –

Vertreterin *aus dem Konzept gebracht:* Sind Sie nicht Herr – *schielt auf das Schild* – Frantzspeck, der Herr des Hauses?

Hausherr: Nein.

Vertreterin: Aber hier steht doch Frantzspeck?

Hausherr: Ja, schon. Aber das heißt noch nicht, daß ich Frantzspeck heiße, beziehungsweise Herr Frantzspeck bin.

Vertreterin: Kann ich die Dame des Hauses sprechen?

Hausherr: Nein.

Vertreterin: Können Sie mir bitte sagen, wann die Dame des Hauses anwesend ist?

Hausherr: Nein.

Vertreterin: Dann möchte ich Herrn Frantzspeck sprechen.

Hausherr: Eine Dame des Hauses gibt es nicht.

Vertreterin: Ah – Herr Frantzspeck ist unverheiratet. Sind Sie der Butler?

Hausherr: Der wer bitte?

VERTRETERIN: Der Butler.

HAUSHERR: Nein, ich bin der Heinz.

VERTRETERIN: Ich habe eine interessante Überraschung für Sie –

HAUSHERR: Bitte, für wen?

VERTRETERIN: Für Sie!

HAUSHERR: Ach so. Ich habe schon gehofft, Sie wollten nur Herrn Frantzspeck sprechen. Herr Frantzspeck ist nämlich schon verheiratet, also, er war verheiratet, wie er hier ausgezogen ist. Das kann sich natürlich geändert haben.

VERTRETERIN: Herr Frantzspeck wohnt also nicht mehr hier?

HAUSHERR: Nein.

VERTRETERIN: Aber das Schild?

HAUSHERR: Sein Schild ist noch hier.

VERTRETERIN: Ach so. Macht nichts. Dann habe ich eine Überraschung für Sie –

HAUSHERR: Die Dame des Hauses, auch wenn sie nicht Frau Frantzspeck ist, wollen Sie nicht mehr sprechen?

VERTRETERIN: Ja, ich habe gedacht, die Dame ist nicht zu sprechen?

HAUSHERR: Stimmt. Die Dame ist nicht zu sprechen, weil es sie gar nicht gibt. Verstehen Sie?

VERTRETERIN: Nein.

HAUSHERR: Ich bin unverheiratet.

VERTRETERIN: Ach so. Dann habe ich eine gute Nachricht für Sie.

HAUSHERR: Das habe ich schon gefürchtet, wie ich Sie gesehen habe.

VERTRETERIN: Wieso gefürchtet? Eine gute Nachricht fürchten Sie?

HAUSHERR: Wenn etwas sowohl für Herrn Frantzspeck, als auch für Frau Frantzspeck, als auch für die Dame des Hauses hier, die es nicht gibt, als auch für mich eine gute Nachricht sein soll, dann ist so eine gute Nachricht eine eher fürchterliche Nachricht, denn eine gute Nachricht ist meistens nur für einen eine gute Nachricht.

VERTRETERIN: Aber ich –

HAUSHERR: Schon weil eine wirklich gute Nachricht für andere eine schlechte Nachricht sein muß.

VERTRETERIN: Ich habe hier –

HAUSHERR: Zum Beispiel: wenn Sie mir Geld bringen. Sagen wir: hundert Mark. Da muß ja von jemand anderem das Geld weggenommen worden sein. Oder nicht?

VERTRETERIN: Das verstehe ich nicht.

HAUSHERR: Ich weiß nicht, was da schwer zu verstehen sein soll. Wenn Sie, zum Beispiel, einem Herrn Müller sagen: Geben Sie mir hundert Mark, die möchte ich dem Herrn Dobruschek bringen –

VERTRETERIN: Sie sind Herr Dobruschek?

HAUSHERR: Ja – und Sie bringen mir die hundert Mark, so ist das für mich eine gute Nachricht, das heißt: genau genommen ist es eine gute Nachricht, wenn Sie mir vorher sagen: Schauen Sie, jetzt bringe ich Ihnen hundert Mark. Verstehen Sie? Und für den Müller ist es eine schlechte Nachricht, wenn Sie ihm sagen: Jetzt hat Ihre hundert Mark der Dobruschek. Jeder hat lieber, daß man ihm Geld gibt. Wenn einer behauptet, er hätte lieber, daß man ihm Geld wegnimmt, dann lügt er.

VERTRETERIN: Aber man kann doch auch Geld bekommen, ohne daß man es einem anderen wegnehmen muß?

HAUSHERR: Ja, wenn der andere es freiwillig hergibt, mehr oder minder freiwillig. Aber kriegen tut es jeder lieber als hergeben, wenn es noch so freiwillig ist.

VERTRETERIN: Nein, ich meine –

HAUSHERR: Ganz ohne es jemandem wegzunehmen?

VERTRETERIN: Das muß es doch auch geben.

HAUSHERR: Ja? Zum Beispiel?

VERTRETERIN: Mir fällt jetzt kein Beispiel ein.

HAUSHERR: Eben. Weil es keines gibt.

VERTRETERIN: Doch: von der Gelddruckerei, wo es gedruckt wird.

HAUSHERR: Haben Sie jemals von der Gelddruckerei Geld bekommen?

VERTRETERIN: Nein, ich nicht.

HAUSHERR: Kennen Sie vielleicht einen, der so Geld bekommen hätte?

VERTRETERIN: N – nein.

HAUSHERR: Eben. Nicht einmal Falschmünzer geben ihr Geld gern her. Nicht einmal die. Ich habe einen Falschmünzer gekannt, der hat sich sogar auf sein falsches Geld herausgeben lassen. Statt daß er sagt: Ist schon gut, behalten Sie den Hunderter, Herr Ober, ich mach' mir einen neuen. Beziehungsweise nicht sagt, darf er ja nicht, sondern denkt. Nein, sogar er läßt sich herausgeben. Gibt Ihnen das nicht zu denken?

VERTRETERIN: Jedenfalls, Herr Dobruschek, habe ich eine interessante Überraschung für Sie.

Hausherr seufzt.

VERTRETERIN: Hier. *Zeigt eine kleine Schachtel vor.*

HAUSHERR: Was ist das?

VERTRETERIN: Norma. Norma ist mehr als Seife.

HAUSHERR: So.

VERTRETERIN: Norma ist ein neuartiges Produkt, das auch Sie begeistern wird.

HAUSHERR: Wenn Sie wüßten, daß mich nichts mehr begeistern kann.

VERTRETERIN: Norma ist anders als alle anderen Seifen. Norma ist gar keine Seife. Norma ist mehr als eine Seife. Norma ist Norma.

HAUSHERR: Und wodurch unterscheidet sie sich von anderen Seifen?

VERTRETERIN: Norma ist durch und durch anders. Ein Versuch wird Sie überzeugen.

HAUSHERR: Muß man die nur hinlegen, und braucht man sich dann nicht mehr zu waschen?

VERTRETERIN: Das natürlich nicht –

HAUSHERR: Na ja. Dann ...

VERTRETERIN: Norma ist nur mit Norma vergleichbar.

HAUSHERR: Wird die größer, wenn man sich mit ihr wäscht?

VERTRETERIN: Nein –

HAUSHERR: Schauen Sie, das wäre neuartig gewesen, jawohl. Eine Seife, die größer wird statt kleiner, jedesmal, wenn man sich wäscht.

VERTRETERIN: Das gibt es doch gar nicht.

HAUSHERR: Das wäre aber wirklich neuartig gewesen.

VERTRETERIN: Sie werden von Norma begeistert sein.

HAUSHERR: Ich habe schon vierundvierzig Stück Seife, von denen ich begeistert sein soll.

VERTRETERIN: Wie das?

HAUSHERR: Ich komme mit dem Waschen nicht mehr nach. Ich wasche mich schon, daß es nur so schäumt. Ich wasche mich sozusagen verschwenderisch. Die einzelnen Seifen wurden zwar mit der Zeit kleiner, aber der Vorrat insgesamt wird immer größer. Ich kaufe eben alles.

VERTRETERIN: Sie kaufen alles?

HAUSHERR: Lügen Sie?

VERTRETERIN: Wer, ich?

HAUSHERR: Ja, lügen Sie?

VERTRETERIN: Natürlich nicht.

HAUSHERR: Eben. Also stimmt das, was Sie von Ihrer Norma erzählt haben?

VERTRETERIN: Selbstverständlich.

HAUSHERR: Und die anderen Vertreter, die kommen, die lügen auch nicht, sagen die. Ich kann doch nicht, ich meine: es wäre doch geradezu unmoralisch, von vornherein anzunehmen, daß jeder Mensch, der da an die Tür kommt, lügt? Daß ein Mensch, den ich nicht kenne, ein Mensch wie ich, daß der lügt? Eben. Und jeder sagt, ich soll seine Seife kaufen. Wenn er nicht lügt, muß ich doch seine Seife kaufen, oder?

VERTRETERIN: Um Gottes willen, kaufen Sie jedem eine Seife ab, der kommt?

HAUSHERR: Wenn es nur die Seife wäre! Was wissen Sie, was da alles kommt. Ich habe viermal den ›Spiegel‹ abonniert, zweimal ›Wild und Hund‹, ich habe den ›Ursberger Kalender‹, ich habe den ›Crumerans-Boten‹, ich habe den ›Liebfrauen-Boten‹, ich habe dreimal das ›Goldene Blatt‹, ich habe alle Illustrierten, ich habe vier Hausfrauenzeitschriften –

VERTRETERIN: Ja, das . . . das . . .

HAUSHERR: – ich habe hundert Bürsten, zum Teil von Blinden, zum Teil von anderen Schwerbeschädigten angefertigt, ich verfüge über eine Sammlung von etwa zweitausend Postkarten, zum Teil mit dem Mund, zum Teil mit den Füßen gemalt –

VERTRETERIN: Sie sind –

HAUSHERR: Ich bin Zeuge Jehovas, ich bin Mormone, ich bin Bibelforscher, ich bin Mitglied der SPD, ich bin auch Mitglied der CSU. Ich bin Mitglied des Tierschutzvereins. Ich habe ein Abonnement auf wöchentlich fünf Kilo frischen Waldhonig. Wollen Sie den Honig sehen? Ich könnte in Honig baden. Ich habe drei Lieferanten von Bauerneiern. Ich habe sechs verschiedene Bierlieferanten. Ich habe Säcke von Vogelfutter, obwohl ich keine Vögel habe.

VERTRETERIN: Das kostet doch ein Vermögen!

HAUSHERR: Wem sagen Sie das. Ich kann mir vor lauter Mitgliedsbeiträgen kaum noch das Nötigste leisten. Seit einem Jahr schon müßte ich dringend dieses Klingelschild, wo immer noch mein Vormieter Frantzspeck draufsteht, durch eins mit meinem Namen ersetzen lassen. Und ich wette, daß Ihre Norma das Geld, das ich dafür erspart habe, aufzehrt. Wenn doch einmal einer käme, der mit Klingelschildern handelt, auf denen »Dobruschek« steht.

Vertreterin steckt die Seife wieder ein.

HAUSHERR: Was machen Sie da?

VERTRETERIN: Ich gebe Ihnen einen Rat.

HAUSHERR: Tun Sie die Seife wieder weg?

VERTRETERIN: Im Vertrauen gesagt: das ist eine Seife wie jede andere.

HAUSHERR: Wie jede andere?

VERTRETERIN: Ja. Sie brauchen sie nicht.

HAUSHERR: Ich bin übrigens auch Mitglied von drei Schallplatten- und vierzehn Buchclubs. Ich komme gar nicht mehr zum Bestellen. Die Hauptvorschlagsbände füllen schon ganze Regale.

VERTRETERIN: Und ich gebe Ihnen einen Rat. Sie müssen Nein sagen lernen.

HAUSHERR: Wie oft mir der Rat schon gegeben worden ist. Und dann kommt einer und will Scheren schleifen – zum Glück habe ich genug Scheren aus Schwerbeschädigtenbetrieben. Durch das viele Schleifen nützen sie sich wenigstens ab.

VERTRETERIN: Zu mir kommen auch Vertreter.

HAUSHERR: Ja?

VERTRETERIN: Ich verrate meinen Trick nicht gern, mit dem man wenigstens die Zeitungsvertreter los wird, ohne Nein sagen zu müssen.

HAUSHERR: Bitte wie?

VERTRETERIN: Mit Argumenten.

HAUSHERR: Und?

VERTRETERIN: Mit einem Argument. Aber Sie sagen es nicht weiter? Sie sagen, wenn einer mit Zeitungen kommt: Bedaure, ich habe einen Zeitungskiosk.

Pause

HAUSHERR: Das ginge auch mit: Honighandlung.

VERTRETERIN: Mit Bierniederlage.

HAUSHERR: Mit Quäkern geht's nicht.

VERTRETERIN: Womit?

HAUSHERR: Mit Quäkern. Quäker bin ich noch nicht. Mormone und so weiter, bin ich alles. Quäker noch nicht.

VERTRETERIN: Ach so, Quäker meinen Sie. Quäker sind Sie noch nicht?

HAUSHERR: Nein, weil noch keiner da war.

VERTRETERIN: Sonst wären Sie es schon?

HAUSHERR: Ohne Zweifel.

VERTRETERIN: Wenn der Honig und die Zeitungen und so fort einmal weggefallen sind – ist es dann so schlimm, wenn Sie Quäker werden? Wenn Sie schon Mormone sind und Zeuge Jehovas?

HAUSHERR: Das ist wahr.

VERTRETERIN: Mehr als einmal können Sie ja nicht Quäker werden.

HAUSHERR: Da haben Sie recht.

VERTRETERIN: Dann werden Sie eben noch Quäker, und dann haben Sie Ihre Ruhe.

HAUSHERR: Ich war kaum je einem Menschen so dankbar wie Ihnen. Wissen Sie was? Geben Sie mir zwei Stück Norma.

Personen: A, B

Am Bahndamm einer Vorortstrecke. Schotter und Unkraut. A und B, beide von stark anarchistischem Aussehen, kommen an eine große, weiß getünchte Mauer. Nacht, spärliches Licht. B trägt einen Farbkübel, einen Pinsel und eine Leiter. A trägt nichts.

A: Wenn ein Zug kommt, müssen wir uns hier in den Graben werfen.

B: Kommen so spät noch Züge?

A: Das weiß ich nicht. Aber wenn ein Zug kommt, müssen wir uns in den Graben werfen.

B: Neben das Geleis?

A: Selbstverständlich, da ist es am sichersten.

B: Das ist mir sehr unangenehm.

A: Was heißt da unangenehm?

B: Am Bahnhof würde ich mich lieber neben das Geleis werfen.

A: Wir können doch nicht am Bahnhof die Aktion machen. Da kommt doch sofort ein Bulle.

B: Aber während des Aufenthalts an Bahnhöfen ist die Benützung der Toiletten verboten. Deswegen würde ich mich dort lieber neben das Geleis legen, wenn es schon sein muß.

A: Hier fährt nur die S-Bahn, die hat keine Toiletten.

B: Die S-Bahn hat keine Toiletten?

A: Ich will mit dir jetzt nicht diskutieren. Du sollst jetzt endlich anfangen.

B: Ja – ja. Ist schon gut.

B stellt seine Leiter hin und steigt mit Farbtopf und Pinsel hinauf.

B: Was soll ich jetzt schreiben?

A: Als ob wir das nicht hunderttausendmal besprochen hätten: »Fort mit der Isolationsfolter.«

B: »Fort mit der Isolationsfolter.« *Er taucht umständlich den Pinsel ein, hebt ihn – malt aber nicht.* Du: – äh – mit Ausrufezeichen?

A: Mit was? Ach so – wie du willst – nein, ja, selbstverständlich mit Ausrufezeichen. Das ist ja schließlich ein Aufruf. Mit zwei.

B: Mit zwei. Ist das jetzt ein Aufruf oder ein –

A: Jetzt quatsch nicht so endlos – mach endlich weiter!

B: Nur, weil du gesagt hast: ein Aufruf, und es ist doch ein Ausrufezeichen. Gibt es auch ein Aufrufezeichen . . .

A: Ich werde wahnsinnig.

B: Ist schon gut, ist schon gut. *Er taucht wieder den Pinsel ein.* Du, sag einmal – darf ich dich etwas fragen, ohne daß du gleich bös wirst?

A: Ja, was denn?

B: Was ist denn das, die Isolationsfolter?

A: Nein! Ich werde irre. Ich werde total irre. Ja, sag einmal, weißt du nicht –

B: Du hast versprochen, daß du nicht bös wirst.

A: Du weißt nicht, was die Isolationsfolter ist?

B: Nein.

A: Du hast dir also nie Gedanken darüber gemacht, was die Isolationsfolter darstellt?

B: Gedanken gemacht schon. Aber davon allein ist es mir nicht gekommen.

A: Die Isolationsfolter ist ein repressives Mittel des herrschenden Systems innerhalb scheinlegaler Gegebenheiten, politische Häftlinge im Sinn der Erhaltung bestehender Zustände massiv zu beeinflussen.

B: Ah, so. Ich habe geglaubt, es ist was elektrisches. *Er setzt wieder an zu malen.* Die Isolationsfolter ist also schlecht.

A: Ja, selbstverständlich.

B: Sag einmal: wenn wir das jetzt da hinpinseln: »Fort mit der Isolationsfolter!«, machen die das dann auch?

A: Wie? Das versteh' ich nicht!

B: Wir schreiben das da hin, richten die sich auch danach?

A: Wer?

B: Naja, die, die die Isolationsfolter – also die, die das machen, die Folter.

A: Natürlich richten die sich nicht danach.

B: Warum schreiben wir das dann dahin?

A: Wir müssen die Massen wachrütteln. Wir müssen in die Hirne der Massen hineinhämmern, daß die Isolationsfolter –

B: Dann ist aber eigentlich unser Text falsch: »Fort mit der Isolationsfolter!« Dann müßten wir schreiben: »Seid gegen die Isolationsfolter!«

A: Hm. – Das wirkt aber nicht gut. Das wirkt nicht plakativ.

B: Aber wir wollen doch nicht so wie die Werbefritzen irgendwas Plakatives, wir wollen doch die Wahrheit?

A: Du kannst einen ganz schön durcheinander bringen mit deinem blöden Gerede.

B: Soll ich also schreiben: »Seid gegen die Isolationsfolter!«?

A: Also, um ganz ehrlich zu sein: gut finde ich deinen Text nicht. Aber, meinetwegen –

B *zweifelnd:* »Seid gegen die Isolationsfolter!«

A: Du findest ihn auch nicht gut?

B: Was heißt das schon, letzten Endes. »Seid –«, das ist also Plural. Zwei sind ja auch schon Plural. Zwei genügen nicht. Alle müssen dagegen sein. »Seid alle gegen die Isolationsfolter!«

A: Das gefällt mir schon besser.

B: Obwohl. Wenn du genau denkst. Was heißt das: alle? Alle . . . Das ist zu allgemein. Wir müssen näher bei den Tatsachen bleiben, sonst ist das ja, wie . . . irgendwie religiös quasi. »Liebe deinen Nächsten«, und so. Das nimmt doch keiner ernst. Wir müssen schreiben: »Seid alle, die ihr das lest, gegen die Isolationsfolter!«

A: Wird das nicht ein bißchen lang, der Spruch?

B: Die Wahrheit kannst du nicht mit dem Metermaß messen.

A: Was du immer mit deiner Wahrheit hast.

B: »Eine Revolution, die sich von der Wahrheit entfernt, wird Reaktion.« Lenin.

A: Du kannst einen wirklich wahnsinnig machen.

B: Ich schreibe so: »Seid alle, die ihr das lest, gegen die Isolationsfolter!«

A: Ja, aber schreib's bald.

B *setzt zum Schreiben an:* Du –

A: Ja?

B: Ob die das aus Sparsamkeit machen?

A: Was?

B: Ich fahre ja nicht so oft mit der S-Bahn, aber ich stelle mir das scheußlich vor, wenn ich so da drin sitze, und müßte dringend.

A: Wie?

B: Ja, du sagst doch, daß sie in der S-Bahn keine Toiletten haben.

A: Weiß ich, vielleicht aus Sparsamkeit. Aber mach jetzt weiter.

B: Sollen wir nicht auch gleich dazuschreiben: »Und schafft in der S-Bahn Toiletten!«?

A: Das hat doch wirklich nichts miteinander zu tun.

B: Nicht direkt, aber – es würde vielleicht den Wünschen der Leute entgegenkommen, und dann wären sie auch aufgeschlossener –

A: Nein. Das schreibst du nicht.

B: Ich schreibe: »Seid alle, die ihr das lest ...« oder besser: »Seid alle, die ihr hier vorbeifahrt und das lest, gegen die Isolationsfolter. Dafür sind wir dafür, daß in der S-Bahn Toiletten –«

A: »Dafür sind wir dafür« ist sprachlich schlecht.

B: Dann formulieren wir es umgekehrt. »Dafür sind wir dagegen, daß in der S-Bahn immer noch keine Toiletten –«

A: Da haben die gar nichts davon, daß wir dagegen sind, daß es in der S-Bahn keine Toiletten gibt. Wenn wir uns dafür einsetzen –

B: Dann habe ich einen anderen Vorschlag. Ich schreibe: »Wir machen euch einen Vorschlag: wir, die wir das geschrieben haben, sind dagegen, daß es in der S-Bahn keine Toiletten gibt. Wir werden uns in Zukunft dafür einsetzen, daß in der S-Bahn Toiletten angeschafft werden. Dafür seid ihr, die ihr hier vorbeifahrt und das lest, im Ausgleich dafür gegen die Isolationsfolter.«

A: Das ist ja ein ganzer Roman.

B: Jetzt übertreib nicht. Das sind – *er rechnet nach* – vielleicht acht Zeilen. Acht Zeilen sind kein Roman, höchstens ein Gedicht.

A: Aber das ist zuviel. Das liest niemand.

B: Dann schreiben wir darüber: »Bitte lesen.«

A: Wenn du mich fragst: das Ganze überzeugt mich nicht.

B: Ich frag' dich aber nicht.

A: Das ist viel zu lang, das liest kein Mensch.

B: Aber es ist doch wichtig! Da kann es doch gar nicht lang genug sein. Man muß es den Leuten einhämmern, hast du selber gesagt. Ich habe da übrigens noch ein Gedicht –

A: Es ist zu lang, zu viel.

B: Wenn es so wichtig ist, wie du sagst, mit der Isolationsfolter, dann kann man doch von den Leuten verlangen, daß sie das lesen. Oder nicht?

A: Irgendwo ist da ein Bruch in der Logik bei dir. Ich weiß nur noch nicht, wo.

B: Lies einmal das Gedicht. *B gibt A ein paar zusammengeheftete Blätter.*

A *liest:* Sehr mäßig.

B: Aber wenn du die Gesinnung betrachtest, mußt du sagen: Hut ab.

A: Na ja. Von wem ist denn das Gedicht?

B: Von mir.

A: Vielleicht ist es auch gut. Ich versteh' nichts von Gedichten.

B: Ich möchte es gern noch dazuschreiben. Das da, die Stelle auf Seite 3, kann man gut und gern auf die Isolationsfolter beziehen.

A: Das sind ja vier Schreibmaschinenseiten?

B: Ein gutes Gedicht kann gar nicht lang genug sein.

A: Das geht nicht. Da mußt du ja – das wird ja zu klein, das geht ja nur hin, wenn du so klein schreibst.

B: Schreib' ich eben klein.

A: Das liest doch keiner.

B: Dieses Argument ist schon ein bißchen abgegriffen, hast du nicht auch das Gefühl?

A: Jetzt horch einmal zu. Setz dich her. Wir werden die Sache in Ruhe ausdiskutieren.

B: Das sagst du immer, wenn wir nicht machen, was du willst.

A: Das kann doch keiner lesen. So kleine Buchstaben. Jetzt denk doch einmal. Hier, so kleine Buchstaben! Und wie schnell fährt der Zug vorbei? Eine Sekunde vielleicht – so lang haben die im Zug Zeit, das zu lesen. Eine Sekunde! Jetzt sag einmal selber: traust du dir zu, dein Gedicht in einer Sekunde zu lesen? Dabei bist du ein Revolutionär, und die im Zug nicht.

B: Mhm. Da hast du möglicherweise recht.

A: Siehst du.

B: Dann muß ich das Ganze als Schriftband schreiben. Daß sie es im Vorüberfahren lesen können.

A: Aber da – das – das ist ja dann ein Kilometer?

B: Ja, und?

A: Also gut, aber dann fangen wir am besten da drüben an, damit wir die ganze Mauer ausnützen können.

B: Ja. Und wenn es nicht reicht, nehmen wir die zwei Barakken da hinten dazu, und eventuell schreibe ich dahinter: »Unterbrechung. Bitte weiterlesen nach dem Haltepunkt Fasanenpark.«

Ein Zug rast vorbei. A und B werfen sich in Deckung.

B: Scheiße.

A: Wieso? Sind doch Toiletten –

B: Nein. Ich meine: hast du nichts gemerkt?

A: Nein, was? Eine S-Bahn ist vorbeigefahren.

B: Ja. Von hier nach dort. *Zeigt von rechts nach links.* Und ich wollte das Schriftband von da nach dort schreiben. *Zeigt von links nach rechts.* Wenn eine S-Bahn aus dieser Richtung kommt, dann können die Leute das Schriftband nicht lesen.

A: Dann schreib es andersherum.

B: Dann können es die aus der andern Richtung nicht lesen.

A: Dann schreib oben in der einen Richtung, drunter in der andern.

B: Du wolltest doch große Buchstaben, über die ganze Mauer, wenn ich dich recht verstanden habe?

A: Dann gibt es nur eine Möglichkeit. Der Text muß von vorn und hinten lesbar sein.

B: »Isolationsfolter« kann man von hinten nicht lesen.

A: »Ein Neger mit Gazelle zagt im Regen nie.«

B: Ich versteh' dich nicht?

A: »Ein Neger mit Gazelle zagt im Regen nie.«! Das kann man von vorn und hinten lesen.

B: Ehrlich?

A: Gib dein Gedicht her. Hast du einen Bleistift?

A schreibt den Satz auf die Rückseite des Gedichtes. B liest und prüft.

B: Tatsächlich. *Er wendet sich seinem Farbtopf und dem Pinsel zu und beginnt zu schreiben.* »Ein Neger mit Gazelle zagt im Regen nie.«

In der Reinigung

Personen: Der Chef, die Angestellte, der Kunde

I
*Kleine Filiale einer chemischen Reinigung in der Vorstadt. Der
Chef sitzt an einem Schreibtisch. Der Kunde sitzt auf einem
Stuhl an der Seite des Schreibtisches. Die Angestellte sortiert
Kleidungsstücke etwas abseits. Ein großer Abreißkalender zeigt
das Datum: 14. Januar.*

CHEF: Einen Anzug?
KUNDE: Um ehrlich zu sein, es war nicht mein einziger Anzug,
    aber es war der einzige Anzug, der mir gepaßt hat.
CHEF: Dumme Geschichte.
KUNDE: Ich hoffe doch schon, daß er wieder auftaucht?
CHEF: Unbedingt, unbedingt. Das ist überhaupt keine Frage.
    Nur zu dumm, daß Sie Ihren einzigen wirklich passenden
    Anzug für ein paar Tage entbehren müssen.
KUNDE: Wenn ich ihn wiederbekomme, machen mir die paar
    Tage überhaupt nichts aus.
CHEF: Also – selbstverständlich taucht der wieder auf. Der muß
    wieder auftauchen. Das ist überhaupt noch nie vorgekom-
    men, daß etwas bei uns verschwunden wäre.
KUNDE: Es war mein einziger Anzug, der mir wirklich gepaßt
    hat. Ich habe nämlich eine Eickelhoffsche Hüfte.
CHEF: Das ist aber hochinteressant. Eine was?
KUNDE: Ja, das ist eine sehr seltene Krankheit. Eine Eickelhoff-
    sche Hüfte.
CHEF: Eickelhoffsche Hüfte?
KUNDE: Professor Eickelhoff, nach ihm ist die Hüfte benannt.
CHEF: Ihre?
KUNDE: Nein, jede Hüfte, respektive jede Eickelhoffsche Hüfte
    ist nach Professor Eickelhoff benannt. Er war quasi der Ent-
    decker.
CHEF: Ah, ich verstehe. Wie – wie zum Beispiel –
KUNDE: Basedow – Basedowsche Krankheit.
CHEF: Schlitzaugen, ich weiß.

KUNDE: Nein, Schlitzaugen, das ist wieder was anderes. Basedow – das ist eine Art Augen-Kropf.

CHEF: Oder wie – Sax – das Saxophon.

KUNDE: Richtig. Oder Columbus.

CHEF: Nein, was der entdeckt hat, heißt Amerika.

KUNDE: Natürlich, wo habe ich nur meinen Kopf. Aber: die Bering-Straße.

CHEF: Hat das einer entdeckt, der Bering heißt?

KUNDE: Aber ich bitte Sie, wissen Sie das nicht?

CHEF: Ja, doch – ich erinnere mich jetzt schon, dunkel.

KUNDE: Röntgen. Die Röntgenstrahlen.

CHEF: Und Reiß.

KUNDE: Was hat der entdeckt?

CHEF: Den Reißverschluß.

KUNDE: Ach –

CHEF: Und so hat also Eickelbaum –

KUNDE: Eickelhoff.

CHEF: . . . die Eickelhoffsche Hüfte . . . ist das schmerzhaft?

KUNDE: Schmerzhaft nicht, nur lästig. Mir paßt keine Hose. Nur eben die Hose von diesem Anzug . . .

CHEF: Zu dumm, daß das ausgerechnet . . .

KUNDE: Ich will nichts sagen, wenn er wieder zum Vorschein kommt.

CHEF: Das ist überhaupt keine Frage. Jetzt bitte hier – *er nimmt aus dem Schreibtisch ein Formular und gibt es dem Kunden* – wenn Sie das bitte ausfüllen würden.

Kunde beginnt auszufüllen.

CHEF: Mit Blockschrift, bitte. *Während der Kunde ausfüllt:* Es kann schon einmal vorkommen, daß ein Sack vertauscht wird. Ein Sack, der eigentlich für unsere Filiale in Obermenzing bestimmt ist, wird hierher dirigiert. Und unser Sack geht natürlich nach Obermenzing. In der Eile –

KUNDE: Was soll ich da hinschreiben?

CHEF: Wo?

KUNDE: Da. Ich verstehe das nicht: dtto mtls.

CHEF: Detto mütterlicherseits, also hier haben Sie Ihre Großeltern väterlicherseits –

KUNDE: Ah – und hier mütterlicherseits. – detto – mtls – ich verstehe – *füllt weiter aus.*

CHEF: In der Eile kann schon einmal so ein Sack verwechselt werden. Wir haben insgesamt sechs Filialen. In der Eile, und es eilt ja immer. Und, im Vertrauen gesagt, unsere Fahrer –

schüttelt den Kopf – es gibt Schlauere. Da kann hin und wieder schon so etwas vorkommen. – *Der Kunde hat mit dem Ausfüllen gestockt.* Haben Sie –? Darf ich –?

KUNDE: Der Mädchenname meiner Großmutter fällt mir nicht ein – ich glaube – Porst – nein, Pschorn – Pstorr –

CHEF: Hm. Jetzt, wissen Sie was, schreiben Sie einfach – schreiben Sie einfach Eickelbaum –

KUNDE: Eickelhoff.

CHEF: Oder Eickelhoff. Im Vertrauen gesagt: diese Angaben werden nicht nachgeprüft.

KUNDE: Warum Eickelhoff?

CHEF: Naja, irgendeinen Namen, damit die Spalte halt ausgefüllt ist.

KUNDE: Eickelhoff?

CHEF: Ja – weil Sie doch an der Eickelhoffschen Hüfte –

KUNDE: Das finde ich gar nicht witzig.

CHEF: Verzeihen Sie, verzeihen Sie. Ich wollte Ihnen nicht zu nahe treten.

KUNDE *schleudert dem Chef das Wort ins Gesicht wie eine Verwünschung:* Pförst.

CHEF *erschrocken:* Wie bitte?

KUNDE: Er ist mir eingefallen, der Mädchenname meiner Großmutter: Pförst.

CHEF: Wunderbar. *Schreibt:* Geborene Pförst. Und jetzt noch hier. Ihre Unterschrift. Danke. Und wenn Sie bitte – sagen wir – in drei Wochen wieder herschauen würden?

KUNDE: In drei Wochen?

CHEF: Ja – leider. Wissen Sie: wir haben sechs Filialen. Bis ich jetzt den Suchauftrag – möglicherweise ist der Rücklauf des Fehlsackes auch wiederum irrläufig –

KUNDE: Aber drei Wochen –

CHEF: Bitte – schauen Sie in vierzehn Tagen vorbei. Aber da kann ich es Ihnen noch nicht versprechen.

KUNDE: In drei Wochen sicher?

CHEF: Todsicher.

KUNDE: Also gut, dann komme ich in drei Wochen. Auf Wiedersehen.

CHEF: Auf Wiedersehen, Herr – *er schaut ins Formular* – Eisenschuh.

KUNDE: Auf Wiedersehen.

CHEF: Auf Wiedersehen.

ANGESTELLTE: Auf Wiedersehen.

KUNDE: Wiedersehen.

CHEF: Wiedersehen.

Der Kunde geht. Der Chef wirft das vom Kunden ausgefüllte Formular in den Papierkorb; er wirft es sachlich-nüchtern, nimmt sich nicht die Mühe, es zu zerknüllen.

Kurze Pause

ANGESTELLTE: Was ist denn mit dem Anzug?

CHEF: Wenn ich immer gleich schreien würde, wenn einer von Ihnen ...! Nicht wahr. Es kann jedem etwas passieren. Schließlich bin ich nicht da, um die Dreckarbeit zu machen. Aber weil immer pünktlich Feierabend gemacht werden muß. Ganz pünktlich. Brotzeit und Feierabend. Das wird pünktlich gemacht. Der Arbeitsbeginn –! ... ach was.

ANGESTELLTE: Ich habe ja gar nichts gesagt ...

CHEF: Was ist mit dem Anzug! Was ist mit dem Anzug! – Was wird schon sein.

ANGESTELLTE: Ist er weg?

CHEF: Nein.

ANGESTELLTE: Warum haben Sie ihn ihm dann nicht gegeben?

CHEF: Blöde Frage. Warum haben Sie ihn ihm dann nicht gegeben ...? Ich hätte ihn ihm schon gegeben. Aber –

ANGESTELLTE: Aber?

CHEF: Das kann jedem einmal passieren.

Kurze Pause

Chef zieht einen winzig kleinen Anzug aus der Schublade.

CHEF: Da. Legen Sie das hinten in den Schrank. Wenn einmal von einem Liliputaner ein Anzug verwechselt wird oder so.

ANGESTELLTE: Ist das der Anzug von dem Herrn?

CHEF: Ja, zum Teufel.

ANGESTELLTE: Der ist recht klein geworden.

CHEF: Ja, das seh' ich auch. Weil es ihm auch so wahnsinnig pressiert hat. – Erst in fünf Tagen? hat er geschrien. Blödmann.

ANGESTELLTE: Naja, wenn es der einzige ist, der ihm paßt.

CHEF: Dann habe ich gesagt: Übermorgen. Nicht, oder? Und habe selber – weil ja immer pünktlich Feierabend sein muß. Kann ich immer an alles denken? Buchhaltung, und Mehrwertsteuer und Dings und Bumms. Herrschaftszeiten. Ich habe eben übersehen, daß ins heiße Wasser auch das Pulver gehört. Habe ich eben übersehen.

ANGESTELLTE: Der paßt ihm nicht mehr.

CHEF: Dumme Kuh!

Die Angestellte trägt den Anzug weg und kommt wieder zurück.

ANGESTELLTE: Was machen wir jetzt?

CHEF: Ich hoffe, er vergißt es.

ANGESTELLTE: Und wenn er es nicht vergißt?

CHEF: Erfahrungsgemäß vergessen fünfzig Prozent der Kunden die Reklamationen; beziehungsweise sind zu faul oder schieben es hinaus, und so fort.

ANGESTELLTE: Naja.

II

Der Wandkalender zeigt: 4. Februar. Der Chef und die Angestellte. Der Kunde tritt ein.

CHEF: Bitte?

KUNDE: Ich komme wegen dem Anzug, der Anzug, der vor drei Wochen, wegen dem ich vor drei Wochen, Sie haben gesagt, daß ich das Formular, vor drei Wochen, und heute, also, wiederkommen soll –

CHEF: Sie kommen wegen einer Reklamation?

KUNDE: Ganz richtig. Mein Anzug, Sie erinnern sich, nicht wahr, nicht mein einziger Anzug, aber der einzige Anzug, der mir wirklich paßt.

CHEF: Ah, ja! Ich erinnere mich. Herr Eickelhoff, nicht wahr?

KUNDE: Eisenschuh. Ich leide an der Eickelhoffschen Hüfte, wenn Sie das meinen.

CHEF: Verzeihen Sie – Entschuldigung – Eisenschuh. Selbstverständlich.

KUNDE: Darf ich mich setzen?

CHEF: Was kann ich für Sie tun?

KUNDE: Ja, mein Anzug. Ich komme wegen meines Anzugs.

CHEF: Wegen Ihrem Anzug?

KUNDE: Ja! Sie haben doch gerade gesagt, Sie erinnern sich.

CHEF: Ich erinnere mich, selbstverständlich, aber was war mit Ihrem Anzug?

KUNDE: Mein Anzug ist doch damals verschwunden. Sie meinten, er sei wohl versehentlich in die falsche Filiale geschickt worden –

CHEF: Ah, das haben wir gleich. *Er nimmt ein Formular aus der Schublade.*

KUNDE: Darf ich mich kurz setzen?

CHEF: Bitte füllen Sie das Formular aus –

KUNDE: Ich habe das Formular schon ausgefüllt, schon vor drei Wochen.

CHEF: Dann müssen Sie Ihren Anzug längst haben!

KUNDE: Ich habe ihn aber nicht.

CHEF: Sind Sie ganz sicher?

KUNDE: Also ich werde doch wissen, ob ich meinen Anzug habe oder nicht, wo er zwar nicht mein einziger Anzug ist, aber der einzige, der wirklich paßt.

CHEF: Sie haben das Formular schon ausgefüllt?

KUNDE: Wenn ich es Ihnen sage. Vor drei Wochen.

CHEF *blättert in einer Mappe:* Vor – drei – Wochen – wie war Ihr Name?

KUNDE: Eisenschuh.

CHEF: Eisenschuh – *schaut alphabetisch nach* – E – E – Ei – Eisen – sen – sen – F – da ist schon F. Nein. Sie haben das Formular wirklich ausgefüllt?

KUNDE: Ja, doch. Vor drei Wochen.

CHEF: Merkwürdig. Dann müßte der Vorgang hier sein. Ist aber nicht.

KUNDE: Aber da – entschuldigen Sie, da kann ich doch nichts dafür?

CHEF: Sehr merkwürdig.

KUNDE: Darf ich mich setzen?

CHEF: Sollte das Formular irrtümlich nicht in Rücklauf gekommen sein? Oder sollte es, was Gott verhüten möge, einem anderen, fremden Vorgang beigegeben worden sein? Womöglich durch eine heraushängende Büroklammer – sehen Sie: so – da findet es kein Mensch mehr.

KUNDE: Aber das ist doch nicht meine Sache!

CHEF: Wie bitte?

KUNDE: Um es einmal ganz deutlich zu sagen: in Ihrem Unternehmen ist ein – haben Sie einen, also meinen Anzug, nicht meinen einzigen, aber das tut ja nichts zur Sache, ob er gepaßt hat oder nicht, haben Sie verschlampt, also, und vor drei Wochen haben Sie gesagt –

CHEF *steht auf:* Herr Eisenschuh, ich kann nur in aller Form bitten, mich zu entschuldigen. Würden Sie bitte Platz nehmen.

KUNDE: Danke. *Setzt sich.*

CHEF *setzt sich:* Es ist mir sehr peinlich. Daß ein Anzug verloren geht – das kommt hin und wieder vor. Aber daß dazu noch das Reklamationsformular verloren geht – das haben wir noch nie gehabt.

KUNDE: Das hilft mir auch nicht viel.

CHEF: Natürlich nicht. Aber: Ihr Anzug wird sich finden. Ich schwöre es Ihnen.

KUNDE: Hoffentlich.

CHEF: Es kann sich nur um eine Fehlleitung gehandelt haben. Bitte, hier, wenn ich Sie nochmals bitten darf, dieses Formular; in längstens drei Wochen – daß ich nicht zu viel verspreche, ich bin vorsichtig, in meinem Beruf wird man vorsichtig – in längstens vier Wochen ist der Anzug wieder da.

Der Kunde hat inzwischen das Formular ausgefüllt.

CHEF: Geht schon viel flüssiger, als das erste Mal. *Der Chef grinst über seinen Witz, sein Grinsen verschwindet, als er merkt, daß das der Kunde gar nicht witzig findet.*

KUNDE: In vier Wochen?

CHEF: Ich schwöre es Ihnen. Bei den Augen meiner Mutter!

KUNDE: Vier Wochen. Das ist der dritte März?

CHEF: Am dritten März werden Sie hier Ihren Anzug, tipptopp gereinigt, entgegennehmen können.

KUNDE: Also dann – auf Wiedersehen.

CHEF: Auf Wiedersehen.

ANGESTELLTE: Auf Wiedersehen.

KUNDE: Wiedersehen.

CHEF: Wiedersehen.

Der Kunde geht. Der Chef wirft das Formular in den Papierkorb.

CHEF: Blödmann.

ANGESTELLTE: Wieso? Eigentlich hat er recht.

CHEF: Ich habe Sie nicht um Ihre Meinung gefragt. Recht – recht – wegen so einem windigen Anzug.

ANGESTELLTE: Wenn es der einzige war, der ihm gepaßt hat, mit seiner Eickelhoffschen Hüfte.

CHEF: Ach was. Sowas ist doch alles nur Einbildung. Eickelhoffsche Hüfte. Alles nur Einbildung. Pure Einbildung.

ANGESTELLTE: Was machen Sie jetzt?

CHEF: Nichts.

ANGESTELLTE: Ich meine, wenn er wieder kommt?

CHEF: Von den fünfzig Prozent, die wiederkommen nach einer Reklamation, kommen höchstens wiederum fünfzig Prozent ein drittes Mal. Die ganz kleinlichen. Der kommt nicht wieder.

ANGESTELLTE: Nachdem er sich das Datum so genau gemerkt hat?

CHEF: Keine Spur. Der kommt nicht wieder.

ANGESTELLTE: Naja.

III

Der Wandkalender zeigt: 3. März. Der Kunde tritt ein. Der Chef springt auf.

CHEF: Herr Eickelhoff – pardon Herr –

KUNDE: Eisenschuh.

CHEF: Ich habe Sie schon erwartet. Ich freue mich, Sie wiederzusehen. Wie geht es Ihnen?

KUNDE: Danke. Ist mein Anzug da?

CHEF: Selbstverständlich. Fräulein Kaluscha, würden Sie bitte den Anzug holen?

ANGESTELLTE: Welchen Anzug?

CHEF: Die Reklamation. Herrschaftszeiten. Stellen Sie sich doch nicht so ungeschickt an. Von Herrn Eickel – Eisenschuh. Sie wissen doch!

Angestellte geht hinaus.

CHEF: Nehmen Sie bitte Platz, Herr Eisenschuh.

KUNDE: Danke, ich muß gleich wieder –

CHEF: Ja, ja. Das Personal! Wenn ich Ihnen sage. Es ist ein Kreuz. *Schreit.* Fräulein Kaluscha, zum Teufel, wird's jetzt bald?

ANGESTELLTE *kommt wieder herein:* Sie brauchen gar nicht zu schreien. Ich finde keinen Anzug. Also Anzüge schon – aber den nicht.

CHEF: Ich werde wahnsinnig. Ist der Anzug, die Reklamation Eisenschuh, nicht gekommen?

ANGESTELLTE: Gar nichts ist gekommen.

CHEF: Ich werde wahnsinnig. – Herr Eisenschuh –

KUNDE: Wenn ich nicht bis morgen meinen Anzug –

CHEF: Mein Herr, Sie brauchen nicht zu drohen!

KUNDE: Dann können Sie etwas erleben mit Ihrem Saftladen!

CHEF: Ich verstehe Ihre Erregung –

KUNDE: Ich bin nicht erregt, ich bin nahe daran, Ihnen den Kragen umzudrehen –

CHEF: Vorsicht! Denken Sie an Ihre Hüfte –

KUNDE: Morgen ist mein Anzug –

CHEF: Bitte, Herr Eisenschuh, lassen Sie mir eine Woche Zeit, mir ist die Sache genauso peinlich wie Ihnen –

KUNDE: Das kann schon sein, aber es war mein Anzug, nicht Ihrer.

CHEF: In einer Woche. Bitte. Und würden Sie dieses Formular –

KUNDE: Wenn Sie mir noch einmal mit Ihrem Formular – und ich sage Ihnen, wenn in einer Woche nicht – der einzige Anzug, der mir gepaßt hat – mit Ihrem Formular … dtto mtls …!

CHEF: In einer Woche –

KUNDE: So ein Saftladen.

CHEF: Sie können sicher sein …

KUNDE: Auf Wiedersehen. *Geht.*

ANGESTELLTE: Auf Wiedersehen.

CHEF: Alter Trottel.

ANGESTELLTE: Ich habe gleich gesagt, der kommt wieder.

CHEF: Offenbar gehört der zu den fünfundzwanzig Prozent. Ein hartnäckiger Bursche.

ANGESTELLTE: Vielleicht hängt das mit seiner Eickelhoffschen Hüfte zusammen. Vielleicht werden die Leute, die sowas haben, hartnäckig.

CHEF: Kann schon sein. Von den fünfundzwanzig Prozent kommen höchstens wieder nur die Hälfte, also ungefähr zehn Prozent der Gesamtreklamationen, viermal. Ich glaube, jetzt wirft er das Handtuch. Sonst kann er was erleben.

ANGESTELLTE: Naja.

IV

Der Wandkalender zeigt: 11. März. Der Kunde tritt ein. Der Chef springt auf.

CHEF: Herr Eisenschuh. Ich muß leider sofort weg, bin auf dem Sprung. Fräulein Kaluscha! *Zum Kunden:* Fräulein Kaluscha wird Sie bedienen.

KUNDE: Ist der –

CHEF: Alles in Ordnung. Auf Wiedersehen. Auf Wiedersehen.

ANGESTELLTE: Auf Wiedersehen.

Der Chef rennt hinaus. Pause. Die Angestellte arbeitet, ohne auf den Kunden zu achten, weiter.

KUNDE: Sind Sie Fräulein Kaluscha?

ANGESTELLTE: Ja.

KUNDE: Dann bitte –

ANGESTELLTE: Er ist nicht da.

KUNDE: Mein Anzug?

ANGESTELLTE: Nein. Das heißt ja.

KUNDE: Also ist er jetzt da oder nicht?

ANGESTELLTE: Ja. Beziehungsweise nein.

KUNDE: Also was? Ja oder nein?

ANGESTELLTE *spricht immer neben ihrer Arbeit:* Sie haben zwei Fragen gestellt, genau genommen: Ist der Anzug da? und: Ist der Anzug nicht da? Auf die eine Frage muß ich mit nein antworten, auf die andere mit ja.

KUNDE: Ich will mich nicht über Grammatik unterhalten oder wie man das nennt. Ich will wissen, ob mein Anzug da ist.

ANGESTELLTE: Er ist nicht da.

KUNDE: So!

ANGESTELLTE: Nein.

KUNDE: Er ist nicht da.

ANGESTELLTE: Nein.

KUNDE: Und?

ANGESTELLTE: Was und?

KUNDE: Ja, was ist jetzt –

ANGESTELLTE: Wenn Sie wollen, können Sie ein Formular ausfüllen, dann –

KUNDE: Sie – Sie – Sie – Sie – Sie hören von meinem Anwalt!

Kunde rennt hinaus. Der Chef kommt vorsichtig wieder zum Vorschein.

CHEF: Ist er weg?

ANGESTELLTE: Ja.

CHEF: Was hat er gesagt?

ANGESTELLTE: Sie hören von seinem Anwalt.

Der Chef setzt sich wieder an seinen Schreibtisch.

CHEF: Leere Drohungen. Von den zehn Prozent, die letzten Endes auf ihren Reklamationen beharren, gehen erfahrungsgemäß höchstens die Hälfte wirklich zum Anwalt.

ANGESTELLTE: Und was machen Sie dann?

CHEF: Das einfachste von der Welt. Zahlen, was er verlangt. Das sind insgesamt fünf Prozent. Ich habe es einmal durchgerechnet: wir kämen auf einen besseren Schnitt, wenn wir die Sachen überhaupt nicht reinigen würden und gleich wegschmeißen, das verlauste Zeug. Noch dazu würden wir das Waschpulver sparen.

ANGESTELLTE: Aber das geht doch nicht.

CHEF: Natürlich geht das nicht. Obwohl es geschäftlich günstiger wäre.

ANGESTELLTE: Der Herr Eickelhoff, selbst wenn Sie jetzt Schadensersatz zahlen und Anwaltskosten –

CHEF: Und Zinsen. Das ist auch noch drin.

ANGESTELLTE: Der kommt doch nie wieder. Der ist doch als Kunde verloren.

CHEF: Macht nichts. Da geht er eben zu einer anderen Reinigung. Irgendwo muß er ja sein Zeug reinigen lassen.

ANGESTELLTE: Das meine ich ja. Er geht zu einer anderen Reinigung.

CHEF: Es gibt 78 Reinigungsfirmen in der Stadt. Meinen Sie, eine davon macht es anders? Die Kunden gehen reihum. Und die 78 Firmen gehören sechs Unternehmen. Nach fünf verwechselten Anzügen ist er wieder bei uns!

ANGESTELLTE: Ach so.

CHEF: Freilich.

ANGESTELLTE: Ach so. Ja, dann.

Am Zoll

Personen: Der Fahrer, der Zollbeamte

Eine kleine Grenzstation im Gebirge. Winter, tiefe Nacht. Der Fahrer kommt mit dem Auto herangefahren. Auf dem Dach des Autos ist ein Dachträger, darauf ein großer, mit einer Plane zugebundener, unförmiger Gegenstand.

ZOLLBEAMTER: Guten Abend. Paßkontrolle.
Der Fahrer reicht seinen Paß, Lichtbildseite aufgeschlagen, durch das Fenster.
FAHRER: Eine unangenehm kühle Nacht, heute.
ZOLLBEAMTER: Wie bitte?
FAHRER: Kalt, habe ich gemeint, sehr kalt, heute.
ZOLLBEAMTER: Was wollen Sie damit sagen?
FAHRER: Nichts. Nur, daß es kalt ist, heute abend. Unangenehmer Dienst, stelle ich mir vor.
ZOLLBEAMTER *geht ums Auto herum:* Was ist denn das da oben?
FAHRER: Das da oben?
ZOLLBEAMTER: Natürlich das da oben.
FAHRER: Was ich da oben auf dem Wagen habe?
ZOLLBEAMTER: Natürlich.
FAHRER: Das sag' ich nicht gern.
ZOLLBEAMTER: Was soll das heißen?
FAHRER: Weil, nämlich, ich vermute, daß Sie es mir nicht glauben, respektive meinen, ich will Sie derblecken.
ZOLLBEAMTER: Also was ist das?
FAHRER: Soll ich es wirklich sagen?
ZOLLBEAMTER: Ja, Sie sollen es wirklich sagen, und zwar schnell.
FAHRER: Warum schnell?
ZOLLBEAMTER: Sagen Sie es mir jetzt oder nicht?
FAHRER: Schnell? Auf Ihre Verantwortung.
ZOLLBEAMTER: Herrschaftszeiten, mir reißt jetzt bald der Geduldsfaden!
FAHRER *sehr schnell, so schnell, daß man es nicht versteht:* Eine Sänfte.
ZOLLBEAMTER: Was?

FAHRER: Sie haben gesagt, ich soll's schnell sagen.

ZOLLBEAMTER: Herr!!

FAHRER: Also sag' ich's langsam. Aber auf Ihre Verantwortung: eine Sänfte.

Pause

ZOLLBEAMTER: Eine was?

FAHRER: Sehen Sie? Sie glauben mir nicht. Ich hätte es besser nicht sagen sollen.

ZOLLBEAMTER: Eine was, bitte?

FAHRER: Sänfte.

ZOLLBEAMTER: Mein Herr, Sie haben ... ich bitte also jetzt, keine Witze ... beziehungsweise solche zu unterlassen. Sie haben ein amtliches Organ vor sich.

FAHRER: Ich weiß. Es ist aber trotzdem eine Sänfte.

ZOLLBEAMTER: Eine Sänfte?

FAHRER: Ja.

ZOLLBEAMTER: Das muß ich überprüfen.

FAHRER: Soll das heißen –

ZOLLBEAMTER: Ja.

FAHRER: Sie ist aber schwer. Ich weiß nicht, ob ich die dann wieder hinaufbringe, allein.

ZOLLBEAMTER: Die Sänfte muß herunter.

Der Fahrer steigt aus. Er beginnt sehr umständlich die Halte-gurte aufzuschnallen. Der Zöllner schaut zunächst zu.

FAHRER: Herr ... Beamter, täten Sie bitte da drüben ha – a – a – *schreit, die Sänfte fällt fast, der Zöllner springt hinzu.* Vorsicht, nicht da, Sie zwicken sich.

ZOLLBEAMTER: Ich weiß, wo ich mich zwicke und wo ni – au – au – *hat sich gezwickt.*

Die Sänfte ist herunten. Der Zöllner bläst auf seinen gezwickten Finger.

FAHRER: Ich hab's Ihnen aber gesagt.

ZOLLBEAMTER: Sie mit Ihrer Scheißsänfte.

FAHRER: Darf ich mir jetzt bitte die Bemerkung erlauben, ohne daß Sie sofort gegen mich einschreiten, bitte, daß Sie jetzt bitte nicht besonders negativ, ... zollnegativisch gegen mich sind, weil Sie sich gezwickt haben, obwohl ich nichts dafür kann, weil ich es Ihnen gesagt habe, und Sie haben doch hingelangt ...

Zöllner bläst immer noch.

FAHRER: Wäre sehr unangenehm für mich, obwohl psychologisch verständlich, wenn Sie jetzt Ihre Wut abreagierten.

ZOLLBEAMTER *wütend:* Ich habe keine Wut.

FAHRER: Zollbeamte sind auch nur Menschen, wenn ich mir den Ausdruck erlauben darf.

Zöllner hat aufgehört zu blasen. Er geht um die Sänfte herum.

ZOLLBEAMTER *wieder ruhiger:* Sowas habe ich noch nie gesehen.

FAHRER: Sind auch selten geworden.

ZOLLBEAMTER: Im Fernsehen schon. Bei die ›Drei Musketiere‹.

FAHRER: Ja früher, da hat man oft Sänften gesehen. Es hat Zeiten gegeben, da hat man jeden Tag eine Sänfte gesehen, jede Stunde!

ZOLLBEAMTER: Früher.

FAHRER: Früher.

ZOLLBEAMTER: Vor dem Krieg, wahrscheinlich.

FAHRER: Welchen Krieg meinen Sie?

ZOLLBEAMTER: Den Krieg, den letzten.

FAHRER: Ach so. Nein, vor dem Sechsundsechziger Krieg.

ZOLLBEAMTER: War sechsundsechzig ein Krieg?

FAHRER: 1866.

ZOLLBEAMTER: Ach so. *Betrachtet die Sänfte.* Die müssen Sie verzollen.

FAHRER: Oje, oje.

ZOLLBEAMTER: Ja, da gibt's nichts. Die muß verzollt werden.

FAHRER: Und was kostet das?

Zöllner zieht ein Büchlein heraus und blättert, erst souverän, dann nervöser.

FAHRER: Was schaun S' denn jetzt nach?

ZOLLBEAMTER: Gehn S' weg hinter mir! Das ist ein dienstliches Buch.

FAHRER: Geht das nach dem Alphabet?

ZOLLBEAMTER: Nach was denn sonst. *Blättert immer noch.*

FAHRER: Wie schaun S' jetzt da nach? Unter S?

ZOLLBEAMTER: Gehn S' jetzt da weg hinter mir. – Sellerie, Selterswasser, Semmel, Senf, Sense . . .

FAHRER: Steht nicht drin.

ZOLLBEAMTER: Semmel, Senf . . . Senf wenn Sie hätten, das wäre einfach. Was über einen Kilo geht, elf Prozent.

FAHRER: Warum über ein Kilo?

ZOLLBEAMTER: Bis zu einem Kilo gilt Senf als Reiseproviant.

FAHRER: Jetzt hören S' auf. Ein Kilo Senf? Wissen Sie, wieviel ein Kilo Senf ist? Den möcht' ich sehen, der auf der Reise einen ganzen Kilo Senf ißt. Der kriegt ja Bauchweh. Der wird ja wahnsinnig. Ein Kilo Senf! Der muß ja ununterbrochen Senf essen. Das ist rein unmenschlich.

ZOLLBEAMTER: Bis ein Kilo Senf gilt als Reiseproviant, das ist eben so.

FAHRER: Also, selbst wenn ich aus, sagen wir, aus Indien komme. Und ich esse jeden Tag dreimal heiße Würstel, vorausgesetzt, man bekommt in der Wüste heiße Würstel, und ich streich' auf jedes Paar hundert Gramm Senf, dann ist das – *Der Fahrer rechnet lautlos.*

ZOLLBEAMTER: Sie brauchen gar nicht rechnen, denn Sie haben keinen Senf dabei, leider. Sonst wär's einfach.

FAHRER: Senf, sagen Sie?

ZOLLBEAMTER: Wieso, haben Sie Senf auch dabei?

FAHRER: Nein. Da haben Sie falsch nachgeschaut. Sä – ä – nfte. Mit ä, Sä – ä – nfte. Von sanft, weil man darin sanft –

ZOLLBEAMTER: Ach so. Da kann man lang suchen. *Schaut wieder im Büchlein nach.* Sand, Sandalen, Sanduhren, Saphire . . . Auch nicht.

FAHRER: Sanduhren. Immerhin. Sagen Sie, interessehalber. Was macht's bei einer Sanduhr? Ich hab' keine dabei, nur, das fängt mich jetzt zum Interessieren an.

ZOLLBEAMTER: Sanduhren. Elf Prozent.

FAHRER: Wenn die Sänfte nicht in Ihrem Bücherl steht –

ZOLLBEAMTER: Dann, meinen Sie, ist sie nicht zollpflichtig? Da haben Sie sich aber getäuscht. Hm. Früher, sagen Sie, hat es viele Sänften gegeben?

FAHRER: Ja, sehr viele.

ZOLLBEAMTER: Dann ist die Sänfte eine Antiquität. Haben wir gleich. *Schlägt im Büchel nach.* Antiquitäten, achtzehn Prozent.

FAHRER: Haha! Die Sänfte ist neu.

ZOLLBEAMTER: Wie?

FAHRER: Die Sänfte als Begriff, quasi, ist antiquarisch. Diese Sänfte ist neu, sogar, wenn Sie den Ausdruck erlauben, nagelneu. Ich habe sie mir machen lassen.

ZOLLBEAMTER: Eine neue Sänfte?

FAHRER: In Patsch bei Innsbruck. Da gibt es einen Schreiner, den kenn' ich, und der hat mir die Sänfte gemacht. Heute ist sie fertig geworden.

ZOLLBEAMTER: So, so. Sie haben sich also in Patsch bei Innsbruck eine Sänfte machen lassen.

FAHRER: Ja.

ZOLLBEAMTER: In Patsch bei Innsbruck.

FAHRER: Eben dort.

ZOLLBEAMTER: Und jetzt nehmen Sie sie mit in die Bundesrepublik Deutschland, über die Grenze.

FAHRER: Ja, denn es ist meine Sänfte.

ZOLLBEAMTER: Es geht mich ja nichts an. Aber hätten Sie nicht Ihre gottverfluchte Sänfte in Miesbach machen lassen können?

FAHRER: Wieso grad in Miesbach?

ZOLLBEAMTER: Oder nicht in Miesbach. Ist mir doch Wurst. In Traunwalchen oder Kaufbeuren oder irgendwo, wo Sie sie nicht über die Grenze hätten bringen müssen. Das hätte doch die Sache wesentlich vereinfacht.

FAHRER: Ich räume ein, daß das eine Möglichkeit gewesen wäre, bei näherem Nachdenken. Gewiß, das wäre eine Möglichkeit gewesen. Obwohl –

ZOLLBEAMTER: Oder haben Sie kein Vertrauen zu deutschen Schreinern?

FAHRER: Durchaus, nur – das sind alles Möglichkeiten. Die Wirklichkeit ist diese Sänfte.

ZOLLBEAMTER: Aus Patsch bei Innsbruck!

Die beiden betrachten die Sänfte.

ZOLLBEAMTER: Sie sind wohlweislich bei Nacht über die Grenze gefahren, beziehungsweise haben fahren wollen. Wo die Grenzstation nur mit einem Mann besetzt ist. Sehr schlau. Und bei schneidender Kälte, wo der eine, haben Sie gemeint, nicht aus seinem Häuschen herausgeht. Nur so durchwinkt –

FAHRER: Nein, bitte –

ZOLLBEAMTER: Aber da haben Sie sich verrechnet. Mit so einem Monstrum kommen Sie ohne Kontrolle über keine Grenze.

FAHRER: Nein, bitte, das ist nicht wahr.

ZOLLBEAMTER: Natürlich ist es wahr.

FAHRER: Ich konnte nicht früher kommen.

ZOLLBEAMTER: Wenn man will, kann man alles.

FAHRER: Ich hatte in Innsbruck zu tun.

ZOLLBEAMTER: Ja, ja. In Innsbruck zu tun. Ich möchte wissen, was man in Innsbruck zu tun haben kann.

FAHRER: Bei Innsbruck, genauer gesagt.

ZOLLBEAMTER: So, so, bei Innsbruck. In Patsch bei Innsbruck.

FAHRER: Nein, in Igls.

ZOLLBEAMTER: Igls? Igls gibt's gar nicht.

FAHRER: Soll ich Ihnen etwas erzählen?

ZOLLBEAMTER: Sie erzählen mir dauernd schon etwas.

FAHRER: Aber unter dem Siegel der Verschwiegenheit. Dann wissen Sie nämlich, warum ich so spät an die Grenze komme.

ZOLLBEAMTER: Irgendwie müssen wir das Ding verzollen.

FAHRER: Ich habe nämlich eine böse Frau.

ZOLLBEAMTER: So, so. Ich auch.

FAHRER: Und in Igls lebt eine gewisse Frau Kranebitter, die hat einen bösen Mann.

ZOLLBEAMTER: Was hat das damit zu tun?

FAHRER: Ich habe gedacht, Sie verstehen jetzt schon alles. Ich bin, wie man so sagt, mit Frau Kranebitter quasi befreundet, wenn Sie wissen, was ich meine.

ZOLLBEAMTER: So, so, befreundet.

FAHRER: Ja, leider nur zwei- bis dreimal im Jahr. Es ist sehr schwierig, weil meine Frau nicht nur böse, sondern auch eifersüchtig ist. Wenn Sie wüßten, was ich alles für Ausreden gebrauchen muß. Zum Beispiel die Sänfte.

ZOLLBEAMTER: Aha! Drum haben Sie also die Sänfte in Patsch bei Innsbruck machen lassen.

FAHRER: Genau, genau.

ZOLLBEAMTER: Sie benutzen die Gelegenheit der Anfertigung dieser Sänfte, um –

FAHRER: Ja.

ZOLLBEAMTER: Zum außerehelichen Geschlechtsverkehr.

FAHRER: Wenn man so eine böse Frau hat wie ich. Soll ich Ihnen was erzählen?

ZOLLBEAMTER: Nein, nein, danke.

FAHRER: Soll ich Ihnen erzählen, was meine Frau bei ihrem Friseur über mich –

ZOLLBEAMTER: Nein, das interessiert mich nicht. Behalten Sie es für sich.

FAHRER: Ah – Sie haben selber Erfahrung in dieser Hinsicht?

ZOLLBEAMTER: Das geht Sie gar nichts an.

FAHRER: Pardon, ich habe nur gemeint, weil Sie gesagt haben, Sie hätten auch eine böse Frau.

ZOLLBEAMTER: Das alles erklärt aber noch lange nicht, warum Sie bei Nacht und Nebel und bei so einer Hundskälte über die Grenze wollen.

FAHRER: Für die Kälte kann ich nichts. So spät ist es geworden – sehen Sie, der Mann der Frau Kranebitter, also der Herr

Kranebitter, ist auch nicht nur bös, sondern auch eifersüchtig. Außerdem hat er eine äußerst unangenehme Eigenschaft, eine störende Eigenschaft –

ZOLLBEAMTER: Fußschweiß?

FAHRER: Nein –

ZOLLBEAMTER: Jähzorn?

FAHRER: Nein –

ZOLLBEAMTER: Mundgeruch?

FAHRER: Nein –

ZOLLBEAMTER: Schizophren?

FAHRER: Nein –

ZOLLBEAMTER: Nationalsozialist?

FAHRER: Das war er, nein –

ZOLLBEAMTER: Scharfschütze?

FAHRER: Nein, er ist immer da. Fast immer. Fünfmal bin ich wegen der Sänfte zu meinem Tischler nach Patsch bei Innsbruck gefahren. Viermal war er da, der Herr Kranebitter. Zum Glück hat er Zeitung gelesen, seine Lieblingsbeschäftigung. Rosi konnte mir verstohlen durchs Fenster zuwinken. Das ist kein Leben. Verstehen Sie, was das heißt, man fährt durch Sturm und Regen, hundert Kilometer weit, nimmt Gefahren auf sich, bezahlt Benzin, hofft, bangt, bebt – und dann ist der Kranebitter doch da –

ZOLLBEAMTER: Und liest Zeitung.

FAHRER: Wenigstens das, sonst hätte mir Rosi nicht einmal zuwinken können.

ZOLLBEAMTER: Rosi ist, nehme ich an, Frau Kranebitter?

FAHRER: Sehr richtig.

ZOLLBEAMTER: Und heute –

FAHRER: Heute war er nicht da.

ZOLLBEAMTER: Sie werden hoffentlich nicht erwarten, daß ich Ihnen zu den Schweinereien, die Sie dann da getrieben haben, auch noch gratuliere.

FAHRER: Nein, aber Sie verstehen vielleicht, daß man doch dann die Zeit sozusagen ausnützt, daß es dann ein bißchen später wird, bis man an die Grenze kommt.

ZOLLBEAMTER: Und was sagen Sie Ihrer Frau?

FAHRER: Daß ich in Patsch bei Innsbruck war die Sänfte holen.

ZOLLBEAMTER: Nein, ich meine, daß es so spät ist?

FAHRER: Ach ja, das ist einfach: daß ich auf dem Zoll so lang aufgehalten worden bin.

Zollbeamter ist einen Moment verblüfft – ist das eine Frechheit von dem Fahrer oder nicht? Ist das ein Mißbrauch des Zolles?

ZOLLBEAMTER: Zum Teufel. Wenn Sie Senf hätten! Wenn Sie die ganze Sänfte voll Senf hätten – dann müßten Sie den Senf verzollen, und die Sache hätte sich. Die Sänfte würde ich als Verpackung durchgehen lassen. Warten Sie einmal hier. *Für sich.* Blöde Sänfte.

Der Zöllner geht telephonieren. Man sieht ihn hinter einer Scheibe oder als Schatten. Er wählt, wartet, es ist niemand da. Er zögert, schaut im Telephonbuch nach, wählt, hält inne – zögert, soll er anrufen? Soll er nicht? Er wählt doch, er läßt es lang läuten, dann spricht er in devoter Haltung, aber nicht lange, zuckt, wie aus dem Telephonhörer heraus vom Blitz getroffen, zusammen, hängt dann unter mehrfachen Verbeugungen ein. Er kommt verstört wieder heraus.

FAHRER: Haben Sie rückgefragt?

ZOLLBEAMTER: Das geht Sie nichts an.

FAHRER: Es ist schon recht spät für eine Rückfrage.

ZOLLBEAMTER: Das ist meine Sache.

FAHRER: Irgendwie scheint Ihnen das Telephongespräch nahegegangen zu sein.

ZOLLBEAMTER: Der Oberinspektor war gar nicht da.

FAHRER: Aber der Finanzrat war da?

ZOLLBEAMTER: Wenn man in irgendeine schwierige Situation gerät, als Beamter, dann lassen einen die hohen Herren allein. Sonst schaffen sie an: Tun Sie das! Haben Sie das getan? Warum tun Sie das nicht? Aber wenn einer mit einer Sänfte kommt, dann ist man auf sich allein gestellt. Natürlich ist es halb zwei in der Nacht. Ich habe ja auch nicht gern angerufen. »Sie Känguruh.«

FAHRER *kriegt einen Lachanfall:* Känguruh?

ZOLLBEAMTER: Was ist denn da komisch?

FAHRER: Rhinozeros, ja, oder Walroß, oder Büffel, oder Hornochse, aber: Sie Känguruh . . .

ZOLLBEAMTER: Man muß sich allerhand bieten lassen. Schwamm darüber.

FAHRER: Unter ›Tragstuhl‹ steht auch nichts in Ihrem Buch?

Zollbeamter schaut den Fahrer fragend an.

FAHRER: Eine andere Bezeichnung für Sänfte, nicht ganz, ein Tragstuhl wäre eher offen, eine offene Sänfte sozusagen, aber vielleicht –

ZOLLBEAMTER: Tragstuhl?

Fahrer nickt. Zollbeamter schaut kurz nach, schüttelt den Kopf.

ZOLLBEAMTER: Wissen Sie, »Känguruh«, das ist schon aller-hand. »Sie Känguruh.« Bloß weil er Finanzrat ist und um halb zwei schon geschlafen hat. Am liebsten würde ich ihm eins auswischen.

FAHRER: Dem schlafenden Känguruh.

ZOLLBEAMTER: Eins auswischen. Ich wüßte nämlich schon wie. *Er blättert in seinem Büchlein.* Man muß mit vergleichbaren Gegenständen arbeiten, wenn man was nicht findet. Neulich hat einer einen Elefanten dabei gehabt, also nicht einer vom Zirkus oder so, da wäre es artistisches Gerät und somit zoll-frei, nein, ein privater Mensch; einen Elefanten. Steht auch nicht drin. Sehen Sie: Eis, Eisen, Eiskaffee, Eismaschine, Elch, Elektromagneten – kein Elefant.

FAHRER: Elch schon.

ZOLLBEAMTER: Ja. Elch – aber ein Elefant ist natürlich kein Elch. Der Elch gehört zur Gattung der ... naja, mehr der Horntiere, während der Elefant ein ... eben ein Rüsseltier ist. Zur Gattung der Rüsseltiere gehört. Das habe ich viel elegan-ter gemacht: der Elefant ist auch ein Fortbewegungsmittel. Also habe ich ihn als Fahrrad behandelt.

FAHRER: Was kostet ein Fahrrad Zoll?

ZOLLBEAMTER *schaut nach:* Fünf Prozent.

FAHRER: Fünf Prozent von was?

ZOLLBEAMTER: Vom Wert.

FAHRER: Und wenn es nichts wert ist?

ZOLLBEAMTER: Nichts ist nichts wert.

FAHRER: Aber wenn es absolut nichts wert ist. Verrostet, hin, kaputt, Plunder.

ZOLLBEAMTER: Dann wird der Wert geschätzt.

FAHRER: Auf was würden Sie die Sänfte schätzen, wenn sie ein Fahrrad wäre?

ZOLLBEAMTER: Sie meinen – ich soll wie bei dem Elefanten ... keine schlechte Idee ... »Sie Känguruh«. Ich werd' dir schon geben, Känguruh. Als Fahrrad ... hm. Wie oft waren Sie bei der Frau Kranebitter?

FAHRER: Nur einmal!

ZOLLBEAMTER: Ach so, ja. Hm. Fünfhundert.

FAHRER: Und davon fünf Prozent?

ZOLLBEAMTER: Mhm.

FAHRER: Sind Fünfundzwanzig.

ZOLLBEAMTER: Naja.

FAHRER: Ehrlich gesagt, die Kosten für die Sänfte ... das Benzin ... die Pralinen für Frau Kranebitter – ich konnte ja auch nicht mit leeren Händen kommen – und dann noch 25 Mark. Ich verdiene mein Geld auch nicht im Schlaf.

ZOLLBEAMTER: Der Finanzrat weiß überhaupt nicht, was Nachtdienst ist. Der hat nie Nachtdienst.

FAHRER *voll Verständnis:* Aber einen Nachtdienstbeamten, der in Schwierigkeiten ist, ein Känguruh heißen!

ZOLLBEAMTER: Wenn Elch drinsteht ... *er blättert schnell im Büchlein.*

FAHRER: ... steht vielleicht Känguruh ...?

ZOLLBEAMTER: Nein. Leider.

FAHRER: Schade.

ZOLLBEAMTER: Ich könnte natürlich – die Sänfte als Känguruh behandeln, das wie ein Elch zu behandeln ist! *Er schlägt schnell nach* – Elch ... Elch ...

FAHRER: Was kostet ein Elch?

ZOLLBEAMTER: Lebendig: 13,5%, ausgestopft: pauschal zwischen 2 und 50 Mark, je nach Größe.

FAHRER *zeigt auf die Sänfte:* Als Elch wäre dieses Känguruh eher klein.

ZOLLBEAMTER: Richtig. Zwei Mark.

Der Fahrer zahlt. Der Zollbeamte gibt eine Quittung.

ZOLLBEAMTER *schreibt:* Kän – gu – ruh ... So. Das ist für Sie. Mit Geduld löst man jedes Problem.

FAHRER: Und den Quittungsdurchschlag reiben Sie morgen dem Finanzrat unter die Nase!

ZOLLBEAMTER *lacht:* Känguruh.

FAHRER: Känguruh!

Im Reformhaus

Personen: Der Verkäufer, die Kundin

Der Verkäufer schimpft, während die Kundin den Laden betritt, einem schon nicht mehr sichtbaren Kunden nach.

VERKÄUFER: Ja, langen S' nur alles an. Alles anlangen und nix kaufen. Bloß, weil Sie vielleicht meinen ... alles anlangen mit Ihrene Griffel. Woher soll ich denn wissen, wann Sie sich das letzte Mal die Händ' g'waschen haben? Ein so einer wie Sie, bloß, weil Sie vielleicht meinen, ein so einer wie Sie, der wo alles mit seine Griffel anlangt und dann nix kauft, der wäscht sich womöglich auch die Händ' nie. Von die Füß' gar nicht zu reden. Hammel g'stinkerter. *Er bemerkt die neue Kundin und fährt in ruhigerem Ton fort, während er Gemüsesteigen neu schichtet.* Weil's doch wahr is'. Sie wünschen, bitte? *Er gerät aber, ehe die Kundin den Mund aufmachen kann, wieder ins Schimpfen.* Die Äpfel da, die haben S' nicht ang'langt. Die haben S' vergessen zum Anlangen. Die wollen S' nicht vielleicht auch noch anlangen und nicht kaufen? Vielleicht wollen S' es mit Ihrene Füß' anlangen, weil die womöglich noch ung'waschener sind als wie Ihre Griffel ...?
KUNDIN: Der hört Sie doch schon längst nicht mehr.
VERKÄUFER *wieder in ruhigem Ton:* Weil's doch schon wahr auch ist. Bloß, weil er vielleicht meint ...
KUNDIN: Verzeihung bitte, haben Sie ...
VERKÄUFER: Ja, was bitte?
KUNDIN: Wissen Sie, ich weiß nämlich nicht, ob es das überhaupt gibt. Ich bin nämlich noch nicht lang ... verstehen Sie, ich bin eigentlich überhaupt noch nicht ... ich meine: ich fange erst an, vielmehr: ich möchte erst anfangen. Biologisch-dynamisch.
VERKÄUFER: Jeder hat irgendwann einmal angefangen.
KUNDIN: Meinen Sie?
VERKÄUFER: Selbstverständlich. Schauen Sie mich an. Ich habe erst im Alter von neunundzwanzig Jahren zur naturgemäßen Ernährung gefunden.
KUNDIN: Ach, da schau her. Sehen Sie, das beruhigt mich.
VERKÄUFER *verfällt noch einmal in den lauten Ton:* Und

dann kommt so ein Saubär und langt alles mit seine Griffel an, mit seine verlausten.

KUNDIN: Und vorher?

VERKÄUFER: Was vorher?

KUNDIN: Nein, ja, bevor Sie zur biologisch-dynamischen gefunden haben?

VERKÄUFER: Ach so. Davor. Ja, davor, da habe ich alles gegessen. Das heißt: alles essen tu' ich jetzt auch, nur eben biologisch-dynamisch.

KUNDIN: Mhm. Jeder, sagen Sie, hat einmal biologisch-dynamisch angefangen, irgendwann?

VERKÄUFER: Ja, jeder. Fast jeder. Selten, daß einer schon biologisch-dynamisch zur Welt kommt. Selten.

KUNDIN: Ich möchte – ich möchte heute biologisch-dynamisch anfangen. Das heißt: gestern abends, es war schon nach dem Abendessen, also leider eben noch kein biologisch-dynamisches Abendessen, mehr so ein Schweinernes. Sie verstehen, da habe ich eigentlich schon angefangen, respektive mein Schlüsselerlebnis gehabt. Ich lebe schon eigentlich seit gestern abends dynamisch-biologisch, bloß, daß ich nix 'gessen hab' seit gestern abends.

VERKÄUFER: Ja, das ist einfach. Wenn man überhaupt nix ißt, dann ist es natürlich einfach, biologisch-dynamisch zu leben. Frühstücken tun Sie nichts?

KUNDIN: An und für sich schon. Nur heute habe ich nicht gefrühstückt, weil ich nichts Biologisch-Dynamisches daheim gehabt habe, logisch. Weil ja schon alle Läden zugehabt haben, auch die biologisch-dynamischen, weil es ja schon fast Mitternacht war, wie ich das Schlüsselerlebnis gehabt habe.

VERKÄUFER: Ein Schlüsselerlebnis?

KUNDIN: Ja, gell, das interessiert Sie. Mir ist nämlich eine Vase hinuntergefallen, das heißt, nein, ich muß es anders erzählen. *Sie macht dem Verkäufer den Vorgang vor.* Also, das hier ist das Vertiko. Noch von meiner Mutter selig, sozusagen Biedermeier. Und auf dem Vertiko liegt eine Decke, so ein Deckchen, wissen Sie. Auch von meiner Mutter selig. Mit Spitzen, in der Mitte steht: 11. April 1904, gestickt, in Rot, verstehen Sie? und Rosen, auch gestickt. 11. April 1904, das war die Erstkommunion von meiner Mutter selig. Sehr hübsch also, wie eben so ein Erstkommunionkind stickt, gestickt hat, 1904. Und ich bleibe mit einem Knopf da, nein, ich stehe so da, verstehen Sie? mit dem Rücken zum Vertiko, und da drehe ich mich um.

VERKÄUFER: Warum haben Sie sich umgedreht?

KUNDIN: Warum? Warum habe ich mich jetzt umgedreht. Ja, komisch. Jetzt werden Sie lachen. Ich weiß tatsächlich nicht mehr, warum ich mich umgedreht habe.

VERKÄUFER: Komisch. Normalerweise weiß man doch, warum man sich umdreht.

KUNDIN: Ja. Normalerweise weiß ich immer, warum ich mich umdrehe. Aber in diesem Fall ... also, ich kann mich nicht mehr darauf besinnen. Komisch.

VERKÄUFER: Komisch. Naja, und was war dann –?

KUNDIN: Dann habe ich mich also umgedreht, und bleibe – glauben Sie, da weiß ich doch wirklich nicht mehr, warum ich mich umgedreht habe – naja, und bleibe mit dem Knopf von der Schürze in den Spitzen hängen, und ich ziehe quasi – verstehen Sie? – ziehe das Deckchen von meiner Mutter selig ... ich habe vergessen: auf dem Deckchen steht die Vase, natürlich.

VERKÄUFER: Und die Vase fällt herunter.

KUNDIN: Eben, das heißt: eben nicht. Beziehungsweise ich höre die Vase fallen und denke – das sind ja alles nur Bruchteile von Sekunden in so Katastrophenfällen, es soll ja auch in der Todessekunde, habe ich gehört, das Leben blitzschnell vor dem inneren Auge vorüberziehen, denke ich also blitzschnell, während ich die Vase fallen höre: jetzt bist du wahrscheinlich mit dem Knopf von der Schürze in dem Deckchen hängengeblieben, und die Vase fällt, um Gottes willen, was wird die Tante sagen, so eine alte Vase kann man womöglich mit Uhu gar nicht mehr kleben, außerdem sieht sie das, die Tante, wenn sie sonst auch nichts mehr sieht, habe ich mir alles blitzschnell gedacht, die ist beleidigt, daß es nur so raucht, habe ich mir gedacht – Sie kennen meine Tante nicht, sind Sie froh – wenn die Vase geklebt ist, und wenn sie am Ende nicht mehr geklebt werden kann, und sie ist weg, und sie fragt, die Tante, wo ist die Vase, und ich muß sagen, leider, die Vase ist hinuntergefallen, weil ich mit dem Knopf in dem Deckchen hängengeblieben bin und mich umgedreht habe ... nicht auszudenken, was da die Tante sagt! Sie kennen meine Tante nicht. Und ich habe noch im Fallen, das heißt im Fallen der Vase gedacht: heiliger Himmel, wenn ich die Vase erwische, und sie ist nicht hin, ernähre ich mich in Zukunft biologisch-dynamisch.

VERKÄUFER: Und?

KUNDIN: Ich habe sie noch im Fallen erwischt. So. Ich habe quasi nach hinten gelangt . . . und mich so halb gebückt, und – ich habe sie noch aufgefangen.

VERKÄUFER: Und nichts passiert?

KUNDIN: Nichts.

VERKÄUFER: Was es für Zufälle gibt, beziehungsweise, besser gesagt: Glücksfälle. Die schöne Vase.

KUNDIN: Nein, eine sehr scheußliche Vase.

VERKÄUFER: Ich habe gedacht, Sie waren froh, daß die Vase –

KUNDIN: Die Vase an sich ist scheußlich.

VERKÄUFER: Ach so.

KUNDIN: Nur wegen der Tante. Weil die Tante . . . weil es doch das Hochzeitsgeschenk der Tante für die Eltern war.

VERKÄUFER: Eine so scheußliche Vase zur Hochzeit, und dazu zur Hochzeit ihrer Eltern . . .

KUNDIN: Nicht ihrer Eltern; für meine Eltern.

VERKÄUFER: Für Ihre Eltern?

KUNDIN: Ja, im Vertrauen gesagt: meine Mutter selig hat immer gemeint, das war Absicht. Die häßliche Vase war Absicht. Weil nämlich die Tante, das ist nämlich die Schwester von meiner Mutter selig, und die hat ursprünglich gehofft, daß mein Vater, der da natürlich noch nicht mein Vater war, sondern ein sehr fescher Mensch, ein bissel klein, aber sehr fesch, ich könnte Ihnen die alten Photographien zeigen, daß der sie heiratet, die Tante, verstehen Sie? Er hat aber meine Mutter selig geheiratet, und da hat ihnen die Tante, hat meine Mutter selig immer gemeint, aus Rache die scheußliche Vase zur Hochzeit geschenkt.

VERKÄUFER: Sehr kleinlich.

KUNDIN: Äußerst kleinlich. Und immer hat sie gefragt, wenn sie auf Besuch gekommen ist, und sie ist oft auf Besuch gekommen: Wo ist denn meine Vase? Wo habt ihr denn meine Vase? Gefällt euch meine Vase nicht? Immer mußte die Vase auf einem Ehrenplatz stehen, sonst – habe die Ehre – mein Lieber! Naja – noch auf dem Totenbett hat meine Mutter selig gesagt: Fanny, hat sie gesagt, Fanny heiße ich, also Franziska eigentlich, abgekürzt: Fanny; Fanny, hat sie gesagt, paß nur ja gut auf die Vase von der Tante auf. Das waren ihre letzten Worte. Stellen Sie sich vor!

VERKÄUFER: Ja, dann.

KUNDIN: Dann können Sie schon begreifen, daß man da quasi

ein Gelübde ablegt. Und jetzt habe ich immer noch nicht gefrühstückt, weil ich ja nichts Biologisch-Dynamisches daheim hab'. Und da wollte ich Sie fragen: haben Sie – ich meine, weil ich mich ja noch nicht auskenne: gibt es biologisch-dynamische Schlagsahne?

VERKÄUFER: Biologisch-dynamische Schlagsahne?

KUNDIN: Ja.

VERKÄUFER: Ja, nein. Also: theoretisch schon. Sie müßten halt aus unserer biologisch-dynamischen Milch Sahne schlagen.

KUNDIN: Gott sei Dank. Ein Kaffee ohne Schlagsahne . . . Gott sei Dank, ich habe schon gefürchtet, es gibt keine biologisch-dynamische Schlagsahne.

VERKÄUFER: So gut sieht die Tante?

KUNDIN: Sie sieht fast überhaupt nichts mehr. Früher ist sie wenigstens noch in falsche Straßenbahnen eingestiegen, weil sie die Nummern verwechselt hat. Jetzt – mein Gott, ich könnte Ihnen ganze Romane erzählen – jetzt steigt sie in alles mögliche ein, was sie für eine Straßenbahn hält, so schlecht sieht sie.

VERKÄUFER: Aber die Vase –

KUNDIN: Jeden Sprung, jeden Kratzer – aus Bosheit, sage ich Ihnen.

VERKÄUFER: Ich kenne jemanden, der restauriert Antiquitäten. Es gibt heutzutage Klebstoffe –

KUNDIN: So einen Klebstoff, daß die Tante nicht sehen täte, daß die Vase geklebt ist, so einen Klebstoff gibt es auf der ganzen Welt nicht.

VERKÄUFER: Naja. Kann schon sein; aber Sie hätten ja zum Beispiel sagen können: Sie hätten die Vase verliehen.

KUNDIN: Also ich bitte Sie – eine Vase verleihen. Einen Regenschirm, ja, ein Fahrrad, vielleicht – aber warum soll man eine Vase verleihen, wo doch alle Menschen eher zu viel als zu wenig Vasen haben? Haben Sie schon einmal eine Vase verliehen? oder ausgeliehen?

VERKÄUFER: Sie hätten sagen können, zum Beispiel, daß Sie jemand kennen, der – sagen wir: ein Firmenjubiläum hat, das fünfundzwanzigjährige Firmenjubiläum. Und der hat soviel Blumen bekommen, daß seine Vasen nicht ausgereicht haben, und dann haben Sie ihm –

KUNDIN: Nie! Nie! Nie glaubt sie das. Außerdem würde sie ständig fragen, wann ich die Vase endlich wieder zurückverlange.

VERKÄUFER: Ja, ja. Gott sei Dank ist sie ja nicht hinuntergefallen.

KUNDIN: Gott sei Dank. Sonst wäre ich ja nicht hier.

VERKÄUFER: Sonst würden Sie nicht meine Kundin.

KUNDIN: Richtig.

VERKÄUFER: Eigentlich verdanke ich Ihnen – also Sie – also ich
Sie Ihrer Tante.

KUNDIN: Im Grunde genommen ja.

VERKÄUFER: Das nennt man Kausalität.

KUNDIN: Ja. Was es alles für Kausalitäten gibt.

VERKÄUFER: Was wollten Sie jetzt gleich wieder? Richtig Milch.
Selbstverständlich habe ich Milch da. Biologisch-dynamische
Milch.

KUNDIN: Kennen Sie die Kühe?

VERKÄUFER: Nein. Wieso? Ach so – das ist garantiert, das ist
quasi ein biologisch-dynamisches Landwirtschafts-Unter-
nehmen – da gibt's nichts, was nicht Natur ist.

KUNDIN: Ja, schon. Aber ich will das jetzt schon sehr ernst
nehmen. Die Milch wird nicht in Aluminium-Fässern transportiert? womöglich?

VERKÄUFER: Ja – das – nein, nein. Selbstverständlich nicht. Die
Milch wird in alte Holzfässer abgefüllt, in ganz alte Holzfässer.

KUNDIN: Dann bin ich schon beruhigt. Aber wissen Sie was,
geben Sie mir doch den Apfel da bitte. Mir fällt schon der
Magen durch, weil ich ja noch nichts gegessen habe.

*Der Verkäufer wiegt einen Apfel aus, packt ihn ein, die Kundin
packt ihn wieder aus und ißt ihn.*

KUNDIN: Und auch nicht mit der Melkmaschine?

VERKÄUFER: Was?

KUNDIN: Die Milch?

VERKÄUFER: Nein, nein, keinesfalls. Die Milch ist handge-
molken.

KUNDIN: Ja. Das erwartet man ja schließlich auch von biolo-
gisch-dynamischer Milch. Und wie ist es mit dem Füttern?

VERKÄUFER: Handgefüttert.

KUNDIN: Ja, schon, aber hoffentlich wird das Gras nicht mit
Metallheugabeln vorgeschüttet.

VERKÄUFER: Die Heugabeln dort sind aus Holz.

KUNDIN: Der Stiel ja. Aber auch die Zinken?

VERKÄUFER: Auch die Zinken. Das sind ganz alte, handge-
schnitzte Heugabeln. Da möchte sich manches Museum alle

zehn Finger abschlecken, wenn es solche Gabeln hätte. Die reinsten Kunstwerke.

KUNDIN: Hoffentlich nicht bemalt?

VERKÄUFER: Nein, nein – nur: nur im Stiel sind die Initialen eingebrannt. H. F. und die Jahreszahl, ich glaube 1776.

KUNDIN: Und was für Gras fressen die Kühe?

VERKÄUFER: Biologisch-dynamisches.

KUNDIN: Nur biologisch-dynamisches?

VERKÄUFER: Ausschließlich. Die haben extra Wiesen, die sind naturgedüngt.

KUNDIN: Aber wenn eine Kuh . . . wissen Sie, ich kenne das. Ich war oft mit der Kinderlandverschickung auf dem Land, ist natürlich schon länger her. Die Kühe können ungeheuer weit den Hals recken. Daß da nicht eine Kuh auf die andere Wiese, durch den Zaun, wo nicht biologisch-dynamisch gedüngt ist, zufällig –

VERKÄUFER: Ausgeschlossen. Dort ist weitum alles naturge-düngt. Und zur Sicherheit ist neben der Wiese immer noch ein Streifen, ein naturgedüngter Streifen, der ist breiter als der Hals der Kuh lang –

KUNDIN: Und mit was wird gedüngt?

VERKÄUFER *verlegen:* Ja – mit – mit Dünger.

KUNDIN: Naturdünger?

VERKÄUFER: Selbstverständlich.

KUNDIN: Und wer – ich meine – woher –

VERKÄUFER: Ach so – Sie meinen – ja, das sind – also jedenfalls biologisch-dynamisch ernährte Menschen.

KUNDIN: Woher weiß man das?

VERKÄUFER: Die sind vereidigt.

KUNDIN: Und das Klosettpapier?

VERKÄUFER: Die haben ein spezielles, aus rückstandlos verwe-sendem Material hergestelltes Klosettpapier.

KUNDIN: Biologisch-dynamisches?

VERKÄUFER: Ja.

KUNDIN: Ich trinke auch keinen Alkohol mehr.

VERKÄUFER: Das würde auch überhaupt nicht zur biologisch-dynamischen Ernährung passen.

KUNDIN: Mein Vater hat immer gesagt: Wer Vegetarier ist, der sinkt eines Tages auch noch zum Antialkoholiker herab. Stel-len Sie sich vor, hat mein Vater gesagt, vor uns Kindern!

VERKÄUFER: Unverantwortlich.

KUNDIN: Soll ich auch – ich meine, ich kenne mich ja noch

nicht aus – was raten Sie mir: soll ich auch Vegetarierin werden?

VERKÄUFER: Also, wenn Sie mich fragen: das empfiehlt sich unbedingt.

KUNDIN: Ja, das habe ich mir auch gedacht. Sind Sie Vegetarier?

VERKÄUFER: Ich? Ich bin schon lange Vegetarier. Ich bin ein rücksichtsloser Vegetarier. Ich bin ein Vegetarier, von dem sich andere Vegetarier eine Scheibe abschneiden könnten. Ich bin quasi ein Vegetarier strengster Observanz, ich gehöre sozusagen zu den unbeschuhten Vegetariern –

KUNDIN: Ach – dann gibt es also verschiedene Vegetarier?

VERKÄUFER: Verschieden ist gar kein Ausdruck. Das sind himmelhohe Unterschiede. Zum Beispiel: da gibt es welche, die essen Eier.

KUNDIN: Eier?

VERKÄUFER: Das lehne ich ab. Eier sind in gewissem Sinn Tiere. Die Vegetarier, die Eier essen, argumentieren: sie essen nur, was die Tiere freiwillig hergeben. Glauben Sie, daß die Hühner die Eier freiwillig hergeben? Wegnehmen tun sie sie ihnen. Von freiwillig kann überhaupt keine Rede sein.

KUNDIN: Mein Vater selig hat immer gesagt: er ist auch Vegetarier. Indirekter Vegetarier. Er ißt nur Fleisch von pflanzenfressenden Tieren. Rindviecher, Schweine, Karpfen, Hasen. Aber Löwen und Tiger, hat er immer gesagt, lehnt er ab.

VERKÄUFER: Also sowas habe ich noch nie gehört.

KUNDIN: Ja, er hat gesagt: eine Kuh, zum Beispiel, die wo das Rindfleisch abgibt, was er am liebsten gegessen hat, in Dillsauce mit Salzkartoffeln, die Kuh frißt Gras. Sie besteht also sozusagen aus Gras. Wenn er einen Tafelspitz ißt, hat mein Vater selig immer gesagt, ißt er Gras im übertragenen Sinn. Sogar in der Bibel steht das, hat er gesagt, mein Vater selig: »Denn alles Fleisch, es ist wie Gras«, Erster Petrusbrief, I, 24.

VERKÄUFER: Aber da könnte er auch – also ein Löwe, der frißt Antilopen. Die Antilopen fressen Gras –

KUNDIN: Nein, nein. Da war er streng. Löwen – nein.

VERKÄUFER: Hecht?

KUNDIN: Hecht?

VERKÄUFER: Hecht ist ein Raubtier. Hecht frißt nur andere Fische.

KUNDIN: Wirklich. Ja, mein Gott. Das hat mein Vater selig sicher nicht gewußt. Obwohl, im Vertrauen gesagt, auch wenn er's gewußt hätte – ich fürchte, da hätte er eine Ausnahme gemacht, weil ihm die Hecht' gar so g'schmeckt haben, in Wurzelsud. Mit Selleriesalat.

VERKÄUFER: Dann haben ihm Löwen wahrscheinlich nur nicht geschmeckt.

KUNDIN: Ich glaube, er hat's nie probiert.

VERKÄUFER: Es gibt natürlich Vegetarier, denen schmeckt Fleisch nicht. Die haben's einfach. Die tun sich sehr leicht. Ich sage immer: die sind gar keine echten Vegetarier. Wenn mir Leinsamen und Löwenzahn schmeckt – dann ist das doch keine Kunst, oder?

KUNDIN: Ihnen schmeckt's nicht?

VERKÄUFER: Ich gehöre zu den strengsten Vegetariern. Ich ess' nur, was mir nicht schmeckt.

KUNDIN: Mei, soweit möcht' ich's auch einmal bringen.

VERKÄUFER: Jeder kann es soweit bringen, wenn er nur will.

KUNDIN: Jetzt, sagen Sie, da habe ich eine Frage: die Pflanzen, die Sie essen, tun Ihnen eigentlich nicht leid?

VERKÄUFER: Nein, wieso?

KUNDIN: Ich meine halt nur, eine Pflanze kann sich überhaupt nicht wehren. Eine Kuh kann theoretisch davonlaufen –

VERKÄUFER: Die fangen sie immer wieder ein.

KUNDIN: Schon, aber probieren kann sie's, wenigstens. Ein Kohlrabi nicht.

VERKÄUFER: Aber irgend etwas muß ich doch essen?

KUNDIN: Ich meine nur: auch die Pflanze hat ein Recht auf Leben.

VERKÄUFER: Das ist mir ganz neu.

KUNDIN: Sehn S', da bin ich direkt froh, daß ich Ihnen auch was Neues sagen kann.

VERKÄUFER: Die Pflanze hat auch –

KUNDIN: Ob Sie in eine Kuh beißen, also im übertragenen Sinn, oder in einen Erdäpfel –

VERKÄUFER: Was soll ich denn dann essen?

KUNDIN: Ich stelle mir vor, ein ganz strenger Vegetarier, der ißt –

VERKÄUFER: Fliegen?

KUNDIN: Aber nur solche, die nicht mit Gift gespritzt worden sind.

VERKÄUFER: Fliegen sind auch Tiere.

KUNDIN: Fliegen sind Ungeziefer.

VERKÄUFER: Ungeziefer sind auch Tiere.

KUNDIN: Pappendeckel könnten S' essen. Weichen Pappendeckel, mit Salz. Salz ist weder Tier noch Pflanze.

VERKÄUFER: Und woraus wird Pappendeckel gemacht? Aus
Holz. Holz ist Pflanze.

KUNDIN: Es gibt auch holzfreien Pappendeckel. Das ist sogar
der bessere.

VERKÄUFER: Ich – das – das – Sie haben mich jetzt –

KUNDIN: Ja, das Leben ist schwer, wenn man darüber nachzudenken anfängt. Was macht jetzt die biologisch-dynamische
Milch?

VERKÄUFER: Eins-vierzig.

KUNDIN: Und der Apfel?

VERKÄUFER: Richtig, den hätt' ich jetzt fast vergessen.

Die Kundin zahlt, der Verkäufer gibt heraus.

KUNDIN: Ja, danke.

VERKÄUFER: Danke auch.

KUNDIN: Viel G'schäft haben S' heut' noch nicht gemacht?

VERKÄUFER: Nein.

KUNDIN: Ich meine nur, weil die ganze Zeit niemand gekommen ist, sonst.

VERKÄUFER: Oft kommt den ganzen Tag niemand.

KUNDIN: Ja, mein Gott, den ganzen Tag niemand?

VERKÄUFER: Die Lage ist schlecht.

KUNDIN: Heutzutag' ist die Lage überall schlecht.

VERKÄUFER: Vielleicht kommt das davon, weil der Mensch
schlecht ist.

KUNDIN: Mein Vater selig hat immer gesagt: das eigentliche
Vieh ist der Mensch.

VERKÄUFER: In dem Fall scheint Ihr Vater selig recht gehabt zu
haben. Obwohl ich ihm in seinen sonstigen Ansichten nicht
folgen kann.

KUNDIN: Das eigentliche Vieh ist der Mensch.

VERKÄUFER: Beehren S' mich bald wieder.

*Die Kundin geht. Der Verkäufer schaut ihr betreten nach, dann
nimmt er ein Kartonschälchen, in dem sonst Erdbeeren oder
dergleichen verkauft werden, schaut es lange an, salzt es und
beißt hinein.*

Der junge Storch

Personen: Der Mann, die Frau

Kleinbürgerliches Wohnzimmer. Mann und Frau sitzen vor dem Fernsehapparat. Der Zuschauer sieht nur das Flimmern, nicht das Programm, der Ton ist abgedreht.

FRAU: Mach's lauter.
MANN: Warum?
FRAU: Daß man's hört.
MANN: Is' ja eh' ein Schmarrn.
FRAU: Dann kannst d' es doch gleich ausmachen.
MANN: Vielleicht kommt was Interessantes.
FRAU: Ach woher. Schau doch hin.
MANN: Das tu' ich ja die ganze Zeit.
FRAU: Heut' ist wieder überhaupt nichts.
MANN: Überhaupt nichts stimmt nicht. Nur nichts G'scheites. Überhaupt nichts ist nie, fast nie.
FRAU: Außer spät in der Nacht. Spät in der Nacht ist überhaupt nichts.
MANN: Obwohl der eine oder der andere auch spät in der Nacht gern fernsehen täte –
FRAU: Du, Papa –
MANN: – aber selbst wenn sie spät in der Nacht was senden täten, wäre es nichts G'scheites.
FRAU: Ah – schau her – ein Hunderl.
MANN: Schmarrn.
FRAU: Doch – da schau her, ein Hunderl. Dreh's lauter, daß man's hört.
MANN: Ein Hund im Fernsehen ist ein Blödsinn, weil man nämlich kein Fernsehen braucht, wenn man einen Hund sehen will.
FRAU: Ah – wie er lieb schaut.
MANN: Da brauch' ich bloß auf d' Straß' gehn. Da seh' ich mir Hund' genug. Mehr als genug. Viel mehr als genug.
FRAU: Ja. Weil du keine Hund' nicht magst.
MANN: Mag ich auch nicht. Und deswegen brauchen s' wegen mir im Fernsehen keinen zeigen.
FRAU: Aber andere Leut' mögen Hund'.

MANN: Leider. Viel zu viele.

FRAU: Und die wollen im Fernsehen einen Hund sehen. Ah – schau – jetzt – jetzt –

MANN: Jetzt hat er die Frau 'bissen.

FRAU: Gar nicht wahr. Der hat nur gespielt.

MANN: Bissen hat er s'. Die Bestie.

FRAU: So ein kleiner Hund. Das ist doch keine Bestie.

MANN: Bissen hat er s'. Wenn wir den Ton lauter gedreht hätten, hätten wir s' schreien g'hört.

FRAU: Dann dreh'n doch lauter.

MANN: Ich brauch' doch kein' Fernseher, damit ich ein Weib schreien hör'.

FRAU: Was soll das jetzt wieder heißen?

MANN: Nix.

FRAU: Soll das heißen, daß ich immer gleich schrei'?

MANN: Von dir hab' ich gar nix g'sagt.

FRAU: Aber ich –

MANN: Da schau hin, dein Hund. Jetzt hupft er ins Wasser.

FRAU: O mei – ja – da is' ja – um Gottes willen –

MANN: Hoffentlich dersauft die Bestie.

FRAU: Wie kannst du nur so herzlos reden.

MANN: Ein Hund weniger.

FRAU: Ich mag die Hund'.

MANN: Nur ein toter Hund ist ein guter Hund.

FRAU: Das Hunderl da – Gott sei Dank – jetzt krabbelt er wieder raus . . .

MANN: Schade.

FRAU: In der letzten Folge hat das Hunderl einem Kind das Leben gerettet.

MANN: Ja, und?

FRAU: Ja, was und?

MANN: Woher weißt du, daß dieses Kind nicht – zum Beispiel ein Schwerverbrecher wird? ein Massenmörder? zum Beispiel?

FRAU: So ein Schmarrn.

MANN: Wieso Schmarrn? Auch Massenmörder waren einmal Kinder. Sogar der Hitler war einmal ein Kind. Und so ein blöder Hund rettet –

FRAU: Jedes Kind muß doch nicht ein Massenmörder werden –

MANN: Kann – muß nicht, aber kann.

FRAU: Mit dir kann man nicht reden.

MANN: Du red'st aber die ganze Zeit.

FRAU: So. Dann bin ich eben still.

Pause

FRAU: Da – da – ein Kamel. Das ist doch was Interessant's.

MANN: Was ist denn an einem Kamel Interessant's?

FRAU: Da kannst nicht sagen, daß d' nur auf d' Straß' gehn brauchst, daß d' ein Kamel siehst.

MANN: Da brauch' ich bloß in' Tierpark gehen.

FRAU: Du bist noch nie in' Tierpark 'gangen. – »Das Schiff der Wüste« – ah – majestätisch.

MANN: Majestätisch find' ich's überhaupt nicht.

FRAU: Mach's doch lauter, ich möcht' das Kamel bellen hören.

MANN: Was?

FRAU: Ja, ich weiß ja nicht –

MANN: Ein Kamel bellt nicht.

FRAU: Was macht's dann? Krähen vielleicht?

MANN: Schmarrn.

FRAU: Jetzt mach' ihn lauter.

MANN: Ein Kamel – ein Kamel wiehert.

FRAU: Wiehern! Jetzt spinn mich nicht an.

MANN: Jawohl. Wiehert.

FRAU: Ein Kamel ist doch kein Pferd.

MANN: Aber ähnlich. Verwandt, gewissermaßen.

FRAU: Du bist auch mit dem Kamel verwandt.

MANN: Nein. Verheiratet.

FRAU: Ordinärer Mensch.

MANN: Wennst jetzt –

FRAU: Schau! Schau – ein Kakadu!

MANN: Ist der greißlich.

FRAU: Der ist nicht greißlich. Das ist ein schönes Tier.

MANN: Schöne Tiere gibt's überhaupt nicht.

FRAU: Nur weil du kein Tierfreund bist.

MANN: Ich bin schon ein Tierfreund. Ich muß doch nicht jeden Freund schön finden, oder? Ist der Grichtmeier vielleicht schön?

FRAU: Na, g'wiß net.

MANN: Eben. Und doch bin ich sein Freund.

FRAU: Das wär' auch besser, wenn du nicht sein Freund wärst. Da, schau – ein Krokodil.

MANN: Mich interessieren keine Krokodile.

FRAU: Was interessiert dich denn überhaupt?

MANN: Sehr viel. Aber nicht Krokodile.

FRAU: Dich interessiert nicht einmal Fußball.

MANN: Nein. Weder Krokodile noch Fußball.

FRAU: Weil du nämlich einen engen Horizont hast.

MANN: Bloß weil ich im Fernsehen kein Krokodil sehen will –

FRAU: Da! – ein Affe.

MANN: Pfui Teifel.

FRAU: Dann schau doch nicht hin.

MANN: Skispringen interessiert mich.

FRAU: Ja, aber nur, weil's dabei so oft hinfallen.

MANN: Richtig. Es ist auch was sehr Schönes, wenn s' es so 'neistaubt.

FRAU: Du, Papa –

MANN: Ja?

FRAU: Weißt du, was dem jungen Storch passiert ist?

MANN: Welchem jungen Storch?

FRAU: Ja – dem jungen Storch. Dem Sohn vom alten Storch.

MANN: Ich kenn' den alten Storch nicht.

FRAU: Nein, ja – den Storch, den Cousin von der Frau Deiermann.

MANN: Ich kenn' keine Frau Deiermann.

FRAU: Freilich kennst d' es. Also – die Frau Deiermann, die Milchfrau.

MANN: Ich hab' nicht g'wußt, daß die Milchfrau Frau Deiermann heißt, und außerdem ist es mir Wurst.

FRAU: Der junge Storch –

MANN: Ich kenn' auch die Milchfrau nicht.

FRAU: Ja, ja. Aber den Bierfahrer kennst.

MANN: Aber ich weiß nicht, wie er heißt. Und noch viel weniger weiß ich, wie der Cousin vom Bierfahrer heißt.

FRAU: Der junge Storch – er lernt Schlosser –

MANN: Kennst du den jungen Storch?

FRAU: Nein, aber die Frau Deiermann hat's mir erzählt. Stell dir vor. Der verspürt plötzlich in der Nacht solche Schmerzen.

MANN: Ja. Meinetwegen.

FRAU: Nein, jetzt horch zu.

MANN: Ungern. Weil es mir nämlich ziemlich Wurst ist –

FRAU: Er verspürt furchtbare Schmerzen. Er hat sich förmlich im Bett gekrümmt.

MANN: Hat das die Frau Deiermann gesehen?

FRAU: Nein, natürlich nicht, aber die Frau Storch hat es ihr erzählt, wo sie doch eine Cousine ist –

MANN: Wieso Cousine?

FRAU: Der alte Storch ist doch ein Cousin von der Frau Deiermann.

MANN: Dann ist die Frau Storch noch lang keine Cousine –

FRAU: Eine angeheiratete Cousine –

MANN: Es sei denn – natürlich ist es möglich, daß auch die Frau
Storch eine Cousine von der Frau Deiermann –

FRAU: Nein, das geht doch nicht. Dann wären ja – dann hätte
ja – dann wären ja die Storch Geschwister, also der Storch
hätte seine Schwester geheiratet – das wäre ja Bigamie.

MANN: Nein. Bigamie wäre das nicht. Das wäre – es fällt mir
grad nicht ein, aber Bigamie wäre es nicht. Außer er hätte
zwei Schwestern geheiratet.

FRAU: So ein Käs'.

MANN: Trotzdem könnte die Frau Storch auch eine Cousine
von der Frau Deiermann sein. Wenn nämlich zum Beispiel
der Herr Storch ein Cousin von der Mutterseite wäre und
hätte zufällig die Cousine von der Frau Deiermann von der
Vaterseite geheiratet. Verstehst?

FRAU: Nein.

MANN: Ist mir auch Wurst.

FRAU: Jedenfalls hat sich der junge Storch vor Schmerzen im
Bett gekrümmt. Mitten in der Nacht.

MANN: Wird er halt Bauchweh gehabt haben.

FRAU: Ja. Eben.

MANN: Dann hat er eben Bauchweh gehabt. Das interessiert
doch mich nicht. Glaubst du, es interessiert den jungen
Storch, wenn ich Bauchweh hab'?

FRAU: Der kennt dich doch gar nicht.

MANN: Und warum soll ich dann den jungen Storch kennen?

FRAU: Jedenfalls –

MANN: Bloß weil er entfernt verwandt mit einer Milchfrau ist?

FRAU: Jedenfalls –

MANN: Wenn ich alle Cousins von alle Milchfrauen kennen
müßt' –

FRAU: Jedenfalls sind sie sofort mit dem Buben in die Klinik
gefahren.

MANN: Das würde mich nicht einmal interessieren, wenn das
der Sohn von der Cousine vom Bundeskanzler wäre. Und
nicht von der Milchfrau.

FRAU: Das heißt, sie wollten in die Klinik fahren und haben ein
Taxi gerufen –

MANN: Warum sind sie nicht mit dem eigenen Auto gefahren?

FRAU: Ich weiß es nicht. Sie haben ein Taxi –

MANN: Haben sie kein Auto?

FRAU: Ich weiß nicht –

MANN: Sind das solche windige Notniggel, daß die kein Auto haben?

FRAU: Es sind oft sehr feine Leute, die wo kein Auto haben. Jedenfalls haben sie ein Taxi –

MANN: Oder war der alte Herr Storch, der feine Mann, der Herr Cousin von der Milchfrau, vielleicht b'soffen?

FRAU: Das weiß ich nicht –

MANN: Das hätte mich aber interessiert. Ob der Herr Storch vielleicht besoffen war, das hätt' mich interessiert, möglicherweise.

FRAU: Jedenfalls haben sie ein Taxi gerufen, und den Buben haben sie schnell in eine Decke gewickelt, und wie dann unten das Taxi gekommen ist, hat der Taxifahrer den Buben gesehen, in die Decke gewickelt . . .

MANN: Selbstverständlich hat er den Buben gesehen. Muß er ja. Sonst wäre er ja blind. Das wäre ja noch schöner. Ein blinder Taxifahrer. Sind ja sowieso eine Gefahr für die Allgemeinheit, die Taxifahrer. Und dann noch ein blinder!

FRAU: Ist dem schlecht? hat der Taxifahrer gefragt. Ja, hat die Frau Storch gesagt, wir müssen schnell in die Klinik. Nicht mit mir, hat der Taxifahrer gesagt, hat die Tür zug'haut und ist weitergefahren.

MANN: Und?

FRAU: Das ist doch eine Unverschämtheit. Nicht mit mir, wenn er mir womöglich in den Wagen schpeibt, hat der Taxifahrer gesagt, und ist wieder weg.

MANN: Und?

FRAU: Das ist doch – ein Verbrecher.

MANN: Wieso?

FRAU: Läßt die hilflosen Leute stehen mit dem kranken Buben –

MANN: Ist er gestorben?

FRAU: Wer?

MANN: Der junge Storch?

FRAU: Wieso soll der gestorben sein?

MANN: Wenn ihm doch so schlecht war?

FRAU: Das weiß ich doch nicht. Also, das hätte mir die Frau Deiermann sicher erzählt. Nein, gestorben ist er nicht.

MANN: Ja, dann.

FRAU: Aber die Impertinenz von diesem Taxifahrer.

MANN: Aber mich tät's auch nicht interessieren, wenn er gestorben wäre. Mein Gott, wer stirbt schon alles.

FRAU: Mit dir kann man wirklich nicht reden. Mir tun die Leute leid, wie sie so auf der Straße stehen.

MANN: Wenn sie jetzt noch auf der Straße stehen würden, täten sie mir auch leid.

FRAU: Jetzt stehen sie nicht mehr auf der Straße. Aber mitten in der Nacht sind sie auf der Straße gestanden.

MANN: Mitten in der Nacht haben sie mir nicht leid tun können, weil ich da geschlafen habe.

FRAU: Mit dir kann man nicht reden.

MANN: Soll es mir jetzt leid tun, weil irgendwann in der Nacht irgendwer, den ich nicht kenne –

FRAU: Ja, aber stell dir vor, dir passiert das?

MANN: Dann tät' ich mir leid.

FRAU: Mit dir kann – ah – da schau her – das muß ein Tanzturnier sein. Mach's lauter.

MANN: Ich mag das Gedudel nicht hören.

FRAU: Das ist ein Tanzturnier!

MANN: Daß das kein Motorradrennen ist, sehe ich auch.

FRAU: Ah – schön – diese Bewegungen!

MANN: Obwohl mir ein Motorradrennen lieber wäre. Weil da manchmal einer hinfällt.

FRAU: Diese graziösen Bewegungen!

MANN: Dafür werden s' ja 'zahlt.

FRAU: Die werden nicht bezahlt. Das sind Amateure.

MANN: Alle Amateure werden bezahlt.

FRAU: Diese Bewegungen!

MANN: Selbstverständlich sind das Bewegungen. Sonst wär's ja kein Tanz. Wenn sie sich nicht bewegen, dann ist's ja –

FRAU: Was?

MANN: Jedenfalls kein Tanz.

FRAU: Was für graziöse Bewegungen.

MANN: So was Langweiliges.

FRAU: Nur, weil du's nicht lauter drehst.

MANN: Das Gedudel finde ich noch langweiliger.

FRAU: Diese Grazie!

MANN: Je – je – jetzt – die hat's hing'haut!

FRAU: Nein. Das ist eine Tanzfigur.

MANN: Nein. Die hat's hing'haut.

FRAU: Das war eine Tanzfigur. Da, jetzt machen s' es wieder.

MANN: Tatsächlich. Ist das langweilig.
FRAU: So eine Grazie!
MANN: Da war mir ja fast das Krokodil vorhin noch lieber.
FRAU: So eine graziöse Bewegung!
MANN: So ein blödes Gehupfe.
FRAU: Warum schalt'st dann nicht aus?
MANN: Wer?
FRAU: Du. Warum schalt'st dann nicht aus?
MANN: Wieso soll ich ausschalten?
FRAU: Wenn dich nichts interessiert.
MANN: Mich interessiert nicht nichts, mich interessiert nur das nicht.
FRAU: Dann schalt halt um auf ein anderes Programm.
MANN: Ist doch überall der gleiche Schmarrn.
FRAU: Der gleiche nicht.
MANN: Aber ähnlich.
FRAU: Dann schalt halt ganz aus.
MANN: Ich weiß ja nicht, ob nicht etwas kommt, was mich interessiert.
FRAU: Was interessiert dich denn?
MANN: Das weiß ich jetzt doch nicht. Das weiß ich erst dann, wenn ich's seh'.
Frau seufzt.
Pause
FRAU: Ah – diese Bewegungen! So eine Harmonie.
MANN: Dagegen ist das ›Wort zum Sonntag‹ direkt lustig.

Die Anzeige

Personen: Ein Polizist, ein Ehepaar

Polizeiwache in der Vorstadt. Ein älteres Ehepaar betritt die Wache, der Polizist will sich den Leuten zuwenden, da läutet das Telephon. Der Polizist winkt den Leuten eine entschuldigende Geste zu und telephoniert. Die Leute stehen geduldig.

POLIZIST: Revier 4, Hösl. – *von hier ab in halb freundlichem Ton. Der Polizist spricht in einer privaten Sache mit einem Kollegen.*
Ja. –
Ja. –
Nein. –
Eins in C und eins in B. –
Nein. –
Ja. –
Ja. Zwei. Ich hab' zwei. Eins in C und eins in B. –
Nein. –
Ja. An und für sich ja. –
Ja. –
Ja, gut, also –
Ja. –
Also eins in C und eins in B. Meinetwegen, selbstverständlich. Er müßt' nur sagen, welches. –
Ja. –
Das ist an und für sich das gleiche. –
Also mir ist es gleich, an und für sich, nur müßt' er mir's halt sagen. – Am Freitag. Also spätestens am Donnerstag, müßt' er mir's an und für sich sagen. –
Ja. –
Ja. –
Also gut. –
Ja. Auf Wiederhören. –
Ja. Wiederhören. –
Wiederhören. –
Der Polizist hängt ein und wendet sich dem Ehepaar zu.
POLIZIST *nicht unfreundlich; aber es wäre ihm doch lieber, die Leute wären nicht da:* Und?

DER MANN UND DIE FRAU *gleichzeitig:* Wir wollten –
POLIZIST: Einer soll reden, wenn ich bitten dürft'.
MANN: Ja. Wir möchten bitte eine Anzeige – machen –
FRAU: – aufgeben –
POLIZIST: – erstatten.
MANN: Ja, erstatten. Gegen –
Der Polizist winkt unterbrechend und setzt sich an die Schreibmaschine, spannt einen großen Bogen mit vielen Durchschlägen ein.
MANN: Pardon. Dürfen wir erst die Anzeige –
Der Polizist verzieht das Gesicht, es tut ihm quasi weh, daß die begriffsstutzigen Leute den Amtsvorgang nicht verstehen.
POLIZIST: Ich bin doch schon dabei, sehen S' doch.
MANN: Ah, Entschuldigung.
POLIZIST: Name?
MANN: Ich möchte, das heißt wir möchten eine Anzeige machen.
FRAU: – erstatten –
MANN: – gegen den Herrn –
POLIZIST *verzieht wieder das Gesicht:* Ihr Name. Ich brauch' doch erst Ihren Namen.
MANN: Ahso. Ja. Förster.
POLIZIST *tippt:* Förster. – Vorname?
MANN: Alois.
POLIZIST *tippt:* Alois.
FRAU: Eigentlich heißt er Alois Emanuel.
MANN: Das ist doch jetzt gleich.
FRAU: Das ist sicher nicht gleich.
POLIZIST: Also einigen Sie sich jetzt bald? Heißen Sie jetzt Alois oder Emanuel?
MANN: Beides. Ich heiße Alois Emanuel, das heißt: eigentlich Emanuel Alois.
FRAU: Alois ist der Rufname.
POLIZIST: Also dann lassen wir Alois und Schluß.
Das Telephon läutet.
POLIZIST: Herrschaftszeiten. *Er steht auf, geht zum Telephon, hebt ab.*
Revier 4, Hösl. –
Ahso. Ja, nein. An und für sich nicht. –
Also klingen tun sie gleich. Also nicht gleich, an und für sich, aber ähnlich. –
Ich spiel' lieber auf dem B-Horn. Es klingt – also anders

klingt's nicht, natürlich, aber man merkt den Unterschied halt
schon, an und für sich, merkt man ihn schon, besonders,
wenn man selber Tenorhorn spielt, merkt man ihn schon.
Das B-Horn ist weicher, an und für sich. –
Also ich spiel' genauso gut auf dem C-Horn, das ist mir an
und für sich Wurst. Nur muß ich's wissen, natürlich. – Das
weiß ich natürlich nicht, ob er lieber auf dem C-Horn spielt
oder lieber auf dem B-Horn.
Mir ist es gleich. –
Ja. –
Nein. –
Nein, ich muß's nur wissen, an und für sich. –
Am Donnerstag. –
Ja, spätestens. –
Ja, gut. –
Gut, ja, gut, also. –
Gut. –
Auf Wiederhören. –
Wiederhören. – *Hängt ein.*
Der Polizist geht wieder an die Schreibmaschine.
Am G'scheit'st'n geb'n S' mir Ihren Personalausweis, wenn
S'n da haben, dann schreib' ich Ihre Personalien ab, wenn S'
Ihnen recht ist, sonst kommen wir ja überhaupt nicht vor-
wärts.
MANN: Ja, selbstverständlich, bitte – hier –
Der Mann und die Frau suchen fieberhaft in allen Taschen.
MANN UND FRAU *gleichzeitig:* Du mußt ihn haben, nein du, du
hast ihn doch eing'steckt. Ich weiß genau, daß ihn du eing-
'steckt hast, nein, du ... *usw.*
*Endlich finden sie den Ausweis. Der Mann gibt ihn dem Poli-
zisten, der daraus die Personalien abschreibt. Er gibt ihn nicht
zurück, der Ausweis bleibt bis zum Schluß auf dem Tisch lie-
gen.*
POLIZIST: So. Nur – wollen Sie jetzt beide die Anzeige erstatten
oder nur einer von Ihnen?
MANN: Ja – ja – müssen wir –
POLIZIST: Müssen tun Sie gar nichts.
FRAU: Wirkt das mehr, wenn wir beide die Anzeige ...?
POLIZIST: An und für sich nicht. An und für sich ist das sozusa-
gen Wurst.
FRAU: Ja, dann. Ja, dann reicht's ja, wenn – *wendet sich an
ihren Mann* – du die Anzeige machst.

POLIZIST: Also, dann lassen wir's so. Sonst hätten wir nur Ihre Personalien auch aufnehmen müssen.

FRAU: Also, Sie können s' ruhig aufnehmen, ich hab' nichts zu verbergen.

MANN: Jetzt gib amal a Ruh. Ja. Aber es muß doch nicht sein?

POLIZIST: Nein, muß nicht sein.

MANN: Dann können wir uns das doch sparen, deine Personalien.

FRAU: Förster heiß' ich. Margaretha, geborene Weichselbaumer.

POLIZIST: Soll ich's jetzt doch aufschreiben?

FRAU: Nein, nur damit Sie nicht meinen, ich will vor der Polizei was verbergen.

POLIZIST: Also, wenn S' es jetzt schon g'sagt haben, dann schreiben wir's halt hin. Verheiratet mit – *tippt* – Förster, Margarethe – *zur Frau:* Margarethe oder Margaretha?

FRAU: Margaretha. Mit TH.

POLIZIST *tippt:* Margaretha, geborene – *zur Frau:* Weichselbaumer haben S' g'sagt?

FRAU: Ja.

POLIZIST *tippt:* Weichselbaumer. So.

MANN: Es handelt sich um eine Anzeige wegen fahrlässiger Körperverletzung –

POLIZIST *verzieht wieder das Gesicht:* Moment, Moment. Gegen wen richtet sich die Anzeige? oder handelt es sich um einen vorläufig unbekannten Täter?

MANN: Nein, nein –

FRAU: Nix da – der ist uns nur zu gut bekannt –

MANN: Sie kennen ihn vielleicht nicht –

FRAU: – noch nicht –

MANN: Aber wir kennen ihn gut. Der ist uns gut bekannt.

POLIZIST: Jetzt reden S' doch nicht so durcheinander. Also, die Anzeige richtet sich gegen?

MANN: Förster Alois.

Das Telephon läutet. Polizist flucht murmelnd, steht auf, geht zum Telephon.

POLIZIST: Revier 4, Hösl. –

Ja, schon. –

Ja, das B-Horn hab' ich bei mir, –

Nein, nicht bei mir auf der Wache. Bei mir daheim. Das B-Horn hab' ich an und für sich bei mir daheim. Das C-Horn hab' ich draußen. –

Im Gartenhäusl. –

Ja. Natürlich. Aber das hab' ich normalerweise draußen im Gartenhäusl. –

Nein, ja. Manchmal hab' ich's schon bei mir, also in der Wohnung, aber meistens ist's draußen im Gartenhäusl. –

Zur Zeit auch, ja. –

Ja, ja, natürlich. Nur bis Donnerstag hab' ich an und für sich keine Zeit. –

Nein, unter der Woche ist natürlich meistens niemand draußen. Höchstens, wenn ich dienstfrei hab', aber –

Nein, bis Donnerstag nicht. –

Also, das B-Horn will er nicht? –

Er will lieber das C-Horn. Gut, das ist mir an und für sich gleich. Nur, das B-Horn hätt' er bei mir holen können, das C-Horn ist im Gartenhäusl. –

Ja, ist schon recht. –

Ja, gut. –

Ja, entschuldige, ich bin grad, – ich hab' da grad eine Anzeige, die ich aufnehmen muß –

Ja, gut. –

Ja, auf Wiederhören. –

Wiederhören. – *Er hängt ein, geht zurück zur Schreibmaschine.* Also wen wollen S' anzeigen?

MANN: Förster Alois.

POLIZIST: Nein. Ihre Personalien haben wir ja schon. Wen Sie anzeigen wollen?

MANN: Ja, auch den Förster Alois.

POLIZIST: Sie wollen sich selber anzeigen?

FRAU: Nein. Der heißt auch Förster Alois, der andere.

POLIZIST: Ach so – Sie heißen Förster Alois und wollen einen anzeigen, der auch Förster Alois heißt?

MANN: Richtig.

POLIZIST: Sehr komisch. Also das ist mir in meiner ganzen Laufbahn als Mensch und Beamter nicht untergekommen. Ein Förster Alois zeigt einen Förster Alois an! Wenn das kein Durcheinander gibt!

FRAU: Wir haben ihn uns nicht ausgesucht. Er hat sich unseren Maxl ausgesucht, der brutale . . . brutale Gewaltverbrecher.

POLIZIST: Moment, Moment, halten Sie sich z'rück mit solche sozusagen gigantischen Beschuldigungen.

FRAU: Für mich ist einer, der wo unseren Maxl mit dem Fahrrad z'sammenfährt, ein Gewaltverbrecher.

POLIZIST: Einen Augenblick. Zum Delikt kommen wir gleich. *Tippt* Beschuldigter: Förster, Alois . . . ja hm. Da muß ich ja glatt einen Vermerk hinmachen, sonst halten mich die da droben für einen Deppen. Die meinen ja, ich hätte . . . und so weiter. Was schreib' ich da jetzt gleich hin? So eine blöde G'schichte.

FRAU: Wir haben ihn uns auch nicht ausgesucht.

POILIZIST *tippt:* Vermerk – hm, jetzt hat schon fast nichts mehr Platz.

MANN: Ich tät' schreiben: Achtung, nicht Obiger.

POLIZIST: Nein, nein. Ich schreib': Obiger nicht dieser. Nein, nein –

MANN: Obiger und dieser zufällig – nicht . . . gleich – gleichsam . . . Nein –

POLIZIST: Nein, nein. Dieser und obiger namensgleich mit Obigem beziehungsweise diesigem.

MANN: Oder: Diesiger und obiger –

POLIZIST: Schmarrn – nein, obiger mit diesem trotz Gleichheit des Namens nebst Vornamen nicht . . . Nein, das ist zu lang.

MANN: Kürzen S' es ab: Ob. m. dies. nur zuf. gleichnamens.

POLIZIST: Das ist nicht schlecht. Nur müssen wir's umdrehen. *Tippt* Gleichnamens, diesig. m. obig. zuf. eig. Ja. Jetzt ist's klar. So. Also, und was ist er vom Beruf? Jetzt sagen S' nur noch, er ist Förster.

FRAU: Nein. Rentner.

POLIZIST *tippt:* Rentner. Und wohnt?

MANN: So wie wir. Genauso, nur im ersten Stock, unter uns.

POLIZIST: Der wohnt im gleichen Haus wie Sie?

MANN: Ja. Leider.

POLIZIST: Ja gibt das nicht laufend Verwechslungen?

FRAU: Ja eben! eben!

MANN: Verwechslungen ist gar kein Ausdruck. Die Post, und die Pakete, und die Stromrechnung, und alles, alles wird verwechselt. Kein Mensch kennt sich aus. Das ist das reinste Choas, sag' ich Ihnen.

POLIZIST: Was?

MANN: Ja, Durcheinand – großes Durcheinand – Choas sagt man doch.

POLIZIST *ahnt, daß an dem Wort irgendwas nicht stimmt, weiß aber nicht, was:* Choas.

MANN: Das reinste Choas. Seit Jahren.

POLIZIST: Das kann ich mir vorstellen. Um Gottes willen – ja, können Sie sich mit dem Menschen nicht einigen? Daß er –

FRAU: Auszieht? Der zieht nicht aus.

POLIZIST: Wenigstens einen anderen Vornamen annimmt?

FRAU: Mit dem Menschen kann man überhaupt nicht reden, so ein grober Mensch ist das. Einen anderen Vornamen? Da denkt er nicht daran.

MANN: Unser Sofa wollt' der Gerichtsvollzieher schon pfänden – weil er Schulden gemacht hat.

FRAU: Und den geweihten Anhänger mit dem vollkommenen Ablaß für mein' Mann hat der hochwürdige Herr Stadtpfarrer ihm drunt' geben. Irrtümlich. Dabei geht dieser Mensch überhaupt nicht in die Kirche.

POLIZIST: Mit einem Wort: ein Choas.

FRAU: Geben Sie mir sofort den geweihten Anhänger her, habe ich gesagt, aber sofort. Da – hat er gesagt – haben Sie Ihre wertvolle Medaille. Das ist ein – ein Hochstapler ist das, wenn Sie mich fragen.

Das Telephon läutet. Polizist geht zum Telephon und hebt ab.

POLIZIST: Revier 4, Hösl. –

Nein. F-Horn habe ich nie gehört. Also F-Horn an und für sich schon, aber Tenorhorn in F, habe ich nie gehört. –

Nein, nie. –

Glaub' ich nicht. –

Das B-Horn klingt weicher, runder. –

Ja, schon. Aber der Schlüssel vom Gartenhäusl . . .

Wie bitte?

Natürlich kann er's holen. –

Ja, das find't er an und für sich sofort, das steht am Schrank gleich hinter der Tür rechts. –

Ja, oben am Schrank. –

Schon, nur aber hat mein Bruder . . .

An und für sich hab' selbstverständlich ich normalerweise den Schlüssel, aber in dieser Woche hat mein Bruder den Schlüssel, weil er draußen eine Tür streicht. –

Nein, nicht die Tür vom Gartenhäusl; eine Tür von seiner Wohnung, und weil er die mit Nitrolack streicht, muß er's im Freien streichen. –

Nein, mein Bruder ist an und für sich immer nur in der Früh draußen. –

Spätestens, das heißt: frühestens. –

Hösl, so wie ich. –

In der Bazeillesstraße 14. –

Vierten Stock. –

Ja, er müßt' aber spätestens um zehne, wenn mein Bruder vom Kegeln kommt, da sein. –

Frühestens, mein' ich ja. –

Nein, denn mein Bruder geht an und für sich direkt von der Arbeit zum Kegeln. –

Ja, außer er holt heut' schon den Schlüssel. Nein, halt – heut' ist mein Bruder beim Schafkopfen. Da müßt' er –

Nein, das weiß ich nicht. Aber er könnt' zu seiner Frau, also zu meiner Schwägerin, gehen, die weiß, wo er schafkopft, meistens. –

Nein, denn den Schlüssel find't meine Schwägerin nicht. –

Ja, oder, er holt's eben ganz in der Früh. –

Ahso, ja, dann. –

Ja, ja. –

Ja, dann muß er's doch abends holen. –

Ja, gut. –

Ja, ist schon recht. –

Ja, danke. –

Ja, Wiederhören. –

Wiederhören. –

Hängt ein und geht zur Schreibmaschine zurück. Jetzt haben wir's ja schon fast. *Liest murmelnd das bisher Geschriebene durch.* Ja. Also – fahrlässige Körperverletzung, sagen Sie?

FRAU: Ja.

POLIZIST: Und Geschädigter ist Ihr Maxl?

FRAU: Ja.

POLIZIST: Maximilian, wahrscheinlich. Maxl ist wahrscheinlich nur die Abkürzung?

FRAU *verlegen:* Ja – ja, wenn Sie meinen . . .

POLIZIST *tippt:* Förster, Maximilian. Wie alt?

FRAU *zum Mann:* Wie alt ist jetzt der Maxl?

MANN: Fünf.

FRAU: Nein, sechs.

MANN: Nein, fünf.

POLIZIST: Sie werden doch jetzt in Gott's Namen wissen, ob Ihr Maxl fünf oder sechs ist. Geht er schon in die Schul' oder nicht?

MANN: In die Schul'? Nein, in die Schul' geht er nicht.

POLIZIST: Dann ist er ja wohl fünf. Also. *Tippt* Fünf Jahre alt.

FRAU: Nein, Herr Inspektor, halt, es handelt sich um –
Das Telephon läutet.
POLIZIST: Kruzifix. *Geht zum Telephon.*
Revier 4, Hösl. –
Nein. Dann soll er halt doch in der Früh hingehen. –
Also, ich sag' dir eins: er kann's gern haben, aber nachtragen
tu' ich's ihm nicht, weil ich keine Zeit dazu habe. –
Ja, sag' ich ja. –
Es ist an und für sich völlig Wurst.
Ja, natürlich kennt er meinen Bruder nicht, aber wenn er
meinem Bruder sagt, es ist so und so, und er ist der und der,
da hat ja mein Bruder an und für sich keinen Grund mehr –
Ja, wenn ihm das zu umständlich ist –
Ja, es gäbe natürlich auch die Möglichkeit, daß mein Bruder
morgen das Tenorhorn mit hereinbringt –
Nein. Ich sehe meinen Bruder erst am Wochenende. –
Nein, morgen abends kann mein Bruder das Tenorhorn noch
nicht mit hereinbringen, weil er morgen nicht hinausfährt. –
Morgen geht er zum Schafkopfen. –
Aber übermorgen. Und da müßte er halt –
Nein, weil übermorgen meine Schwägerin nicht da ist.
Die geht zur Gymnastik. –
Nach Laim. –
Ob meine Schwägerin das Tenorhorn nach Laim mitnehmen
könnt'? –
Ja, an und für sich schon, warum nicht. –
Er müßte halt dann nur, wenn er an und für sich schon in
Laim ist –
Ja, in irgendeiner Schule, in der Turnhalle. –
Nein, das weiß aber der Ottenbichler. –
Weil dem seine Frau auch zur –
Ja. Zur gleichen –
Ja. –
Aha. –
Ja. –
Ja. –
Ja, gut. –
Gut. –
Ja. –
Ja, ist in Ordnung. –
Ja, Wiederhören. –
Wiederhören. –

Der Polizist hängt ein und geht zurück zur Schreibmaschine.
Tippt Fahrlässige Körperverletzung, haben S' g'sagt.

FRAU: Ja, aber –

POLIZIST: Ich füll' jetzt das aus, und bitte beantworten S' nur das, was ich frag'. Tatzeit? Wann das war?

FRAU: Wann? Ja, heut!

POLIZIST *tippt das Datum:* Uhrzeit?

FRAU: Halb zehn.

POLIZIST *tippt:* Neun Uhr dreißig. Genau oder zirka?

MANN: Ja, ich hab' natürlich nicht auf die Uhr g'schaut –

POLIZIST: Also zirka – *tippt* zirka. Tatort?

FRAU: Ein Tatort muß das auch sein? Reicht die Anzeige nicht?

POLIZIST: Wo das war?

MANN: Verstehst nicht? Wo das war?

POLIZIST: Wo irgendwas ist, da ist ein Tatort, wo irgendwas passiert.

FRAU: Ja, vorm Haus! Ich hab' doch nicht g'wußt, daß ausgerechnet vor unserem Haus ein Tatort ist. Ja, meiner Seel', ein Tatort vor dem Haus! Als ob uns der andere Förster nicht reichen tät'. Wenn ich das gewußt hätte, wäre ich nie eingezogen.

POLIZIST: Ein Tatort kann überall sein. Muß nicht, aber kann. Verstehen S'?

FRAU: Nein. Ich weiß nur, daß ein Tatort immer was ganz Grausiges ist.

POLIZIST: Ein Tatort kann –

MANN: Verstehst nicht? Ein Tatort muß nicht immer ein Tatort sein.

POLIZIST: Ein Tatort ist heute da, morgen dort! Ein Tatort ist immer dort, wo irgend – wo eine Tat –

FRAU: Ja, aber am Tatort werden doch immer die Leut' umgebracht?

POLIZIST *resigniert zum Mann:* Meinetwegen erklären Sie's ihr danach. Wir kommen ja überhaupt nicht weiter. Tatort war also – *schaut in den Personalausweis und tippt* Untere Grasstraße 3. Ist außer Ihrem Maxl noch jemand verletzt?

MANN: Nein.

POLIZIST: Ist der Maxl in ärztlicher Behandlung?

MANN: Nein.

POLIZIST *tippt:* Nein.

FRAU: Herr Inspektor, Herr Inspektor –

POLIZIST: Jetzt antworten S', was ich frag' und sonst nix. Wie ist die Körperverletzung vor sich gegangen?

MANN: Der Förster ist ihm mit'n Fahrradl übers Fußerl g'fahren.

POLIZIST *tippt:* ... fuhr – über – den – Fuß – linken oder rechten?

MANN: Rechts.

FRAU: Hinten.

POLIZIST: Was?

FRAU: Rechts hinten.

POLIZIST: Wieso rechts hinten?

FRAU: Über den rechten Hinterfuß.

POLIZIST: Hat Ihr Sohn mehr als wie zwei Füß'?

FRAU: Das ist kein –

MANN: Ich weiß nicht, ob wir uns Ihnen das jetzt noch sagen trauen sollten, wo Sie schon so viel geschrieben haben. Das ist nicht unser Sohn, das ist unser Hund.

FRAU: Aber er ist für uns wie ein Sohn.

POLIZIST: So. – Und das sagen S' mir erst jetzt?

FRAU: Sie haben uns nicht ausreden lassen.

Das Telephon läutet.

POLIZIST: Revier 4, Hösl. –
Ja, Sacklzement. Dann soll er sich doch eine Blockflöte ausleihen oder eine Mundharmonika, aber nicht ein Tenorhorn. –
Nein, ich kann's ihm nicht auch noch bringen. –
Ja, natürlich könnte ich das. Aber das bringt mir doch alles durcheinander. Wenn ich nicht morgen abends –
Ja, aber ich muß morgen abends ...
Ja, damit ich übermorgen früh –
Nein, das geht nicht, weil da mein Schwiegervater mein Auto braucht. –
Nein. Es bringt mir alles durcheinander. Da kommt ja alles durcheinander. Es geht nicht, es gibt ein Durcheinander, das gibt das reinste – Choas. –
Choas. –
Ja. –
Ja, ist gut. –
Ja, das mein' ich ja auch nicht. Ich mein' nur –
Ja. –
Ja. –
Dann soll er mich –
Ja. –
Genau das soll er. –
Und das nächste Mal soll er Maultrommel spielen. –

Ja. –
Wiederhören. –
Wiederhören. –
Hängt ein.
Depp, damischer.
Geht zur Schreibmaschine zurück.
Jetzt kann ich die ganze Anzeige zerreißen!
FRAU: Nein, bitte, wir wollen den Förster anzeigen wegen fahr-
lässiger Körperverletzung an unserem Hund.
POLIZIST: Bei einem Hund ist eine Körperverletzung eine Sach-
beschädigung.
MANN: Eine was?
POLIZIST: Sachbeschädigung. Ein Hund ist juristisch eine
Sache.
FRAU: Ja, aber da hört sich doch alles auf –
MANN: Dafür zahlt man Hundesteuer –
FRAU: Das ist ja, das ist ja herzlos –
POLIZIST: Ich hab' die Paragraphen nicht g'macht. Ich kann
Ihnen nur sagen, wie's ist. Ein Hund ist eine Sache.
FRAU: Das sind – *bricht in Tränen aus* – das sind kalte Paragra-
phen. Kalte, herzlose Paragraphen, und dem Hunderl ist der
Unmensch übers Pfoterl g'fahrn. Und dann kommen Sie mit
Ihren kalten Paragraphen.
MANN: Jetzt beruhig dich, Mama.
FRAU: Das kann nicht gerecht sein!
MANN: Jetzt hör auf zu weinen, Mama. – Wenn unser Maxl also
schon eine – *schluckt* – Sache sein soll, dann zeigen wir den
Förster eben an wegen fahrlässiger Sachbeschädigung.
POLIZIST: Fahrlässige Sachbeschädigung ist nicht strafbar.
MANN: Ah? –
POLIZIST: Oder hat er's absichtlich g'macht? Ist er ihm absicht-
lich, also vorsätzlich über's Fußerl g'fahrn?
FRAU: Selbstverständlich. Mit voller Absicht.
MANN: Na, das kannst net sagen, Mama. Er hat sich doch dann
entschuldigt.
POLIZIST: Eben, wenn er sich entschuldigt hat.
MANN: Er hat sich entschuldigt.
POLIZIST: Dann ist es höchstens fahrlässig.
MANN: Ja, dann.
FRAU: Dann könnt' also jeder hergehen, und unsern Maxl
z'samm'fahren . . .
Der Polizist zieht die Anzeige aus der Maschine.

POLIZIST: Solang' es unabsichtlich ist. Hier. Da haben S' Ihren
   Ausweis wieder – einen Moment –
FRAU: Das kann ich nicht glauben –
POLIZIST: Der ist ja seit einem Jahr abgelaufen?
MANN: Zeigen S' her!
POLIZIST: Sie laufen seit einem Jahr mit einem ungültigen Per-
   sonalausweis herum?
MANN: Ja – ja – ich – ja –
Polizist setzt sich wieder an die Schreibmaschine.
POLIZIST: Oder haben Sie einen gültigen Reisepaß außerdem?
MANN: Nein.
POLIZIST: Dann können wir ja gleich eine Anzeige gegen Sie
   aufnehmen. Die Personalien – *er beginnt zu tippen* – die Per-
   sonalien hab' ich ja schon.

Im Park

Personen: Ein Mann, Berndi, ein Bub von fünf Jahren (stumme Rolle), ein Polizist

Nacht. Auf einer Parkbank sitzt der Mann, er hält das Kind, das schläft. Der Polizist kommt.

POLIZIST: Sie, he – was machen Sie mit dem Kind da in der Nacht?

MANN: Berndi, steh auf, wir müssen gehen.

POLIZIST: Nein, Sie bleiben da. Ich möcht' z'erst wissen, was Sie mit dem Kind da machen. Berndi heißt er?

MANN: Ja.

POLIZIST: Sie können doch nicht mitten in der Nacht mit einem Kind auf einer Parkbank sitzen. Halbe drei.

MANN: Ja. Nein. Berndi, steh auf –

POLIZIST: Und überhaupt – wie kommen S' denn zu dem Kind?

MANN: Ja, mei. Wie man eben zu einem Kind kommt, nicht wahr.

POLIZIST: Das ist doch nicht Ihr Kind. Mit dem eigenen Kind sitzt man doch nicht auf einer Parkbank um halbe drei in der Nacht.

MANN: Nein, ja doch. Das heißt: schon, aber gewissermaßen doch nicht.

POLIZIST: Hauchen S' mich einmal an. *Der Mann haucht.* Betrunken sind Sie nicht!

MANN: Nein.

POLIZIST: Ist das Ihr Kind?

MANN: Nein, das heißt: ja. Im Moment gehört es mir. Noch.

POLIZIST: Wo wohnt das Kind?

MANN: Das Kind wohnt sozusagen im Augenblick, überhaupt nicht. Gestern hat es gewohnt, morgen –

POLIZIST: Wie lange ist das Kind schon bei Ihnen?

MANN: Das Kind, da?

POLIZIST: Selbstverständlich das Kind da. Was meinen S' denn, von was ich sonst red'. Wie lange haben Sie dieses Kind schon bei sich?

MANN: Seit – seit Geburt. Also: seit seiner Geburt. Mit Unterbrechungen.

POLIZIST: Aber Sie werden mir doch nicht weismachen wollen, daß das Kind hier auf der Parkbank zur Welt gekommen ist. Das Kind ist doch sechs Jahre alt, schätze ich.

MANN: Fünf.

POLIZIST: Auch fünf Jahre lang kann man nicht auf einer Parkbank sitzen.

MANN: Auf der Bank sitzen wir erst seit elf Uhr.

POLIZIST: Und wo waren Sie vorher?

MANN: In der »Wolfgangseiche«.

POLIZIST: Wo?

MANN: Das ist eine Gastwirtschaft.

POLIZIST: Ach so.

MANN: Aber da darf man mit einem Kind nicht bleiben bis elf Uhr, bis zehn Uhr schon nicht, glaube ich.

POLIZIST: Das glaube ich allerdings auch. Und zwar mit Recht.

MANN: Ja, ja. Deswegen sind wir ja auch gegangen aus der »Wolfgangseiche«.

POLIZIST: Haben Sie denn keine Wohnung?

MANN: Doch.

POLIZIST: Also Sie sind der Vater des Kindes und haben eine Wohnung?

MANN: Ja.

POLIZIST: Und die Wohnung ist – ja, ist Ihnen gekündigt worden oder – oder abgebrannt? Man bringt ja aus Ihnen nichts heraus. Sie haben eh' ein Glück, daß Sie mir begegnet sind. Ein anderer hätte Sie stantepede für einen Sittlichkeitsverbrecher gehalten.

MANN: Ja, das – das halte ich auch für möglich.

POLIZIST: Jetzt kommen S'. Sie sehen doch, das ist doch Unsinn. Mitten in der Nacht mit dem Kind im Park, und Sie sind noch nicht einmal betrunken. Jetzt kommen S', jetzt gehen S' heim.

MANN: Das geht leider nicht.

POLIZIST: Warum nicht?

MANN: Weil ich – weil also wir, also er, der Berndi und ich, weil wir schon nachmittags nicht in unsere Wohnung können haben.

POLIZIST: So. Haben Sie den Schlüssel vergessen?

MANN: Nein, nein, den Schlüssel habe ich schon bei mir. Es ist wegen – es ist wegen der Mutter.

POLIZIST: Wegen welcher Mutter? Ihrer Mutter?

MANN *deutet auf das Kind:* Wegen seiner Mutter.

POLIZIST: Wegen Ihrer Frau?

MANN: Nein. Seine Mutter ist nicht meine Frau, also: war meine Frau, jetzt nicht mehr. *Leise, damit der Bub es ja nicht hört:* Gott sei Dank.

POLIZIST: Ach so – Sie sind geschieden.

MANN: Ja. Seit zwei Jahr'.

POLIZIST: Naja. Das kommt vor. Aber was – aber wie, meine ich, hängt das damit zusammen, daß Sie mit dem Buben da mitten in der Nacht –

MANN: Wenn ich's Ihnen doch sag'. Wie ich ihn, den Berndi, nachmittags aus dem Kindergarten geholt hab' –

POLIZIST: Der ist nachmittags im Kindergarten?

MANN: Ja freilich, wo denn sonst. Ich muß doch in die Arbeit.

POLIZIST: Ach so – das Kind ist also bei Ihnen, ich meine, es ist Ihnen zugesprochen worden nach der Scheidung?

MANN: Zugesprochen ist zuviel gesagt. Sie hat es halt nicht mitgenommen, wie sie weg ist.

POLIZIST: Mhm.

MANN: Zugesprochen ist er mir nicht worden, also ausdrücklich.

POLIZIST: Ich verstehe.

MANN: Eben. Drum sind wir hier.

POLIZIST: Ich verstehe – damit habe ich gemeint, daß ich verstehe, daß Ihnen das Kind nicht ausdrücklich zugesprochen worden ist. Damit verstehe ich lang noch nicht, warum Sie hier sitzen.

MANN: Ach so. Ich habe gemeint, Sie verstehen jetzt schon alles. Ja, nein. Also, wie wir vom Kindergarten heimgekommen sind, also heimkommen wollten, genauer gesagt, wir sind nur vorn ums Eck, also vielmehr hinten ums Eck, je nachdem von wo man kommt, kennen Sie das Eck?

POLIZIST: Wie soll ich jetzt das Eck kennen –

MANN: Wo die Frau Pieger ihren Milchladen hat –

POLIZIST: Ich kenne eine Frau Pieger, die hat aber keinen Milchladen, die habe ich einmal festgenommen, weil sie einen Hund geschlachtet hat. Das war 1946.

MANN: Ist das verboten, einen Hund zu schlachten?

POLIZIST: Nein, aber sie hat ihn nicht aufgetrieben, zur Fleischbeschau. Auch ein Hund muß einen Trichinenstempel haben, bevor man'n frißt – ißt, wollt' ich sagen.

MANN: Ach so –

POLIZIST: Das war 1946. In der schlechten Zeit, verstehen Sie? Da haben Sie auch schon einen Hund 'gessen, ohne daß Sie's wissen. Diese Frau Pieger aber war keine Milchfrau, das war eine Hebamme.

MANN: Eine Hebamme – die ihren Hund frißt – ißt wollte ich sagen?

POLIZIST: Es war gar nicht ihr Hund. Es war der Hund von ihrem Hausherrn. Aber der hat weiter nichts angezeigt, und so weiter, sonst wär's ein Diebstahl auch noch gewesen, nicht nur Verstoß gegen die Fleischbeschau-Verordnung. Da ist allerhand vorgekommen, 1946.

MANN: Wahrscheinlich war der Hausherr froh, daß der Hund weg war. 1946. Da war's nicht einfach, einen Hund durchzufüttern.

POLIZIST: Wahrscheinlich war er froh. Den Eindruck hatte ich auch, damals. *Wieder streng:* Aber was ist jetzt mit dem Buben –?

MANN: Ja, nein. Wie wir bei dem Milchladen von der Frau Pieger ums Eck sind, also wollten, genau gesagt, haben wir gesehen, wie er dort steht.

POLIZIST: Wer?

MANN: Der Gerichtsvollzieher.

POLIZIST: Der Gerichtsvollzieher?

MANN: Ja, und sie. Seine Mutter. Nicht dem Gerichtsvollzieher seine Mutter, die kenn' ich nicht. Seine Mutter, dem Berndi seine Mutter. Die habe ich übrigens auch fast nicht erkannt, weil sie jetzt ganz blonde Haare hat. Aber ich hab' sie dann doch erkannt.

POLIZIST: Mhm. Und dann –

MANN: Dann sind wir umgedreht.

POLIZIST: In die »Wolfgangseiche«.

MANN: Nein, erst ins Kino. Laurel und Hardy. Sollst noch einmal eine Freud' haben, Berndi, hab' ich g'sagt.

POLIZIST: Die Mutter will ihn holen?

MANN: Ja.

POLIZIST: Mit'm Gerichtsvollzieher?

MANN: Ja.

POLIZIST: Warum mit'm Gerichtsvollzieher?

MANN: Weil ich'n freiwillig nicht hergeb', den Berndi.

POLIZIST: Naja. Wenn S' ihn jetzt zwei Jahr' aufgezogen haben ...

MANN: Ja.

POLIZIST: Zwei Jahre. Das ist für das Kind das halbe Leben, sozusagen, fast.

MANN: Fast.

POLIZIST: Und – ich meine, seit – also seitdem, daß Ihre ehemalige Frau – hat sie sich um den Berndi –

MANN: Nein, nie.

POLIZIST: Hm. Dann kennt er sie ja gar nicht mehr.

MANN: Hab' s' ich ja schon fast nicht mehr erkannt.

Kurze Pause

POLIZIST: Sie hat wahrscheinlich einen Beschluß vom Gericht?

MANN: Ja.

POLIZIST: Ja. ja. Sonst könnt' s' ja nicht mit'm Gerichtsvollzieher kommen.

MANN: Ja. »Seit in den persönlichen Verhältnissen der Antragstellerin durch Eheschließung eine gewisse Konsolidierung eingetreten ist, steht einer diesbezüglichen Entscheidung nichts mehr im Wege.«

POLIZIST: Diesbezüglichen.

MANN: Ja, diesbezüglichen.

POLIZIST: »Das Wohl des Kindes erfordert ...«? et cetera?

MANN: Ja.

POLIZIST: Ja. Kennen wir.

MANN: »Auch das vom Gericht angezogene psychologische Gutachten kommt zu dem Schluß ...«

POLIZIST: Angezogene ...?

MANN: Ja.

POLIZIST: Ein psychologisches Gutachten?

MANN: Ja, aber das muß die Psychologin irgendwie verwechselt haben. Oder sie hat den Buben überhaupt nicht ang'schaut, hab' ich den Verdacht.

POLIZIST: Eine Psychologin?

MANN: Ja, eine gewisse Frau Linz oder so.

POLIZIST: Eine, wo nicht selber spinnt, studiert sowas gar nicht, wenn S' mich fragen.

MANN: Wenn s' spinnt, wär' mir das gleich. Nur: ich hab' mich erkundigt. Der Herr Linz oder so, der ist der Dame, also der Psychologin vielmehr, davongelaufen.

POLIZIST: Seitdem macht sie Gutachten für die Mütter.

MANN: Ja.

POLIZIST: Naja. Und was wollen S' jetzt machen?

MANN: Gar nichts. Die Nacht, hab' ich mir gedacht, bleibt der

Berndi noch bei mir. Morgen früh, natürlich, da muß ich 'n in Kindergarten bringen.

POLIZIST: Weil Sie in die Arbeit müssen.

MANN: Ja.

POLIZIST: Und dann holt s'n.

MANN: Ja.

Kurze Pause

POLIZIST: Also, wegen mir – wegen mir können S' ja sitzen bleiben, so lang S' wollen. Aber wenn ein Kollege vorbeikommt, ein junger womöglich, der hält Sie glatt für einen Sittlichkeitsverbrecher.

MANN: Wo soll ich denn hin?

POLIZIST: Der Gerichtsvollzieher wird doch nicht die ganze Nacht dortstehen.

MANN: Doch. Das hat mir die Frau Pieger noch schnell gesagt.

POLIZIST: Woher weiß das die Frau Pieger?

MANN: Weil der Gerichtsvollzieher und seine Mutter, also dem Berndi seine Mutter, vorher bei der Frau Pieger gefragt haben, wo wir wohnen. Und da hat die Frau Pieger gehört, wie der Gerichtsvollzieher dann vor dem Laden zu seiner Mutter gesagt hat: einmal muß er heimkommen, da warten wir eben, und wenn es die ganze Nacht ist.

POLIZIST: Haben S' einen Ausweis dabei?

MANN: Ja, hier –

POLIZIST: Nein, lassen S'. Ich glaub's Ihnen. *Fast für sich:* Sowas erfindet man nicht. *Wieder lauter:* Auch vom Buben?

MANN: Ja.

POLIZIST: Dann – also wenn ein Kollege kommt, dann zeigen S' ihm halt gleich beide Ausweise, verstehn S'? Damit er nicht meint, daß Sie ein Sittlichkeitsverbrecher sind.

MANN: Ja, danke.

POLIZIST: Ja, ja, bitte. Und – fünf Jahre ist er alt?

MANN: Ja.

POLIZIST: Mit achtzehn werden s' volljährig, heutzutag'. Früher mit einundzwanzig, jetzt mit achtzehn. Dann kann er ja zu Ihnen wieder, ohne daß sie was machen kann.

MANN: Das sind dreizehn Jahr'.

POLIZIST: Ja, lang ist's schon. Aber auch dreizehn Jahr' vergehen.

MANN: In dreizehn Jahr'. In dreizehn Jahr' kennt ja der Berndi mich nimmer.

POLIZIST: Ja, ja, das könnte natürlich schon sein.

MANN: Ja, das wird so sein.

POLIZIST: Muß aber nicht.

MANN: Muß nicht, aber wahrscheinlich ist's schon.

POLIZIST: Ja, ja – also – wie g'sagt: zeigen S' sofort die Ausweise, wenn ein Kollege kommt.

MANN: Ja, danke.

POLIZIST: Bitte. Und dann – gute Nacht, noch.

MANN: Danke, gute Nacht.

POLIZIST: Gute Nacht.

Der Verkehrsunfall

Personen: Türkin, der Polizist, der Angefahrene, der Zeuge

Eine Straßenkreuzung in der Vorstadt, wenig Verkehr. Zusammenstoß. Eine junge, dunkelhaarige Frau mit einem alten Fahrrad fährt einen Mann an, der über die Straße läuft. Der Mann fällt und verliert seine Brille und einen mittleren Papiersack, den er sehr vorsichtig getragen hat. Der Angefahrene ist sehr aufgeregt, sagt aber nichts außer »i – d – d– zt – ddd –« vor Aufregung. Er sucht seine Brille. Die junge Frau steht nur da, hält ihr Fahrrad fest und reißt die Augen weit auf. Der Polizist und der Zeuge treten fast gleichzeitig aus einer Richtung auf. Der Polizist zieht sein Notizbuch und einen Bleistift.

POLIZIST: Das werden wir gleich haben.

ZEUGE: Mein Name ist Hierl. Ich bin Zeuge.

POLIZIST: Sie sind jetzt einmal ruhig. Sie kommen schon noch dran. Also? Wer ist von links gekommen?

ANGEFAHRENER: Bevor ich nicht meine Brille gefunden habe, sage ich gar nichts.

POLIZIST: Wo haben S' denn Ihre Brille?

ANGEFAHRENER: Verloren. Hier. Irgendwo . . .

POLIZIST: Ach so. Sie ist bei dem Unfall in Verlust geraten.
Er notiert.

ANGEFAHRENER *weinerlich:* Ohne Brille sehe ich überhaupt nichts. Ich sehe schon mit Brille fast nichts. Ohne Brille sehe ich gar nichts.

POLIZIST: Dann bräuchten S' ja streng genommen gar keine Brille tragen.

ANGEFAHRENER: Und die Tiere sind entkommen.

POLIZIST: Wieso, sind Sie geritten?

ANGEFAHRENER: Hier in der Tüte. Die Tiere. Bitte, schauen Sie nach, ob noch welche drin sind.

Der Zeuge macht sich inzwischen mehr spielerisch auf die Suche nach der Brille.

POLIZIST *vorsichtig:* Einen Moment – was sind das für Tiere?

ANGEFAHRENER: Es müßten fünf sein.

POLIZIST: Sie sollen mir sagen, was das für Tiere sind –

ANGEFAHRENER: Weiße Mäuse.

POLIZIST: Ach so. *Er schaut nach.* Nein. Nichts.

ANGEFAHRENER: Mein Lebenswerk. Ich bin Wissenschaftler. Mein Lebenswerk. Die Tiere sind gewissermaßen mein Lebenswerk. Ich bin Wissenschaftler. Und jetzt sind die Tiere fort. Wenn Sie gleich gesucht hätten, hätten Sie sie vielleicht noch erwischt. Ich kann doch nicht suchen ohne Brille. Ich bin Wissenschaftler.

POLIZIST: Also, wenn Ihre Augen schlecht sind – Ihr Mundwerk funktioniert ja noch ganz gut.

ANGEFAHRENER: Was wollen Sie damit sagen?

POLIZIST: Nichts.

ZEUGE *schreit auf:* Hier. Da!

POLIZIST: Sie sind vorerst ruhig. Sie kommen schon noch dran.

ZEUGE: Nein. Ich habe die Brille gefunden. *Er gibt dem Angefahrenen die Brille. Der setzt sie schnell auf.*

ANGEFAHRENER *vorwurfsvoll:* Ein Glas ist zerbrochen.

POLIZIST: Lassen S' schauen! Tatsächlich. *Verbessert in seinem Notizbuch:* Nicht in Verlust geraten, teilweise zu Bruch gegangen.

ANGEFAHRENER: Da sehe ich ja nur die Hälfte.

POLIZIST: Besser wie nix. Aber wie war das jetzt mit Ihre weißen Mäuse?

ANGEFAHRENER *schaut herum:* Diese Person da, oder Dame, hat mich – die hat mich mit ihrem Fahrrad umgefahren – und dann ist meine Tüte –

ZEUGE: Ich hab's gesehen. Mein Name ist Hierl. Ich bin Zeuge.

POLIZIST: Sie sind vorerst ruhig. Sie kommen schon noch dran. *Zum Angefahrenen:* Sie haben fünf weiße Mäuse in einer Papiertüte transportiert.

ANGEFAHRENER: Jawohl.

POLIZIST: Und jetzt sind die Mäuse weg.

ANGEFAHRENER: Jawohl.

POLIZIST: Hm. *Notiert.* Fünf Mäuse, weiß, in Verlust geraten. *Zum Angefahrenen:* Können Sie die Mäuse beschreiben?

ANGEFAHRENER: Ja, weiß.

POLIZIST: Weiß. Hm. Genau können Sie es nicht beschreiben?

ANGEFAHRENER: Matt-weiß.

POLIZIST: Hmm. Naja. *Notiert:* matt-weiß. – Daß's fünfe waren, wissen Sie bestimmt?

ANGEFAHRENER: Ich bitte Sie! Die Mäuse waren mein Lebenswerk. Ich bin Wissenschaftler. Das wird die Dame teuer zu stehen kommen!

POLIZIST: So. Jetzt brauch' ich aber vorerst Ihre Personalien.
ANGEFAHRENER: Schlappner Wilhelm.
POLIZIST: Mmm. *Notiert:* Professor Schlappner –
ANGEFAHRENER: Nein! Nein! Nicht Professor. Noch nicht
Professor.
POLIZIST: Ach so. War ja nicht bös' gemeint. *Notiert:* Doktor
Schlappner.
ANGEFAHRENER: Nein. Auch nicht Doktor. Noch nicht
Doktor.
POLIZIST: So? Was sind S' denn dann?
ANGEFAHRENER: Wissenschaftler. Ich bin Assistent an dem In-
stitut dort. Genauer gesagt: Verwalter einer Assistentenstelle.
Assistent wird man erst, wenn man promoviert hat. Aber es
ist praktisch das gleiche. Sie können ohne weiteres schreiben:
Wissenschaftlicher Assistent.
POLIZIST: Mmm. *Notiert.* Alter?
ANGEFAHRENER: Achtunddreißig.
POLIZIST: Achtunddreißig.
ANGEFAHRENER: Ja, wieso?
POLIZIST: Achtunddreißig? Also, mich geht's ja nichts an. Aber
achtunddreißig, und Sie sind nicht einmal Doktor? In dem
Alter werden ja die anderen schon wieder pensioniert. Fast.
ANGEFAHRENER: Ich sehe schlecht. Ich kann nicht so schnell
lesen wie die andern.
POLIZIST: Ach so. Das ist natürlich was anderes. Und die wei-
ßen Mäuse waren Ihr Lebenswerk.
ANGEFAHRENER: So ist es.
POLIZIST *zur Radfahrerin:* Das wird Ihnen teuer zu stehen
kommen, mein' ich.
Radfahrerin klingelt aus Verlegenheit.
POLIZIST: Unterlassen Sie die akustischen Signale.
ZEUGE: Jetzt klingelt sie. Vorhin hat sie nicht geklingelt. Mein
Name ist Hierl, ich bin Zeuge. Ich habe es genau gehört, daß
sie nicht geklingelt hat. Das heißt, ich habe nicht gehört, daß
sie . . .
ANGEFAHRENER: Sie hat nicht geklingelt!
POLIZIST: Jetzt sind Sie ruhig. Jetzt ist er dran. Also, haben Sie
genau gehört, daß sie nicht geklingelt hat, oder haben Sie
nicht genau gehört, ob sie geklingelt hat?
ZEUGE: Ich habe gehört, daß sie nicht geklingelt hat. Beziehungsweise das kann man ja nicht hören, wenn einer nicht
klingelt. Ich habe sie nicht klingeln hören, das aber genau.

POLIZIST: Sie haben also kein Klingeln wahrgenommen?

ZEUGE: Nein.

POLIZIST: Also hat sie doch geklingelt.

ZEUGE: Nein, ich meine: Ja.

POLIZIST: Haben Sie kein Klingeln wahrgenommen, oder haben Sie nur nicht wahrgenommen, ob ein Klingeln stattgefunden hat, oder nicht?

ZEUGE: Ja richtig, beziehungsweise: Nein.

POLIZIST: Aha, Mm. Gut – *notiert.* Dann ist der Fall ja schon fast klar. *Zur Radfahrerin:* Eine schamlose Unvorsichtigkeit. Das wird Sie, glaube ich, teuer zu stehen kommen! Jetzt brauche ich einmal Ihre Personalien.

RADFAHRERIN: Ich Türk – Türk.

POLIZIST: Auwehzwick! Eine Türkin. – Du – Türk?

RADFAHRERIN: Türk! Türk!

POLIZIST: Der Ausweis?

RADFAHRERIN: Nix Ausweis – ich Türk – verstehen? Türk!

POLIZIST: Ich hab' dich schon verstanden. Herrschaftszeiten. Muß das jetzt eine Türkin sein. Da brauchen wir ja glatt einen Dolmetscher. *Zum Zeugen:* Sie können nicht zufällig türkisch? Nein? *Zum Angefahrenen:* Sie? Na ja. Kein Mensch kann türkisch. Ich auch nicht. Muß eine sehr schwere Sprache sein. Ich hab' gehört, daß die Türken selber gar nicht gescheit türkisch können, die armen Teufel. *Zur Radfahrerin:* Du Türk?

RADFAHRERIN: Ja, ja. Türk.

POLIZIST *zum Zeugen:* Obwohl natürlich, wenn so einer, wie der verhinderte Professor da, der kaum was sieht, mit seine weißen Mäuse so einfach über die Straße geht –

ZEUGE: Gelaufen, er ist gelaufen.

ANGEFAHRENER: Ich hatte es eilig. Meine S-Bahn –

POLIZIST: So! Gelaufen. Fast nichts sehen, und dann über die Fahrbahn laufen. Mit einem Sack voll weißer Mäuse!

ANGEFAHRENER: Fast nichts sehen ist übertrieben. Ich sehe schlecht, ja, aber –

POLIZIST: Vorhin haben S' gesagt, Sie sehen fast überhaupt nichts.

ZEUGE: Ja, ich bin Zeuge. Mein Name ist Hierl.

POLIZIST: Mit einem Sack voll weiße Mäus' über die Straße laufen. Das ist ja direkt eine Gemeingefahr.

ANGEFAHRENER: Ich wüßte nicht, was da gefährlich sein sollte.

POLIZIST: Sie sind gefährlich!

ZEUGE *zum Angefahrenen:* Schleichen S' Ihnen!

ANGEFAHRENER: Sie haben mir überhaupt nichts zu sagen. Der Polizist vielleicht. Aber Sie am allerwenigsten.

POLIZIST: Aber recht hat er. Jetzt sehen S', daß weiterkommen, bevor ich Ihnen als unzulässigen Menschenauflauf betrachten muß.

ANGEFAHRENER: Sie – Sie – Sie – Sie wissen wohl nicht, wer ich bin!

ZEUGE: Ein Hanswurst sind Sie.

ANGEFAHRENER: Das brauche ich mir nicht gefallen zu lassen. Ich bestehe auf Respekt vor der Wissenschaft.

POLIZIST: Jetzt hören S' auf. Sie mit Ihrem Flohzirkus.

ANGEFAHRENER: Flohz – Flohz . . .

ZEUGE *äfft ihn nach:* Flohz – Flohz –

ANGEFAHRENER: Das ist mein wissenschaftliches Lebenswerk.

ZEUGE: War.

ANGEFAHRENER *den Tränen nahe:* Sie werden noch von mir hören. *Ab.*

POLIZIST: Ja, schau nur, daß d' net von uns hörst, du krummhaxeter Larifari, du.

ZEUGE: Leut' gibt's.

RADFAHRERIN: Ich – Türk –

POLIZIST: Ja, ist schon gut. Du weiterfahren, türkische Nudel. *Zum Zeugen:* Ein Türk sein ist schwer; die armen Teufel.

ZEUGE: Ja, schon die Sprache.

POLIZIST: Hm und mit'm Lesen tun die sich auch schwer.

ZEUGE: Und überhaupt sind sie immer und überall benachteiligt, haben s' im Fernsehen g'sagt.

POLIZIST: Ja, soziologisch isoliert, quasi!

ZEUGE: Und nicht katholisch.

POLIZIST: Ein grausames Schicksal. Wissen S' – frühers, da hab' ich das auch nicht so verstanden. Aber jetzt, wo immer das Soziologische quasi, von die Gastarbeiter im Fernsehen ist, jetzt versteh' ich das viel besser.

ZEUGE: Gastarbeiter sind auch Menschen.

POLIZIST: Haben auch sogar eine Mutter, oft.

ZEUGE: Mancher Gastarbeiter ist mir lieber als wie ein Preiß.

POLIZIST: Ja. Also dann – *salutiert und ab.*

Der Zeuge will gehen. Die Radfahrerin schreit auf, klingelt und deutet entsetzt auf den Boden.

RADFAHRERIN: Da läuft eine von seine weißen Mäus'.

ZEUGE: Wie bitte?

RADFAHRERIN: Bin ich jetzt derschrocken. Die lauft gradwegs auf mich zu. Zum Glück ist s' dann abbogen in den Gulli hinein.

ZEUGE: Entschuldigen S' aber –

RADFAHRERIN: Ja, bitte?

ZEUGE: Also – entweder kann ich jetzt plötzlich türkisch, oder –

RADFAHRERIN: Ach so, na na – ha, ha – ja, da schaun S', gell. Ich bin keine Türkin nicht.

ZEUGE: Aber Sie haben doch –

RADFAHRERIN: Ja – in gewisser Beziehung bin ich schon Türkin. Eine geborene Türk. Aus Eggenfelden, wenn S' wissen, wo das ist.

ZEUGE: Dann haben Sie ja . . .

RADFAHRERIN: Ja, das mach' ich alleweil. Wenn Sie wisseten, wie blöd ich radfahr'. Wenn man so radfahrt wie ich, dann muß man sich irgendeine Ausred' zurechtlegen.

ZEUGE: Das ist ja . . .

RADFAHRERIN: Und überhaupt – bei jedem Schalter in der Straßenbahn, überall, auf der Post und so, überall sag' ich: Ich – Türk – nix verstehen – ich, Türk – und stell' mich vorn hin. Die andern schimpfen zwar, aber das versteh' ich ja nicht, sozusagen. Haben S' mich? Früher war das anders, aber die Zeiten ändern sich. Wennst nicht ein Gastarbeiter bist – *setzt sich aufs Rad –,* dann bist nix. *Klingelt.* Und jetzt tät' ich an Ihrer Stelle auf d' Seiten gehen. Wenn ich losfahr', kann man gar nicht weit genug weggehen. *Fährt ab.*

ZEUGE *denkt eine Zeitlang nach:* Ein G'schwerl übereinand', diese Gastarbeiter.

Der Aschenbecher

Personen: Der Bürgermeister, Sommerhauser, Kominek (zwei Gemeinderäte), Fräulein Gottlieb, die Sekretärin des Bürgermeisters

Die Szene ist das Sitzungszimmer des Bürgermeisteramtes einer kleinen Gemeinde. Bevor der Vorhang aufgeht, hört man Lärm, Schreien, Poltern von Stühlen, Klirren einer zerbrechenden Fensterscheibe. Dann Ruhe. Bei Aufgehen des Vorhangs ist das Sitzungszimmer etwas derangiert. Ein paar Stühle sind umgefallen. Niemand ist zu sehen. Fräulein Gottlieb stürzt herein und schaut sich entsetzt um.

FRL. GOTTLIEB: Marandjosef, Herr Bürgermeister, ist was passiert? *Es rührt sich nichts.* Herr Bürgermeister! Herr Bürgermeister! *Es rührt sich nichts. Frl. Gottlieb sieht das zerbrochene Fenster.* Jessas na – die Scheiben ist hin – Herr Bürgermeister!

Langsam kommt Sommerhauser aus seinem Versteck gekrochen. Er spricht ganz langsam und verschreckt, bewegt sich wie ein Geblendeter.

SOMMERHAUSER: Entsetzlich. Entsetzlich.

FRL. GOTTLIEB: Ja, Herr Sommerhauser, wie schauen denn Sie aus?

SOMMERHAUSER: Grauenvoll.

FRL. GOTTLIEB: Was ist denn passiert? Wo ist denn der Herr Bürgermeister? Ja reden S' doch, soll ich die Polizei verständigen?

SOMMERHAUSER: Wer sind Sie?

FRL. GOTTLIEB: Ja, Herrschaftszeiten – ja, sind Sie übergeschnappt? kennen Sie mich nicht mehr? Ich bin die Fräulein Gottlieb –

SOMMERHAUSER: Ach so, ja, ja.

Sommerhauser stellt mühsam einen Stuhl wieder auf die Beine und läßt sich drauffallen.

SOMMERHAUSER: Ein Bild des Grauens. Bis in meine Todesstunde werde ich daran denken. Bis in meine Todesstunde!

FRL. GOTTLIEB: Jetzt kommt mir das langsam vor wie ein Kasperltheater. Wo ist denn der Herr Bürgermeister? Reden S' doch – und wo ist der Herr Kominek? Der war doch vorhin auch noch da, wie ich einen Schnaps hereingebracht habe.

SOMMERHAUSER *erinnert sich dunkel:* Ja – ja – einen Schnaps. Sie haben einen Schnaps hereingebracht. Und ich habe ein Stamperl getrunken. *Feierlich* – Ja, Fräulein Gottlieb, ich habe ein Stamperl getrunken –

FRL. GOTTLIEB: Hat's die Schnapsflaschen zerrissen?

SOMMERHAUSER: – und bevor ich das zweite Stamperl getrunken habe, hat sich – hat sich das Grauenvolle abgespielt. Verstehen Sie, Fräulein Gottlieb?

FRL. GOTTLIEB: Was reden S' denn so komisch? Wie das Wort zum Sonntag?

SOMMERHAUSER: Die Welt ist nicht mehr die Welt, wie sie war, wie ich dieses erste Stamperl getrunken habe. Da steht's noch. Schenken Sie mir einen Schnaps ein, Fräulein Gottlieb.

Fräulein Gottlieb tut es mit zitternden Händen.

FRL. GOTTLIEB: Mir wird schon ganz anders.

SOMMERHAUSER: Prost. *Trinkt.* Ich sag' Ihnen, Fräulein Gottlieb. Zwischen diesem Stamperl und dem vorigen, da klafft ein Abgrund. Ein unnennbarer Abgrund.

Es regt sich etwas. Fräulein Gottlieb erschrickt, läßt fast die Schnapsflasche fallen. Kominek kommt aus seinem Versteck gekrochen.

FRL. GOTTLIEB: Mei, bin ich jetzt erschrocken. Aber Sie reden ja auch schon wie bei einer Leich'.

KOMINEK, *auch er redet mit Grabesstimme:* Ist er weg?

SOMMERHAUSER: Freilich ist er weg.

FRL. GOTTLIEB *schreit auf:* Der Bürgermeister?

KOMINEK: Entsetzlich.

SOMMERHAUSER: Ein Bild des Grauens.

KOMINEK: Ich sage Ihnen, Herr Kollege Sommerhauser, eine Strafe des Himmels.

SOMMERHAUSER: Eine Apokalypse.

KOMINEK: Anders kann man es gar nicht bezeichnen.

SOMMERHAUSER *laut:* Max!

FRL. GOTTLIEB: Wo ist der Herr Bürgermeister?

KOMINEK *wendet sich an Fräulein Gottlieb:* Sehen Sie dieses Fenster?

FRL. GOTTLIEB: Ja, freilich. Das habe ich gleich gesehen.

KOMINEK: Durch dieses Fenster –

FRL. GOTTLIEB *schrill:* – haben Sie den Bürgermeister hinausgeworfen?

KOMINEK: Nein!

FRL. GOTTLIEB: Ist er von selber hinausgesprungen?

SOMMERHAUSER: Ein Bild des Grauens –

FRL. GOTTLIEB *fast weinend:* Der Bürgermeister ist zum Fenster hinuntergesprungen?

KOMINEK: Eine Strafe des Himmels. Eine gerechte Strafe des Himmels!

SOMMERHAUSER *laut:* Ma – ax!

Fräulein Gottlieb beginnt zu weinen. Der Bürgermeister kommt aus seinem Versteck.

FRL. GOTTLIEB: Ist das sein Geist? Jesus Maria und Josef, steh mir bei. Spinn' ich jetzt auch schon?

BÜRGERMEISTER: Ist er weg?

FRL. GOTTLIEB: Wer soll denn weg sein –?

KOMINEK: Eine gerechte Strafe des Himmels.

BÜRGERMEISTER *düster, auch noch im Banne des Entsetzens:* Und das sagt ausgerechnet einer von der SPD.

FRL. GOTTLIEB: Herr Bürgermeister! Herr Bürgermeister!

Der Bürgermeister schleppt sich mühsam zu einem Sessel und läßt sich hineinfallen.

BÜRGERMEISTER *zu Fräulein Gottlieb:* Ja?

FRL. GOTTLIEB: Jetzt sagen S' endlich, was war denn los?

Die drei Männer nehmen gleichzeitig gestikulierend Anlauf, um das grauenvolle Ereignis zu schildern, das eben vorgefallen ist. Sie bringen aber kein Wort heraus. Endlich rafft sich der Bürgermeister auf.

BÜRGERMEISTER: Der Aschenbecher.

FRL. GOTTLIEB: Was für ein Aschenbecher?

BÜRGERMEISTER: Der blaue Aschenbecher. Hier auf dem Tisch! Erinnern Sie sich nicht an den blauen Aschenbecher, hier auf dem Tisch?

FRL. GOTTLIEB: Den wo Ihnen die Firma Stark & Fuhrmann geschenkt hat?

KOMINEK: Eine gerechte Strafe des Himmels!

BÜRGERMEISTER: Gehen S', was soll denn das? Wegen einem Aschenbecher? Der ist doch nichts wert. Und außerdem hat den die Firma nicht mir geschenkt, sondern dem Bürgermeister, quasi, dem Amt. Deswegen habe ich ihn ja nicht mit heimgenommen, sondern hiergelassen. *Er malt sich einen Moment Entsetzliches aus.* Mein Gott! Wenn ich ihn mit heimgenommen hätte –

FRL. GOTTLIEB: Und was ist mit dem Aschenbecher?

BÜRGERMEISTER: Fräulein Gottlieb?

FRL. GOTTLIEB: Ja?

BÜRGERMEISTER: Kann ein Aschenbecher fliegen?

FRL. GOTTLIEB: Nein.

BÜRGERMEISTER: Der Aschenbecher hat sich langsam vom Tisch erhoben, grad wie Sie wieder draußen waren, nachdem Sie den Schnaps gebracht haben –

KOMINEK: Ich rühre keinen Schnaps mehr an. Heiliger Herr und Gott.

SOMMERHAUSER: Na, na, na!

BÜRGERMEISTER: Hebt sich langsam vom Tisch, bleibt ungefähr in dieser Höhe einen Augenblick schweben –

SOMMERHAUSER: Ein Bild des Grauens.

FRL. GOTTLIEB: Marandjosef –

BÜRGERMEISTER: Und schießt dann wie eine Rakete beim Fenster hinaus. So wahr ich hier sitze. Können Sie sich das erklären?

KOMINEK: Eine Strafe des Himmels.

SOMMERHAUSER: Dann wäre es aber eine sehr späte Strafe des Himmels, Herr Kollege Kominek.

FRL. GOTTLIEB: Soll ich – soll ich – die Feuerwehr holen? Oder die Polizei? Oder den Pfarrer?

BÜRGERMEISTER: Fräulein Gottlieb – meine Herren, Franz, setz dich her, Herr Kominek – *er holt alle nahe zusammen* – es braucht vorerst, schlage ich vor, es braucht vorerst niemand von diesem peinlichen Vorfall, von diesem unerklärlichen Vorfall, braucht vorerst niemand, auch die Fraktionen nicht, wir verstehen uns? Fräulein Gottlieb – bitte, gehen Sie hinunter – er kann doch nicht weit geflogen sein, wenn Sie Scherben finden, nehmen Sie einen Besen mit, aber es soll niemand etwas, vorerst, Sie verstehen –

Fräulein Gottlieb geht hinaus.

BÜRGERMEISTER *nach einer Pause:* Wenn ich es nicht mit eigenen Augen gesehen hätte –

KOMINEK: Eine Strafe des Himmels.

BÜRGERMEISTER: So? Eine Strafe des Himmels? Und für wen, wenn ich fragen darf?

KOMINEK: Da, glaube ich, kommt nur einer in Frage, hier im Raum.

BÜRGERMEISTER: Das glaube ich allerdings auch. Aber ich glaube, wir meinen nicht den gleichen.

SOMMERHAUSER: Redet's ihr über mich?

BÜRGERMEISTER *lenkt ab:* – und wie eine Rakete hinaus.

SOMMERHAUSER: Wsss – t – pfeilgrad. Wie eine Rakete.

BÜRGERMEISTER: Ein Aschenbecher. Ein Aschenbecher aus blauem Glas.

KOMINEK: Von der Firma Stark & Fuhrmann.

BÜRGERMEISTER: Lassen Sie doch die Anzüglichkeiten.

SOMMERHAUSER: Ob der überhaupt – ich meine, wenn der schon wie eine Rakete hinausgeschossen ist – ob der überhaupt – ich meine, ob der nicht weiterschießt – immer weiter?

KOMINEK: Das geht ja gar nicht. Da steht ja der Kirchturm und dahinter das Spritzenhaus –

BÜRGERMEISTER: Dann ist er am Kirchturm zerschellt.

SOMMERHAUSER: Eben nicht! So wie er die Scheibe durchschlagen hat, durchschlägt er den Kirchturm, dann das Spritzenhaus, wie ein Geschoß, meine Herren, wie ein Geschoß!

BÜRGERMEISTER: Um Gottes willen –

SOMMERHAUSER: Und fliegt weiter und weiter, mäht Bäume nieder, fegt durch Häuser und Berge, wer weiß, was da für ein Unglück passiert, da passieren Katastrophen –

KOMINEK: Ja – aber –

BÜRGERMEISTER: Und dann fliegt er womöglich noch weiter –

SOMMERHAUSER: Und noch weiter –

BÜRGERMEISTER: – und noch weiter

SOMMERHAUSER: – und immer weiter –

BÜRGERMEISTER *dreht sich um:* – ja dann kommt er ja da wieder herein, wenn er die Erde umkreist hat.

Die drei gehen unwillkürlich in Deckung.

KOMINEK: Wenn er der Erdkrümmung folgt.

BÜRGERMEISTER: Was heißt das?

KOMINEK: Nachdem es für den Aschenbecher, den Sie von der Firma Stark & Fuhrmann geschenkt bekommen haben –

BÜRGERMEISTER: Hören S' doch auf.

KOMINEK: – die Schwerkraft nicht gibt, ist er vielleicht wirklich wie eine Rakete weitergeschossen? – nicht der Erdkrümmung nach, das wäre ja quasi nicht gradaus, sondern –

SOMMERHAUSER: Wo wär' er dann hin?

KOMINEK: Hinaus.

BÜRGERMEISTER: Wo hinaus?

KOMINEK: Ins Weltall.

Kurze Pause

BÜRGERMEISTER: Ehrlich gesagt. Das wäre mir fast das liebste.

Fräulein Gottlieb kommt mit dem Aschenbecher herein.

FRL. GOTTLIEB: Das ist er doch?

Die drei Männer schauen sich an.

BÜRGERMEISTER *zu Fräulein Gottlieb:* Wo war er denn?

FRL. GOTTLIEB: Am Hof. Zwischen die Auto.

BÜRGERMEISTER: Und nicht kaputt?

FRL. GOTTLIEB: Das sehen S' doch.

SOMMERHAUSER: Ein ganz und gar unerklärlicher Vorgang.

FRL. GOTTLIEB *aufgeregt:* Jetzt nehmen S' ihn, bitte schön, ich hab' ihn lang genug getragen.

BÜRGERMEISTER: Franz, nimm ihn du –

SOMMERHAUSER: Der Herr Kominek –

KOMINEK: Stellen Sie ihn daher, Fräulein Gottlieb.

Fräulein Gottlieb stellt den Aschenbecher auf den Tisch.

FRL. GOTTLIEB: Brauchen Sie mich noch, Herr Bürgermeister?

BÜRGERMEISTER: Nein, danke, Sie können gehen.

FRL. GOTTLIEB: Soll ich den Glaser anrufen?

BÜRGERMEISTER: Was für einen Glaser?

FRL. GOTTLIEB: Für die Scheibe? Weil doch die Scheibe kaputt ist?

BÜRGERMEISTER: Nein, nein. Vorerst – nein, vorerst – vorerst nicht. Danke, Fräulein Gottlieb.

Fräulein Gottlieb geht hinaus. Die Herren setzen sich um den Tisch.

SOMMERHAUSER: Müssen wir das irgendwo melden?

BÜRGERMEISTER: Eine sehr unangenehme Geschichte.

KOMINEK: Ein Fingerzeig.

SOMMERHAUSER: Irgendwo muß man das doch sicher melden?

BÜRGERMEISTER: Schmarrn. Warum sollen wir das melden? Geht das jemand was an?

SOMMERHAUSER: Alles muß man irgendwo melden. Es gibt nichts, was man nicht melden müßte.

BÜRGERMEISTER: Ich wüßte nicht, wo ich das melden sollte –

SOMMERHAUSER: Dem Technischen Überwachungsverein, zum Beispiel –

KOMINEK: Das geht den Technischen Überwachungsverein überhaupt nichts an.

SOMMERHAUSER: Wie die Dampfspritze explodiert ist, haben wir's dem Technischen Überwachungsverein gemeldet.

KOMINEK: Beichten.

BÜRGERMEISTER: Die Dampfspritze – das war ja ganz was anderes – aber der Aschenbecher, nein, nein – den Aschenbecher brauchen wir nicht melden –

SOMMERHAUSER: Auch wenn er fliegt nicht?

BÜRGERMEISTER: Selbstverständlich nicht.

SOMMERHAUSER: Aber der Versicherung?

BÜRGERMEISTER: Wegen dem Fenster?

SOMMERHAUSER: Überhaupt, meine ich –

BÜRGERMEISTER: Das glaubt uns kein Mensch.

SOMMERHAUSER: Aber wenn's doch so war!?

KOMINEK: Beichten.

BÜRGERMEISTER: Jetzt hören S' auf mit Ihrem dummen Gerede –

KOMINEK: Das sagt ausgerechnet ein Mitglied der CSU!

BÜRGERMEISTER: Wer redet denn die ganze Zeit, daß das eine Strafe des Himmels ist?

KOMINEK: Ein Fingerzeig!

BÜRGERMEISTER: Sie reden die ganze Zeit. Ein SPD-Mitglied. Sie reden die ganze Zeit vom Beichten. Daß Sie sich nicht schämen!

KOMINEK: Wann waren Sie denn das letzte Mal bei der Beichte?

BÜRGERMEISTER: Das geht Sie gar nichts an.

SOMMERHAUSER *starrt auf den Aschenbecher:* Du, Max –

BÜRGERMEISTER: Das geht niemanden was an, wann ich das letzte Mal bei der Beichte war, am wenigsten einen von der SPD.

KOMINEK: Aber ich weiß, wann Sie das letzte Mal beim Beichten waren.

SOMMERHAUSER: Du Max –

BÜRGERMEISTER: Woher wollen S' denn jetzt das wissen?

KOMINEK: Vom Herrn Pfarrer.

BÜRGERMEISTER: Der wird akkurat Ihnen das sagen. Akkurat einem von der SPD.

KOMINEK: Vor acht Jahren.

BÜRGERMEISTER: Das geht niemand was an.

KOMINEK: Dabei hätten S' es vor sieben Jahren am notwendigsten gehabt zum Beichten zu gehen.

BÜRGERMEISTER: Ich glaube, Sie brauchen am allerwenigsten reden.

SOMMERHAUSER: Max – Max – ich glaube, es lupft ihn wieder – *er fixiert den Aschenbecher.*

BÜRGERMEISTER: Ich habe nichts gesehen.

SOMMERHAUSER: Ich glaube, er ist schon wieder ein bissel auf d' Höh! –

Bürgermeister und Kominek untersuchen den Aschenbecher, ohne ihn aber anzurühren.

BÜRGERMEISTER: Keine Spur.

KOMINEK: Er steht auf dem Tisch, wie sich's gehört.

BÜRGERMEISTER: So. Der Pfarrer hat's Ihnen gesagt?

KOMINEK: Ja. Der Pfarrer.

BÜRGERMEISTER: Das ist ja – das ist ja Verrat des Beichtgeheimnisses!

KOMINEK: Des Nicht-Beichtgeheimnisses, höchstens.

BÜRGERMEISTER: Das verstehe ich nicht?

KOMINEK: Wenn Sie nicht beichten, kann der Pfarrer kein Geheimnis verraten.

BÜRGERMEISTER: Also jedenfalls geht's niemand was an, wann ich das letzte Mal bei der Beichte war –

KOMINEK: Ich wüßte schon, was Sie nicht gebeichtet haben –

BÜRGERMEISTER *laut:* Und ich weiß auch, was Sie nicht –

KOMINEK: Halt! Halt! – ich habe es gebeichtet. Schon vor sieben Jahren.

BÜRGERMEISTEER *sinkt in sich zusammen:* So. Und gebeichtet haben Sie es auch noch. Sie haben sich nicht geschämt, Ihre Schandtat auch noch zu beichten.

SOMMERHAUSER: Was redet's ihr denn da?

BÜRGERMEISTER: Und noch dazu, wo Sie bei der SPD sind.

KOMINEK: Wohltaten brauche ich nicht zu beichten. Nur Schandtaten kann man beichten.

BÜRGERMEISTER: Die Sache war doch erledigt. Es war doch abgemacht –

SOMMERHAUSER: Was schreist d' denn so, Max?

BÜRGERMEISTER: Halt du's Maul. – Es war doch abgemacht, daß davon kein Wort mehr verlautet.

KOMINEK: Selbstverständlich.

BÜRGERMEISTER: Hundertzwanzigtausend Mark.

KOMINEK: Selbstverständlich.

BÜRGERMEISTER: Und kein Wort mehr davon.

KOMINEK: Aber Sie können mir doch nicht verbieten, mein Gewissen durch die Beichte zu erleichtern?

BÜRGERMEISTER: Hoffentlich haben S' wenigstens in der Stadt drinnen gebeichtet, nicht hier im Dorf –

KOMINEK: Nein. Ich gehe bei meinem Pfarrer zur Beichte. Seit Jahren.

BÜRGERMEISTER: Beichtet der das unserem Pfarrer – dieser Ratschen.

SOMMERHAUSER: Von was redet's ihr denn?

BÜRGERMEISTER: Laß mich doch in Ruhe. – Ja, jetzt wird mir einiges klar, Herr Kominek. Warum mich der Pfarrer so komisch angeschaut hat, damals, – und bei der Fronleichnamsprozession – ich habe genau gesehen, daß der Pfarrer das Weihwasser direkt neben mir vorbeigespritzt hat. Das war Absicht!

KOMINEK: Sie könnten es ja noch beichten!

BÜRGERMEISTER: Jetzt? Nach sieben Jahren?

KOMINEK: Zur Umkehr ist es nie zu spät.

SOMMERHAUSER: Jetzt hat's ihn wieder g'lupft –

BÜRGERMEISTER: Aber Sie kehren nicht um? Sie geben die hundertzwanzigtausend Mark nicht zurück – auch dazu wäre es nicht zu spät –

SOMMERHAUSER: Ich hab's genau gesehen –

BÜRGERMEISTER: Ich möchte –

SOMMERHAUSER: Halt, halt – er fängt wieder an. *Sommerhauser stürzt sich auf den Aschenbecher und drückt ihn auf den Tisch nieder.*

BÜRGERMEISTER: Ich habe nichts gesehen.

SOMMERHAUSER: Freilich. Ich spür's doch. Wenn ich ihn nicht hinunterdrucken tät', wär' er schon wieder auf der Höh' –

KOMINEK: Lassen S' sehen.

SOMMERHAUSER: Ja – bitte – Vorsicht!

Kominek übernimmt Sommerhausers Position am Aschenbecher, aber so, daß der Aschenbecher ständig niedergedrückt bleibt.

SOMMERHAUSER: Spüren S' es?

KOMINEK: Tatsächlich.

BÜRGERMEISTER: Laßt's mich auch hin.

Nun nimmt in gleicher Weise wie vorhin der Bürgermeister die Drückposition am Aschenbecher ein.

BÜRGERMEISTER: Er will wieder weg.

SOMMERHAUSER: Das müssen wir melden.

BÜRGERMEISTER: Ich spür' es ganz deutlich.

SOMMERHAUSER: Das müssen wir melden.

BÜRGERMEISTER: Ja wo sollen wir's denn melden?

SOMMERHAUSER: Du bist der Bürgermeister, du mußt es wissen.

KOMINEK: Vielleicht dem Landrat?

BÜRGERMEISTER: Der lacht uns doch aus.

SOMMERHAUSER: Dann soll er herkommen, und er soll am Aschenbecher drucken, dann wird ihm's Lachen schon vergehen.

BÜRGERMEISTER: Der Landrat kommt wegen keinem Aschenbecher hier heraus.

KOMINEK: Wegen einem, der fliegt, vielleicht schon.

BÜRGERMEISTER: Außerdem bin ich dagegen – Herrschaftszeiten, mir tut schon der Arm weh – Franz, geh her, halt du –

SOMMERHAUSER: Warum denn ich? Du bist der Bürgermeister.

BÜRGERMEISTER: Herr Kominek –

KOMINEK: Ich schließe mich dem Kollegen Sommerhauser an.

BÜRGERMEISTER: Der hat eine Gewalt, der Aschenbecher.

SOMMERHAUSER: Ja, das hab' ich gemerkt.

BÜRGERMEISTER: Franz, gib das Adreßbuch da drüben her. Das legen wir drauf –

Sommerhauser holt das Adreßbuch.

SOMMERHAUSER: Wir müssen das melden. Da bleibt uns nichts anderes übrig.

BÜRGERMEISTER: Wir melden das nicht.

SOMMERHAUSER: Wir werden die ärgsten Schwierigkeiten kriegen, wenn wir das nicht melden.

KOMINEK: Vielleicht dem Bundesluftfahrtamt.

BÜRGERMEISTER: So ein Blödsinn.

KOMINEK: Das wäre in Braunschweig.

SOMMERHAUSER: Dem Landrat.

BÜRGERMEISTER: Jetzt leg zuerst einmal das Buch auf den Aschenbecher – halt, Vorsicht – gleichzeitig! Gleichzeitig! Ich nehm' die Händ' weg, und du legst das Buch drauf.

Kurzer Tumult, alle drei machen sich am Buch und am Aschenbecher zu schaffen. Sie schreien: Halt! Vorsicht! Au – tu deine Griffeln weg usw. Zum Schluß halten Bürgermeister und Sommerhauser das Buch auf dem Aschenbecher fest.

SOMMERHAUSER: Jetzt fliegt auch das Buch.

BÜRGERMEISTER: Das Buch fliegt nicht. Das Buch ist nur zu leicht.

SOMMERHAUSER: Vorsicht! Das Buch fällt herunter –

BÜRGERMEISTER: Daß der Kerl so eine Kraft hat.

Gepolter. Das Adreßbuch fällt zu Boden. Bürgermeister und Sommerhauser halten gemeinsam den Aschenbecher fest.

SOMMERHAUSER: Ob man's nicht doch melden soll?

KOMINEK: Am besten läßt man ihn fliegen.

BÜRGERMEISTER: Sind Sie wahnsinnig?

KOMINEK: Dann sind wir ihn los.

BÜRGERMEISTER: Und was dann alles passieren könnte?

SOMMERHAUSER: Die Gemeinde kann ja schließlich nichts dafür, wenn ein Aschenbecher zum Fliegen anfängt.

BÜRGERMEISTER: Aber ich will nicht, daß aus meinem Zimmer Aschenbecher zum Fenster hinausfliegen.

KOMINEK: Vor allem nicht solche, die von der Firma Stark & Fuhrmann sind. Der das falsche Gutachten über das Abwasserkontingent hundertzwanzigtausend Mark wert war.

BÜRGERMEISTER: Das war kein falsches Gutachten.

KOMINEK: Aber echte hundertzwanzigtausend Mark.

BÜRGERMEISTER: Sie haben sie selber nachgezählt?

KOMINEK: Darauf können Sie sich verlassen.

SOMMERHAUSER: Was für hundertzwanzigtausend Mark?

BÜRGERMEISTER *schreit:* Spinnst du, Franz, halt fest! Er fliegt doch sonst.

SOMMERHAUSER: Entschuldigung.

BÜRGERMEISTER: Da mußt mit aller Kraft drücken, glaubst. Mit solch einer Gewalt will er wieder auf die Höhe. Was machen wir denn bloß.

SOMMERHAUSER: Man sollte doch den Landrat anrufen.

BÜRGERMEISTER: Der Landrat kann da auch nichts tun. Soll ich den Landrat anrufen und bitten, daß er hilft, einen Aschenbecher niederdrücken?

SOMMERHAUSER: Aber wir können doch nicht die ganze Nacht hier den Aschenbecher festhalten.

BÜRGERMEISTER: Wenn's nur die Nacht wär'!

KOMINEK: Für immer!

BÜRGERMEISTER: Malen S' nicht den Teufel an die Wand.

KOMINEK: Ein Zeichen des Himmels.

BÜRGERMEISTER: Sie haben's am meisten nötig, vom Zeichen des Himmels zu sprechen, ausgerechnet Sie von der SPD. Außerdem haben Sie letzten Endes die hundertzwanzigtausend Mark bekommen.

KOMINEK: Ich habe keinen Pfennig davon für mich verwendet.

BÜRGERMEISTER: Daß ich nicht lach'!

SOMMERHAUSER: Bald krieg' ich einen Krampf im Arm.

BÜRGERMEISTER: Sie könnten ruhig einmal einen von uns ablösen, Herr Kominek.

Kominek will den Bürgermeister ablösen, aber auch Sommerhauser meint, er würde abgelöst; Geschrei – unsichtbar fürs

Publikum ist der Aschenbecher ein wenig in die Höhe geflogen
und wird nun von allen dreien wieder niedergehalten.

BÜRGERMEISTER: So geht das nicht weiter.

SOMMERHAUSER: Man muß jemanden verständigen.

BÜRGERMEISTER: Fräulein Gottlieb!

Fräulein Gottlieb kommt herein.

FRL. GOTTLIEB: Ja, bitte, Herr Bürgermeister?

BÜRGERMEISTER: Rufen S' den Landrat an –

FRL. GOTTLIEB: Ja, und was soll ich sagen?

BÜRGERMEISTER: Sagen Sie – nein, sagen Sie gar nichts, legen
Sie das Gespräch hier herein. Und stellen Sie mir das Telephon von meinem Schreibtisch hierher, daß ich es erreiche –

FRL. GOTTLIEB: Was machen Sie denn da mit dem Aschenbecher –

BÜRGERMEISTER: Sie sollen nicht fragen! Sie sollen den Landrat
anrufen!

FRL. GOTTLIEB: Jaa – jaa – Entschuldigung.

Fräulein Gottlieb geht hinaus.

KOMINEK: Die Feuerwehr wäre besser.

BÜRGERMEISTER: Nicht den Landrat?

KOMINEK: Der Landrat . . . was soll denn –

BÜRGERMEISTER: Er hat schließlich die Rechts- und Fachauf-
sicht über die Gemeinde.

KOMINEK: Aber nicht über die Aschenbecher.

BÜRGERMEISTER: Fräulein Gottlieb! – *zu Kominek:* Sie haben
recht. Die Feuerwehr ist besser. – Fräulein Gottlieb!

Fräulein Gottlieb kommt herein.

FRL. GOTTLIEB: Ja – was ist denn schon wieder?

BÜRGERMEISTER: Rufen Sie nicht den Landrat an –

FRL. GOTTLIEB: Nicht den Landrat –

BÜRGERMEISTER: Nein. Rufen Sie –

SOMMERHAUSER: Merkst was? Max?

KOMINEK: Er läßt nach.

BÜRGERMEISTER: Ja. Er läßt nach.

FRL. GOTTLIEB: Was haben Sie denn da mit dem Aschenbecher?

KOMINEK: Er läßt deutlich nach.

BÜRGERMEISTER: Er erlahmt.

SOMMERHAUSER: Herr im Himmel. Ich stifte eine Kerze –

KOMINEK: Und wenn wir ihn in den Schrank sperren?

BÜRGERMEISTER: In welchen Schrank?

KOMINEK: Was ist denn in dem Schrank dort?

BÜRGERMEISTER: Akten.

KOMINEK: Wir sperren ihn dazu. Soll er im Schrank auf- und abfliegen.

BÜRGERMEISTER: Fräulein Gottlieb. Sperren Sie den Schrank auf. – Hier in meiner Tasche ist der Schlüssel. Nein, in der anderen –

Fräulein Gottlieb sperrt den Schrank auf. Die drei Männer tragen gemeinsam vorsichtig den Aschenbecher in den Schrank. Der Bürgermeister sperrt zu. Die drei lauschen –

BÜRGERMEISTER: Nichts.

SOMMERHAUSER: Dann hat er aufgegeben.

KOMINEK: Zumindest vorerst.

FRL. GOTTLIEB: Soll ich jetzt den Landrat anrufen oder nicht?

BÜRGERMEISTER: Sie sollen gar niemanden anrufen. Und was Sie hier gesehen haben, vergessen Sie sofort. Verstehen Sie? Das ist Ihre Dienstpflicht, quasi.

Fräulein Gottlieb geht murrend hinaus. Die drei Männer setzen sich zwar aufatmend, aber immer noch unruhig zum Schrank hin horchend, wieder in die Sessel.

BÜRGERMEISTER: Es rührt sich nichts.

KOMINEK: Die Ruhe vor dem Sturm.

Kurze Pause

BÜRGERMEISTER: Jetzt würde mich schon interessieren: und wer hat denn das Kupferdach auf Ihrem Haus bezahlt?

KOMINEK: Ich.

BÜRGERMEISTER: Natürlich Sie. Aber woher Sie das Geld haben, möchte ich gern wissen, zum Bezahlen?

KOMINEK: Das geht keinen Menschen was an.

BÜRGERMEISTER: Von den hundertzwanzigtausend Mark haben Sie nämlich das Kupferdach bezahlt. Genau von den hundertzwanzigtausend Mark, die Sie bekommen haben. Ich frage mich überhaupt, wieso ein Sozialist ein Kupferdach braucht.

KOMINEK: Wieso soll ausgerechnet ein Sozialist kein –

BÜRGERMEISTER: Weil ein Kupferdach asozial ist.

KOMINEK: Warum soll ein –

BÜRGERMEISTER: Ein Kupferdach ist – das ist, das hat doch den Anstrich von etwas Millionärischem, oder? Müssen Sie doch zugeben?

KOMINEK: Der Herr Kollege Sommerhauser hat auch ein Kupferdach auf seinem Haus.

BÜRGERMEISTER: Ja, der ist ja nicht bei der SPD. Der ist bei der CSU.

KOMINEK: Kupferdächer sind für alle da.

BÜRGERMEISTER: Ja. Kleine. Aber nicht so große. Für hundertzwanzigtausend Mark.

KOMINEK: Hundertacht.

BÜRGERMEISTER: Hundertachttausend?

KOMINEK: Ja.

BÜRGERMEISTER: Und wo haben Sie die restlichen zwölftausend hingebuttert?

SOMMERHAUSER *schnüffelnd:* Ich glaub' – ich glaub' –

KOMINEK: Das geht überhaupt niemand was an . . .

BÜRGERMEISTER: Und wieso behaupten Sie –

KOMINEK: Ich habe die vollen hundertzwanzigtausend Mark, das Schandgeld, sozusagen, an die Parteikasse weitergeleitet.

BÜRGERMEISTER: Also in Ihre Kasse. Ha, ha!

KOMINEK: In die Parteikasse von der SPD.

BÜRGERMEISTER: Und Sie sind Kassier vom Ortsverband.

KOMINEK: Was hat das damit zu tun?

BÜRGERMEISTER: Weil ich weiß, daß Sie damit ein Sperrkonto errichtet haben –

KOMINEK: Auf den Namen des Ortsverbandes.

BÜRGERMEISTER: Und dann haben Sie – und zwar Sie persönlich – einen Kredit in gleicher Höhe aufgenommen . . .

SOMMERHAUSER: Ich glaube, da brandlt's.

KOMINEK: Woher wissen Sie das?

BÜRGERMEISTER: Und haben damit Ihr kapitalistisches Kupferdach finanziert.

KOMINEK: Ich verbitte mir das.

BÜRGERMEISTER: Kapitalistisches Kupferdach.

KOMINEK: Ein Kupferdach muß nicht kapitalistisch sein. Kann – aber muß nicht.

SOMMERHAUSER: Du, Max – da brandlt was –

KOMINEK: Und woher wollen Sie das alles überhaupt wissen?

BÜRGERMEISTER: Ganz einfach – vom Bankdirektor.

KOMINEK: Das ist ja ein glatter Bruch des Bankgeheimnisses.

BÜRGERMEISTER: Überhaupt nicht. Weil nämlich der Bankdirektor bei der CSU ist. Wo er hingehört.

KOMINEK: Und da ist es kein Bruch des Bankgeheimnisses?

BÜRGERMEISTER: Logisch nicht. Unter Parteifreunden gibt's keine Geheimnisse. Das müßten Sie von der SPD am besten wissen.

SOMMERHAUSER *schnüffelt zum Schrank hin, in den sie den Aschenbecher gesperrt haben:* Du, Max – ich glaube –
Die beiden anderen schnüffeln nun auch.
KOMINEK: Ich riech' nichts.
BÜRGERMEISTER: Die SPD riecht immer erst am Schluß, wo's stinkt. Tatsächlich ... da brandelt's.
SOMMERHAUSER: Aus dem Kasten ...
KOMINEK: Jetzt riech' ich's auch.
BÜRGERMEISTER: Ha, ha! Sehen S'. Erst, wenn man's Ihnen sagt, dann riechen S' es.
SOMMERHAUSER: Soll ich ihn aufmachen, den Kasten?
BÜRGERMEISTER: Ich weiß nicht –
KOMINEK: Wieso soll's da brandln?
SOMMERHAUSER: Der Aschenbecher wahrscheinlich.
KOMINEK: Ein Aschenbecher aus Glas kann doch nicht in Brand geraten?
BÜRGERMEISTER: Wahrscheinlich ist er unruhig hin und her –
SOMMERHAUSER: Weil er eingesperrt war, quasi.
BÜRGERMEISTER: Wahrscheinlich mit hoher Geschwindigkeit hin und her –
SOMMERHAUSER: Dann haben sich die Akten entzündet –
KOMINEK: Durch die Reibung?
BÜRGERMEISTER: Besser wir machen auf.
SOMMERHAUSER: Vorsicht –
Die drei machen vorsichtig den Schrank auf.
BÜRGERMEISTER: Brennen tut nichts.
SOMMERHAUSER: Aber der Aschenbecher liegt ganz woanders, als wo du ihn hingelegt hast.
BÜRGERMEISTER: Dann tun wir ihn lieber wieder heraus.
KOMINEK: Aber vorsichtig.
BÜRGERMEISTER: Er ist doch ganz ruhig. *Der Bürgermeister hält den Aschenbecher auf der flachen Hand.* Da schaut's her –
SOMMERHAUSER: Vielleicht war es ihm eine Lehre, daß er eingesperrt war.
Der Bürgermeister stellt den Aschenbecher wieder auf den Tisch.
SOMMERHAUSER: Jetzt tät' mich eins interessieren: wer hat denn eigentlich die hundertzwanzigtausend Mark bekommen? Du oder Sie?
BÜRGERMEISTER UND KOMINEK *gleichzeitig, indem sie aufeinander zeigen:* Er.

SOMMERHAUSER: Beide?

KOMINEK *zu Sommerhauser:* Und Sie brauchen am wenigsten reden.

BÜRGERMEISTER: Der Herr Kominek, von der SPD, hat die hundertzwanzigtausend bekommen und hat sich dafür ein Kupferdach machen lassen.

KOMINEK: Aber erst haben Sie das Geld bekommen, Herr Bürgermeister von der CSU, von der Firma Stark & Fuhrmann –

BÜRGERMEISTER: Ich habe es nicht länger als drei Tage gehabt –

SOMMERHAUSER: Und warum hast du ihm das Geld gegeben –

BÜRGERMEISTER: Frag nicht so dumm, weil ich halt müssen hab'.

SOMMERHAUSER: Das versteh' ich nicht.

KOMINEK: Aber das verstehen Sie schon –

BÜRGERMEISTER: Pst – der Aschenbecher hört womöglich zu.

SOMMERHAUSER: Was?

KOMINEK: Oder erinnern Sie sich vielleicht nicht mehr, daß Sie zwölftausend Mark bekommen haben –

BÜRGERMEISTER: Er hat zwölftausend Mark bekommen?

KOMINEK: Ja, natürlich. Zehn Prozent.

BÜRGERMEISTER: Aha – hundertachttausend Mark fürs Dach und zwölftausend – aber warum haben Sie ihm ...? – Er hat doch gar nichts zu tun gehabt damit?

KOMINEK: Aber er hat uns doch den Tip gegeben. Nach der geheimen Fraktionssitzung der CSU.

BÜRGERMEISTER *zu Sommerhauser:* Franz!

SOMMERHAUSER: Du brauchst dich gar nicht aufregen –

BÜRGERMEISTER: Ab jetzt bin ich wieder per Sie mit dir, du Judas –

SOMMERHAUSER: Geh weiter, Max –

BÜRGERMEISTER: Herr Bürgermeister, wenn ich bitten darf – das ist ja, das ist ja – *er rennt zum Telephon.*

SOMMERHAUSER: Wo willst' denn hin?

BÜRGERMEISTER: Ich werde sofort die Fraktion – das ist ja – exorbitant, quasi. Das muß sofort –

SOMMERHAUSER: Dann soll ich vielleicht deiner Frau auch sagen, was da war damals –

BÜRGERMEISTER *läßt den Telephonhörer sinken:* Das weißt du?

SOMMERHAUSER: Das haben doch alle g'wußt, daß du ein Techtelmechtel mit meiner Frau gehabt hast. Mir völlig unverständlich. Ein so mageres Weib –

BÜRGERMEISTER: Ja, warum hast du dann denn geheiratet?

SOMMERHAUSER: Ich habe gemeint, sie wird dicker. Ist sie aber nur geworden, wenn sie Kinder gekriegt hat; danach sofort wieder mager.

BÜRGERMEISTER: Dann hast du's gewußt? Herr Kominek! Er hat es gewußt. Geben Sie mir sofort meine hundertzwanzigtausend Mark wieder, wenn er es sowieso gewußt hat.

KOMINEK: Ich weiß von keine hundertzwanzigtausend Mark.

BÜRGERMEISTER: Das ist doch eine verrottete Bande!

KOMINEK: Vielleicht gibt Ihnen wenigstens der Herr Kollege Sommerhauser die zehn Prozent, die er als Provision kassiert hat. Ja. Und dann wünsche ich noch einen angenehmen Nachmittag.

BÜRGERMEISTER: Halt – Sie können doch jetzt nicht gehen –

KOMINEK: Doch, ich muß. Ich habe eine dringende Besprechung bei der Firma Stark & Fuhrmann.

Kominek geht.

BÜRGERMEISTER: Und du hast es gewußt –

SOMMERHAUSER: Gewußt schon, im Vertrauen gesagt, aber verstanden nicht.

BÜRGERMEISTER: – und hast mir nichts gesagt.

SOMMERHAUSER: Soll ich dir vielleicht sagen: Du Max, ich weiß fei, daß du ein Techtelmechtel mit der Frau Sommerhauser hast, mit der mageren, aber es macht mir nichts.

BÜRGERMEISTER: Aber er, der Kominek, hat von mir die hundertzwanzigtausend Mark verlangt, die ich grad von der Firma Stark & Fuhrmann –

SOMMERHAUSER: Warum haben denn die dir hundertzwanzigtausend Mark bezahlt?

BÜRGERMEISTER: Das Abwasserkontingent war doch erschöpft. Wenn ich nicht entsprechende – entsprechende Schritte eingeleitet hätte, wäre doch nie genehmigt worden, daß die die Fabrik hier bauen.

SOMMERHAUSER: Ja, und?

BÜRGERMEISTER: Die hätten dann doch den Grundstückskauf rückgängig gemacht. Hätten's können, ohne weiteres, weil's im Vertrag drin gestanden ist: Rücktrittsrecht, wenn die Genehmigung versagt wird!

SOMMERHAUSER: Ich versteh' immer noch nicht –

BÜRGERMEISTER: Die haben doch von meinem Bruder das Grundstück gekauft!

SOMMERHAUSER: Und du hast von deinem Bruder eine Provision gekriegt?

BÜRGERMEISTER: Na ja – ein paar Mark hat er mir schon 'rübergeschoben über den Tisch.

SOMMERHAUSER: Und was machen wir jetzt mit dem Aschenbecher?

BÜRGERMEISTER: Er verhält sich ja ganz ruhig.

SOMMERHAUSER: Im Moment ja.

BÜRGERMEISTER: Wenn ich nicht mit eigenen Augen gesehen hätte –

SOMMERHAUSER *steht auf:* Ein entsetzliches Bild. Ich werde es in meinem Leben nicht vergessen.

BÜRGERMEISTER *steht auf:* Franz –

SOMMERHAUSER: Ja, Max?

BÜRGERMEISTER: Entschuldige.

SOMMERHAUSER: Was?

BÜRGERMEISTER: Nichts für ungut – daß ich vorhin wieder Sie zu dir g'sagt hab' –

SOMMERHAUSER: Schon gut. Ist alles in Ordnung –

BÜRGERMEISTER: Also dann –

SOMMERHAUSER: Servus.

BÜRGERMEISTER: Servus.

Sommerhauser geht hinaus.

BÜRGERMEISTER: Fräulein Gottlieb!

Fräulein Gottlieb kommt herein.

FRL. GOTTLIEB: Ja, Herr Bürgermeister?

BÜRGERMEISTER: Das mit dem Aschenbecher –

FRL. GOTTLIEB: Der zum Fenster hinausgeflogen ist?

BÜRGERMEISTER: Es ist nie ein Aschenbecher zum Fenster hinausgeflogen. Das gibt es ja gar nicht. Aschenbecher können nicht zum Fenster hinausfliegen –

FRL. GOTTLIEB: Aber Sie haben doch gesagt –

BÜRGERMEISTER: Kein Aschenbecher ist geflogen – es war – weil es doch das nicht gibt –

FRL. GOTTLIEB: Und die kaputte Scheibe?

BÜRGERMEISTER: Er ist schon geflogen. Er ist geworfen worden.

FRL. GOTTLIEB: Also doch.

BÜRGERMEISTER: Ja. Eine kleine Auseinandersetzung. Kommt in der Politik vor.

FRL. GOTTLIEB: Da haben Sie mit Aschenbechern aufeinander geworfen?

BÜRGERMEISTER: Nein. Nicht aufeinander. Auf eine Fliege. Vielmehr eine Wespe. Eine Wespe. Sie wissen doch: Wespen?

Eben. Auf eine Wespe. Hat der Sommerhauser geworfen. Oder der Kominek. Ich weiß nicht mehr genau. Hat nicht getroffen. Also die Wespe nicht getroffen, das Fenster schon. Und jetzt holen Sie den Glaser.

FRL. GOTTLIEB: Und wie kommt es, daß der Aschenbecher zwei Stock hinuntergefallen ist in den Hof und nicht kaputt –?

BÜRGERMEISTER: Er wird auf was Weiches gefallen sein –

FRL. GOTTLIEB: Dort ist nichts Weiches.

BÜRGERMEISTER: Irgendwas Weiches ist dort, zum Teufel.

FRL. GOTTLIEB: Gut. Ich hole den Glaser.

Fräulein Gottlieb geht hinaus. Der Bürgermeister nimmt den Aschenbecher prüfend in die Hand. Stellt ihn wieder hin.

BÜRGERMEISTER: Bestie.

Am See

Personen: Der Badende, der Bürgermeister, das Mädchen

Eine Waldlichtung an einem See. Nachmittag im Sommer. Der Badende liegt in der Badehose auf einem Handtuch und sonnt sich. Der Bürgermeister – er hat einen Feldstecher umhängen – kommt suchend hereingestürzt.

BÜRGERMEISTER: Haben Sie's auch gesehen?

BADENDER: Bitte, wie, was?

BÜRGERMEISTER: Ob Sie s' auch g'sehn haben? Ob Sie schon länger da liegen, oder liegen Sie noch nicht länger da?

BADENDER: Entschuldigen S', ich hab' fest geschlafen. Ich versteh' jetzt bitte nicht, darf man da nicht liegen?

BÜRGERMEISTER: Jetzt geh'n S' weiter. Ich hab' nicht so viel Zeit, sonst laufen mir die andern davon.

BADENDER: Welche andern?

BÜRGERMEISTER: Die andern halt, Herrschaftszeiten, ich weiß gar nicht, warum Sie so begriffsstutzig sind, wenn Sie schon da herumliegen –

BADENDER: Ach so – das ist Ihre Wiese?

BÜRGERMEISTER: Ja, das heißt nein. Nicht meine Wiese, aber insofern ich Bürgermeister bin, ist es doch meine Wiese, verstehen Sie?

BADENDER: Nein, das heißt ja. Nur –

BÜRGERMEISTER: Sind Sie jetzt schon länger da oder nicht? Jetzt laufen doch die anderen davon – *er setzt das Fernglas an und schaut schnell herum, zählt dabei –* viere – sechse – siebene – elfe – vierzehn – fünfzehn – sechzehn – *setzt das Glas wieder ab.* Ja, sind noch alle da. Sie sind der Siebzehnte, auf Sie kommt's an. Also, haben Sie s' gesehen?

BADENDER: Entschuldigen S' –

BÜRGERMEISTER: Sie sind doch schon länger da?

BADENDER: Eine Stunde vielleicht –

BÜRGERMEISTER: Eine Stunde, das genügt doch. In der Stunde müssen Sie sie doch gesehen haben –

BADENDER: Wieso bin ich der Siebzehnte?

BÜRGERMEISTER: Weil siebzehn Badegäste hier am See sind,

respektive achtzehn, mit ihr, mit ihr da, verstehen Sie? Ich weiß gar nicht, was da so schwer zu verstehen ist.

BADENDER: Mit wem achtzehn?

BÜRGERMEISTER: Ja, jetzt bitte machen S' endlich den Mund auf. Ihnen muß man ja die Würmer mit einer Dings, mit einer – Herrschaftszeiten, man kommt schon ganz durcheinander und da drüben, mir scheint's, da packen schon welche zusammen – *setzt das Fernglas an und beobachtet.* Pfeilgrad, die packen zusammen – *schaut in seinen Notizen nach.* Natürlich solche, die Anstoß genommen haben. Jetzt sind's nur noch fünfzehn, Herrschaftszeiten –

BADENDER: Herr Bürgermeister –

BÜRGERMEISTER: Ja, jetzt –

BADENDER: Wen soll ich gesehen haben?

BÜRGERMEISTER: Da drüben, die Nackerte natürlich.

BADENDER: Wo?

BÜRGERMEISTER: Da drüben, da hinten.

BADENDER: Eine Nackte?

BÜRGERMEISTER: Ja, sonst wär' ich doch nicht da.

BADENDER: Splitternackt?

BÜRGERMEISTER: Splitter.

BADENDER: Sieht man sie denn von hier aus?

BÜRGERMEISTER: Da haben S' das Glas, aber ich leih's Ihnen nur, wenn Sie Anstoß nehmen.

BADENDER: Anstoß an was?

BÜRGERMEISTER: Ja, daß die da nackert bad't, natürlich.

BADENDER: Ach so –

BÜRGERMEISTER: Ja – das Luder badet schon seit Wochen hier am See nackert. Und – da schaun S' – *er nimmt einen Zettel aus der Brieftasche und liest vor:*

FKK

Nacktbaden an allgemein zugänglichen Orten ist nicht generell eine grob ungehörige Handlung im Sinne des Ordnungswidrigkeiten-Gesetzes, kann es jedoch je nach Örtlichkeit und der im Einzelfall gegebenen Situation sein. Ein wesentliches Indiz dafür ist es, ob vor den Augen der damit ungewollt konfrontierten Öffentlichkeit, die ein solches Verhalten mindestens überwiegend mißbilligt, nackt gebadet wird.

Oberlandesgericht Hamm –

1 Ss OWi 513/76

BADENDER: 1 S-S Owi – was ist das?

BÜRGERMEISTER: Das ist bloß das Aktenzeichen. Aber jetzt

wissen S' es. Da – jetzt kommt s' hinterm Busch vor – *setzt das Fernglas an* – nein, das ist s' nicht. Da wirst rein narrisch. Seit Wochen versuch' ich endlich, daß die überwiegend ungewollte – *liest nach* – die ungewollt konfrontierte Öffentlichkeit überwiegend – Dings – äh – mißbilligt – verstehen S' nicht, das heißt doch praktisch: ich muß die zählen, die hier baden, und muß jeden einzelnen fragen, jeden einzelnen, ob er Anstoß nimmt oder mißbilligt, verstehen Sie? Und erst wenn es mehr sind, die mißbilligen, können wir sie anzeigen, das Luder, das nackerte.

BADENDER: Ja, so –

BÜRGERMEISTER: Immer ist etwas dazwischen gekommen. Entweder waren nicht genug dagegen, oder die, die dagegen waren, sind zu früh wieder gegangen, weil es zum Regnen angefangen hat. Einen Sack voll Flöh' hüten ist nichts dagegen. Einmal hab' ich s' fast gehabt. Fünfzehn Badegäste waren da, sieben dafür, acht dagegen – das war letzten Mittwoch –

BADENDER: Ja, und?

BÜRGERMEISTER: Da hat sich herausgestellt, daß sie doch einen Badeanzug anhat. Einen unglaublich kleinen Badeanzug, aber immerhin, einen Badeanzug. Wieder nix.

BADENDER: Und heut' ist sie nackert?

BÜRGERMEISTER: Unbedingt! Ich hab' s' ganz genau gesehen. Aber jetzt, bitte schön, machen S' schnell. Ich habe da schon einen Dings, einen Dings – Herrschaftszeiten, man kommt schon ganz durcheinander – einen Zettel mein' ich, hektographiert da, in der Gemeindekanzlei hektographiert, da, bitte setzen Sie Ihren Namen nei, nebst Adresse, und da kreuzen S' an: Ich mißbillige – Kreuzl. Haben S' einen Dings – einen Herrschaftszeiten – einen Dings –

BADENDER: Einen Moment – das ist jetzt gar nicht so einfach – ich bin ja nicht unfreiwillig konfrontiert –

BÜRGERMEISTER: Jetzt sagen S' nur, daß Sie freiwillig hergekommen sind, wo diese Nackerte –

BADENDER: Ums freiwillig oder unfreiwillig geht's ja nicht, es geht ums konfrontiert. Ich bin ja nicht konfrontiert, weil ich sie nämlich gar nicht gesehen habe. Ist es eine Junge oder eine Alte?

BÜRGERMEISTER: Eine Junge.

BADENDER: Schad'. Eine Alte – da würde ich sozusagen unbesehen Anstoß nehmen. Aber bei einer Jungen, da kommt's natürlich drauf an, wie man die Sache nimmt. Darf ich jetzt

kurz einmal Ihren Dings – Ihren . . . Ihr Fernglas haben? *Der Bürgermeister gibt ihm das Fernglas.* Wo? Da drüben?
BÜRGERMEISTER: Weiter rechts. Ja – wenn S' den Telephonmast – haben S' den Telephonmast?
BADENDER: Ja.
BÜRGERMEISTER: Direkt links.
BADENDER: Seh' ich nix.
BÜRGERMEISTER: Direkt links.
BADENDER: Ich seh' nur, daß da zwei grad ins Auto steigen.
BÜRGERMEISTER: Wo? *Er reißt dem Badenden das Glas weg und schaut durch.* Pfeilgrad – Ja – Das waren zwei Mißbilligende. Der Teufel soll's holen. Jetzt sind's nur noch sechs zu acht, jetzt hilft's nicht einmal mehr, wenn Sie dagegen sind. *Setzt das Glas ab.* Jetzt kann ich wieder einpacken und morgen geht's wieder von vorn an. Das haben S' jetzt davon, daß Sie so umständlich sind.
BADENDER: Da drüben gehn wieder zwei.
BÜRGERMEISTER: Das sind zwei von der anderen Sorte, zwei Nicht – Dings – äh – Dings – Mißbilligende – Gott sei's gedankt.
BADENDER: Sechs zu sechs.
BÜRGERMEISTER: Ja, jetzt aber flott. Hier, der Dings – der Dings – haben S' einen Dings, Herrschaftszeiten – einen Dings oder soll ich Ihnen einen leihen, wo hab' ich denn meinen Dings –
BADENDER: Ich tät' Ihnen schon den Gefallen und tät's mißbilligen, wenn es sich einigermaßen mit meinem Gewissen vereinbaren läßt, aber sehen muß ich s' vorher schon, das müssen S' schon einsehen.
BÜRGERMEISTER: Ja – sind Sie ein umständlicher Mensch. Da haben S' das Fernglas –
BADENDER: Ich seh' nix.
BÜRGERMEISTER: Haben S' es richtig eingestellt? Geben S' her, sie haben's wahrscheinlich nicht richtig eingestellt. Ich wett', inzwischen laufen wieder welche davon. Sie haben's nicht richtig eingestellt. Ich stell's Ihnen ein. Sind Sie kurzsichtig oder weitsichtig?
BADENDER: Beides.
BÜRGERMEISTER: Äh – bitte?
BADENDER: Beides – auf dem linken Auge bin ich kurzsichtig, auf dem rechten weitsichtig.
BÜRGERMEISTER: Das hab' ich noch nie gehört.

BADENDER: Ich bin auch nicht aus Ihrer Gemeinde.

BÜRGERMEISTER: Ach so. Links kurzsichtig – rechts weitsichtig?

BADENDER: Ja.

BÜRGERMEISTER *dreht am Fernglas:* Von mir aus gesehen oder von Ihnen aus gesehen?

BADENDER: Wie? Ach so – ja, von mir aus gesehen. Hier – auf diesem Auge bin ich kurzsichtig –

BÜRGERMEISTER: Das kann man ja gar nicht einstellen. Das geht ja gar nicht. So dreht sich ja immer nur das ganze Fernglas in eine Richtung. Da müßten Sie ja direkt ein Spezialfernglas haben.

BADENDER: Hab' ich auch.

BÜRGERMEISTER: Ja, das sagen S' jetzt erst. Ich glaub', Sie tun das mit Fleiß. Dann nehmen S' doch Ihr Spezialfernglas.

BADENDER: Ich hab' eins, aber daheim.

BÜRGERMEISTER *seufzt tief:* Bis Sie daheim sind und wieder da mit Ihrem Fernglas, ist das Luder längst weg.

BADENDER: Da drüben gehen wieder welche.

BÜRGERMEISTER *beobachtet resigniert:* Natürlich Mißbilligende. Drei Stück.

BADENDER: Sechs zu drei für die Nackerte.

BÜRGERMEISTER: Daß immer die Mißbilligenden als erste gehen müssen. Das hat doch der Teufel gesehen. Immer die Mißbilligenden. Daß die nicht auf ihrem Hintern sitzen bleiben können.

BADENDER: Dort packt jetzt einer zusammen.

BÜRGERMEISTER: Wo?

BADENDER: An dem Bootssteg.

BÜRGERMEISTER: Fünf zu drei.

BADENDER: Sagen Sie, Herr Bürgermeister –

BÜRGERMEISTER: Ja?

BADENDER: Warum sind S' denn so wild drauf, die Nackerte anzuzeigen?

BÜRGERMEISTER: Ja – weil s' nackert bad't.

BADENDER: Und warum sind S' dagegen, daß die Nackerte nackert bad't?

BÜRGERMEISTER: Ja, das ist doch – das ist doch selbstverständlich, daß ich da als Bürgermeister dagegen sein muß, wenn so ein Luder nackert bad't. Da muß ich doch – das ist doch – stellen Sie sich das plastisch vor, da badet eine nackert, und dann spricht sich das herum, und dann baden zwei nackert, nicht wahr? Und dann brauchen Sie sich das nur plastisch vorzustellen, wenn dann da alle nackert baden, da kann sich ja ein normaler Dings, so wie man halt einen normalen Menschen empfindet, respektive als normaler Mensch, als Dings – also mit Dings – Herrschaftszeiten mit der normalen Badehose hier überhaupt nicht mehr herwagen, respektive baden, vor lauter Nackerte, dann gehen die Nackerten womöglich zum Kiosk, die Nackerten, und dann stellen Sie sich das plastisch vor, also sieht man das von der Straße herunter schon, das reinste Dings – also Dings und Dings –

BADENDER: Sodom und Gomorrha.

BÜRGERMEISTER: Richtig, und so weiter und so fort. Stellen Sie sich das plastisch vor, und wie lang dauert es, bis der erste Nackerte ins Dorf hinaufgeht? zum Beispiel? Weil er zu faul ist, seine Badehose anzuziehen?

BADENDER: Warum soll ein Nackerter ins Dorf hinaufgehen?

BÜRGERMEISTER: Warum soll er ins Dorf hinaufgehen – Warum soll er ins Dorf hinaufgehen – irgendeinen Grund findet er schon. Eine Zeitung kaufen, zum Beispiel. Stellen Sie sich das plastisch vor. – Geht einer nackert ins Dorf hinauf, weil er unbedingt eine Zeitung kaufen muß und dann ist zum Beispiel grad' die Fronleichnamsprozession, oder eine Beerdigung. Stellen Sie sich das plastisch vor. Möchten Sie beerdigt werden, und es hupfen lauter Nackerte herum? Möchten Sie das? Ich nicht.

BADENDER: Da gehen wieder welche. Ich glaube, ich ziehe mich auch an. Es wird schon ein bißchen schattig. *Er beginnt sich anzuziehen und seine Sachen zusammenzuräumen.*

BÜRGERMEISTER *schaut durch das Fernglas:* Zwei – das sind Mißbilliger.

BADENDER: Fünf zu eins.

BÜRGERMEISTER: Aber da gehen zwei – Nichtmißbilliger.

BADENDER: Drei zu eins.

BÜRGERMEISTER: Und noch einer.

BADENDER: Mißbilliger oder Nichtmißbilliger?

BÜRGERMEISTER: Nicht –

BADENDER: Zwei zu eins. Jetzt wird's brenzlig.

BÜRGERMEISTER *setzt das Glas ab:* Sie sind wirklich auf dem einen Auge kurzsichtig und auf dem andern weitsichtig?

BADENDER: Ja. Leider.

BÜRGERMEISTER: So etwas Damisches hab' ich mein Leben noch nicht gehört. Wir haben zwar einen im Dorf, einen gewissen Grichtmeyer, der hat sechs Zehen an jedem Fuß, ist auch ein uneheliches Kind; der Vater ist der alte Steuerberg-Bauer, also war der alte Steuerberg-Bauer, er ist jetzt schon gestorben, Kugler hat er sich geschrieben, Loisl hat er g'heißen, also Alois, Sie werden ihn nicht gekannt haben – *Der Bürgermeister beobachtet weiter durchs Fernglas.*

BADENDER: Nein.

BÜRGERMEISTER: Der hat sechs Zehen an jedem Fuß, der Grichtmeyer, ist aber sonst ein sehr anständiger Mensch. Nur sechs Zehen an jedem Fuß. *Setzt das Fernglas wieder ab.* Aber Sie, Sie sind rechts kurzsichtig, links weitsichtig?

BADENDER: Umgekehrt. Links kurzsichtig, rechts weitsichtig.

BÜRGERMEISTER: Ja, ja – *Er schaut wieder durchs Fernglas.* Das hat keinen Zweck mehr. Jetzt sind alle weg.

BADENDER: Null zu null.

BÜRGERMEISTER: Sie sind der letzte. Aber einer ist auch eine Mehrzahl, wenn S' verstehen, was ich meine. Sie sind der letzte, bis auf die Nackerte. Die liegt noch drüben, die muß noch drüben liegen, weil ich sie nicht fortgehen hab' 'sehn. Jetzt schlag' ich Ihnen was vor. Haben S' Ihre Sachen beinand? Ja? Wir schleichen uns jetzt hinüber, Sie schauen sich in aller Ruhe die Nackerte an, von der Nähe, da brauchen S' kein Fernglas, und dann nehmen S' Anstoß. Dann haben wir beide was davon gehabt.

BADENDER: Da kommt noch jemand.

BÜRGERMEISTER: Wo?

BADENDER: Da. Gradaus.

BÜRGERMEISTER: Das ist die Nackerte.

BADENDER: Die hat aber doch was an.

BÜRGERMEISTER: Aber woher denn, die hat nichts an.

BADENDER: Die hat schon was an.

BÜRGERMEISTER: Die kommt pfeilgrad daher – so ein Glück. Jetzt sehen S' gut hin und dann –

Die Badende kommt; sie hat sich in ein Handtuch gewickelt. Sie trägt ziemlich mühsam mehrere Badeutensilien, eine Badetasche, einen Sonnenhut, eine Zeitung, Bücher, Sonnenbrille. Es ist für sie nicht einfach, das alles zu tragen und gleichzeitig das Handtuch festzuhalten. Sie sucht offenbar einen neuen Badeplatz, weil ihr alter Badeplatz zu schattig geworden ist. Die beiden Männer starren das Mädchen an.
Das Mädchen bleibt stehen, nachdem es schon an den Männern

vorbeigegangen ist, und dreht sich dann – die Breite der Bühne ist dazwischen – um.

MÄDCHEN: Was gafft's 'n so? Habt ihr nie a Madel g'sehn?

BÜRGERMEISTER *stößt den Badenden an:* Das ist sie.

BADENDER: Die hat aber was an.

BÜRGERMEISTER: Ja, ein Handtuch, aber darunter hat s' nix an.

MÄDCHEN: Was murmeln S' denn da? Habt's über mich was zu reden? Ist das vielleicht verboten, daß man sich da hinlegt?

BÜRGERMEISTER: Nein, verboten nicht – obwohl –

MÄDCHEN: So, obwohl? Was obwohl?

BÜRGERMEISTER *zum Badenden leise:* Jetzt muß's sein. Jetzt oder nie. Ich reiß' ihr das Handtuch runter, und Sie nehmen Anstoß und dann haben wir s'.

MÄDCHEN: Was haben S' g'sagt?

BADENDER *leise:* Aber das geht doch nicht –

MÄDCHEN: Sie – ich möcht' mich da hinlegen, weil da noch ein Fleck ist, wo eine halbe Stunde die Sonne hinscheint. Wenn's Ihnen weiter nichts ausmachen tät', wär's mir recht, wenn Sie weitergehen täten. Oder haben Sie was zu tun hier?

BÜRGERMEISTER: Sie, Fräulein –

MÄDCHEN: Oder darf man sich nicht herlegen?

BÜRGERMEISTER: Herlegen schon, aber –

MÄDCHEN: Dann ist's schon recht, danke. Dann können S' gehen.

BÜRGERMEISTER *zum Badenden:* Eine impertinente Person. So eine badet auch nackert. So eine schon.

Mädchen breitet ihre Sachen aus.

BÜRGERMEISTER: Sie, Fräulein –

MÄDCHEN: Ja?

BÜRGERMEISTER: Ich bin der Bürgermeister.

MÄDCHEN: Der Bürgermeister?

BÜRGERMEISTER: Ja, nämlich von der Gemeinde, wo dieser Dings, dieser Dings, dieser, Herrschaftszeiten –

BADENDER: Dieser See –

BÜRGERMEISTER: Ja, dieser See, gewissermaßen, dazugehört.

MÄDCHEN: Ah – Sie sind der Bürgermeister. Da kann ich Sie gleich was fragen, da kommen Sie mir grad recht.

BÜRGERMEISTER: Einen Moment, Fräulein –

MÄDCHEN: Gehen Sie öfters da herum?

BÜRGERMEISTER: Gewissermaßen dienstlich.

MÄDCHEN: Dann haben Sie ihn sicher auch g'sehn? Ich glaube,

daß es die Pflicht des Bürgermeisters ist, solchen Mißständen abzuhelfen, nämlich –

BÜRGERMEISTER: Ja –

MÄDCHEN: Sie haben ihn also gesehn?

BÜRGERMEISTER: Wen?

MÄDCHEN: Ja, den Kerl, der immer mit seinem Fernglas rumlauft und auf meinen Busen hinlurt bzw. auf mein Gesäß, wenn ich am Bauch lieg', je nachdem. Der mit dem Fernglas, der Kerl, ein . . . wahrscheinlich ein Sittlichkeitsstrolch, nämlich.

BÜRGERMEISTER *versteckt schnell sein Fernglas:* Nein, ich weiß nicht – ich – also in meiner Gemeinde –

MÄDCHEN: Es ist immer der gleiche. Ich hab' ihn leider immer nur von weitem gesehen. Das ist ein Sittlichkeitsstrolch oder wahrscheinlich ein Unsittlichkeitsstrolch, nämlich.

BÜRGERMEISTER: Nicht daß ich –

MÄDCHEN: Das müssen Sie unterbinden. Das ist eine sittliche Belästigung. Sie als Bürgermeister müssen das unterbinden. Ich hab' ihn zwar immer nur von der Weiten gesehen, aber es ist immer der gleiche. Ich kenn' ihn schon. So ein Fernglas hat er, und ungefähr Ihre Figur.

BÜRGERMEISTER: Das ist – das kann – Fräulein –

BADENDER: Das wird vielleicht dieser Grichtmeyer sein, wo er doch ein uneheliches Kind ist und außerdem sechs Zehen hat an jedem Fuß.

BÜRGERMEISTER: Äh – ah – mm – ah – ja, ja *zum Mädchen:* hat der Betreffende sechs Zehen gehabt, der Sie belästigt hat?

MÄDCHEN: Das hab' ich aus die Entfernung nicht sehen können.

BÜRGERMEISTER: Ja, dann –

BADENDER: Herr Bürgermeister, Sie müssen mich jetzt leider entschuldigen.

BÜRGERMEISTER: Nix, Sie bleiben jetzt da, die zieht sich gleich aus und dann –

MÄDCHEN: Was haben S' g'sagt?

BÜRGERMEISTER: Nix, nix – ich –

MÄDCHEN: Also, wenn S' den derwischen, Herr Bürgermeister, dann sagen S' ihm, mein Verlobter, wann jetzt dann zurückkommt, dann knallt's, wenn er ihn erwischt mit seinem Fernglas, nämlich. Mein Verlobter hat zwar keine sechs Zehen, aber solche Hände –

BÜRGERMEISTER: Ja, ja – ich werde mein Möglichstes tun –

MÄDCHEN: Und jetzt rat' ich Ihnen, daß Sie abhauen, Sie beide.

BADENDER: Ja, Herr Bürgermeister –

MÄDCHEN: Weil ich mich nämlich da nackert hinleg'.

BÜRGERMEISTER: Das ist – das ist eben – ich – ich – ich – Dings äh Dings –

MÄDCHEN: Also mir ist's wurscht, hat mir noch keiner was runterg'schaut, der mich nackert g'sehn hat, aber ich sag' Ihnen: auf Ihre Gefahr, nämlich.

BÜRGERMEISTER: Wieso, ich –

BADENDER: Wieso, auf unsere Gefahr?

BÜRGERMEISTER: Dann – dann – dann ziehen – ziehen Sie sich eben, wie jeder normale Mensch, dann ziehen Sie sich – eben einen Dings, einen Dings, Herrschaftszeiten –

MÄDCHEN: Wenn Sie einen Badeanzug meinen: sowas hab' ich nicht dabei.

BÜRGERMEISTER: Ja dann, dann können –

MÄDCHEN: Weil ich keinen besitze nämlich. Weil ich keinen Badeanzug und sowas nicht vertrage, wenn Sie's genau wissen wollen. Ich hab' alles schon probiert, aber ich vertrag' es nicht. Höchstens einen aus ganz leichtem Zeitungspapier, hat der Arzt gesagt, aber das hat natürlich auch keinen Sinn, weil sowas sich im Wasser sofort auflöst. Glauben Sie es nicht? Dann können S' meinen Arzt anrufen: Dr. Scheller, 442211, leicht zu merken, 442211.

BÜRGERMEISTER: Sowas – sowas. Er da ist auf einem Auge weitsichtig, auf dem anderen kurzsichtig, Sie vertragen – also wir im Dorf haben zwar einen mit sechs Zehen, aber sonst – also, was sich alles herumtreibt –

MÄDCHEN: Ich habe die sogenannte Krypto-Lymphonykose, auf deutsch – schleichende Hautmanke oder auch Nervenpilz.

BÜRGERMEISTER: Ist das ansteckend?

MÄDCHEN: Nein, erblich.

BADENDER: Gehört hab' ich schon davon.

BÜRGERMEISTER: Und da können Sie keine Badeanzüge . . .?

MÄDCHEN: Nein.

BÜRGERMEISTER: Also, das glaub' ich doch nicht ganz.

BADENDER: Gehört hab' ich schon davon –

MÄDCHEN: Ich rat' Ihnen nicht, daß ich's probier', einen Badeanzug anzuziehn.

BÜRGERMEISTER: Warum, was passiert dann?

MÄDCHEN: Das rat' ich Ihnen nicht, das würde ich meinem ärgsten Feind nicht wünschen, nämlich, aber ich rat' Ihnen, daß Sie sofort verschwinden, weil ich mich nämlich jetzt im nächsten Augenblick als eine Nackerte hier hinleg', solang die Sonn' da noch herscheint.

BÜRGERMEISTER: Fräulein –

MÄDCHEN: Ich zähl' bis drei, eins – zwei –

BÜRGERMEISTER: Fräulein –

MÄDCHEN: Und wenn S' auf dem Heimweg den Lurer treffen, mit dem Fernglas, dann können S' ihm das sagen, von meinem Verlobten.

BÜRGERMEISTER: Als Bürgermeister muß ich –

MÄDCHEN: Eins – zwei –

BADENDER: Warum, was passiert da, wenn man da jetzt, ich meine, wenn man Sie jetzt hier, weil Sie gesagt haben: Auf eigene Gefahr? Warum ist das gefährlich, wenn man Sie jetzt quasi hier – vielleicht tät' ich das ganz gern ausprobieren, was da passiert –

MÄDCHEN: Das rat' ich Ihnen nicht.

BADENDER: Ist Ihr Verlobter schon in der Nähe?

MÄDCHEN: Nein, mein Verlobter ist verreist.

BADENDER: So, länger?

MÄDCHEN: Wenn er das Drittel kriegt, ich meine, wenn er das eine Schiff bekommt, das schnellere, dann kommt er nächste Woche raus, zurück meine ich, nämlich.

BADENDER: Dann wär's ja vielleicht gar nicht so gefährlich.

MÄDCHEN: Ich hab' noch eine Krankheit.

BADENDER: Ich bin auch auf dem einen Auge kurzsichtig und auf dem anderen weitsichtig.

MÄDCHEN: Ich habe noch eine Krankheit. Und die ist ganz schwer ansteckend.

BÜRGERMEISTER: Dann muß ich –

MÄDCHEN: Wer mich nackert sieht, ohne daß ich's will, dem wachsen Hörner.

BÜRGERMEISTER: Also, das ist jetzt ein Schmarrn.

MÄDCHEN: Nicht sofort. Auch nicht richtige Hörner, wie einem Hirsch oder so. Langsam wachsen sie. Es sind so eine Art Warzen zunächst, hornartige Warzen, am Kopf und dann wachsen sie – also, die Warzen setzen quasi Warzen an, wie ein Kaktus, nur aus Haut. Erst haben sie Haare, dann fallen aber die Haare ab, und es entstehen bei dem Betreffenden so stangenartige Knorpel, mit Haut und Warzen.

BÜRGERMEISTER *hat blankes Entsetzen erfaßt:* Nur, wenn man
   S' –
MÄDCHEN: Wenn man mich einmal sieht. Ohne daß ich's will,
   selbstredend! Sonst würde ja mein Verlobter nur noch aus
   Hörnern bestehen. *Lacht beim Gedanken an dieses Bild.*
Badender lacht auch.
BÜRGERMEISTER *ihm ist nicht zum Lachen:* Nur wenn man eine
   Sekunde?
MÄDCHEN: Eine Sekunde reicht, was greifen Sie sich da am
   Kopf rum?
BÜRGERMEISTER: Wie lang?
MÄDCHEN: Einen Meter, oder einen Meter fünfzig, je nach-
   dem –
BÜRGERMEISTER: Ich meine – wann zeigt sich das?
MÄDCHEN: Nach drei Wochen. Was haben S' denn?
BÜRGERMEISTER: Auch wenn man – sozusagen in dienstlicher
   Eigenschaft? *Sein Fernglas, das der Bürgermeister umgehängt
   hat, rutscht nun nach vorn, weil er, statt es hinten festzuhal-
   ten, mit beiden Händen seinen Kopf betastet.*
MÄDCHEN: Ach, Sie waren der mit dem Fernglas?
BÜRGERMEISTER: Nur in dienstlicher Eigenschaft.
MÄDCHEN: Wenn S' nur durch das Fernglas g'schaut haben,
   dann brauchen S' keine Angst haben.
BÜRGERMEISTER: Nein?
MÄDCHEN: Durchs Fernglas: nein. So und jetzt leg' ich mich her.
   *Sie legt sich hin und ist dabei, sich aus dem Handtuch zu wickeln.
   Der Bürgermeister tut einen Schrei und läuft davon. Auch der
   Badende ist unsicher.* Sie können schon dableiben ... *schä-
   kernd:* Sie. Ich hab' mich noch nie mit jemand unterhalten, der
   auf einem Auge kurzsichtig und auf dem andern weitsichtig ist.
BADENDER: Aber –
MÄDCHEN: Sie meinen wegen der Hörner? Ich hab' ja gesagt:
   dem wachsen Hörner, der mich sieht und ich will nicht, näm-
   lich.
BADENDER: Und jetzt, also ich meine, jetzt meinen Sie, wollen
   Sie nicht – also: schon.
MÄDCHEN: Außerdem: es ist nämlich nicht wahr.
BADENDER: Das mit den Hörnern?
MÄDCHEN: Ja.
BADENDER *lacht:* Ich hab's mir fast gedacht.
MÄDCHEN *lacht:* Natürlich ist's nicht wahr, sowas gäb's ja gar
   nicht, nämlich.

Die beiden lachen.
BADENDER: Ich heiß' Günther.
MÄDCHEN *lacht:* Mein Verlobter heißt auch Günther. *Sie lachen wieder.*
BADENDER: So ein Zufall.
Sie lachen.

Die Beerdigung

Personen: Mann, Frau

Auf einem Friedhof. Mann und Frau gehen bei einem Leichen-
zug mit. Es regnet. Sie haben Regenschirme aufgespannt.

FRAU: War eine fesche Frau, die Frau Höcksreiter.
MANN: Naja.
FRAU: Doch, sie war eine fesche Frau. Eine stattliche Frau.
MANN: Ja, eine stattliche Frau.
FRAU: Eine sehr stattliche Frau.
MANN: Ja. Nur schad', daß's regnet.
FRAU: Die alte Fahberger hätt' sehr gern g'habt, daß der junge
    Fahberger die Frau Höcksreiter heiratet, nachdem die junge
    Frau Fahberger gestorben ist.
MANN: Aber der junge Fahberger hat nicht mögen.
FRAU: Es wär' aber gescheiter gewesen.
MANN: Weil sie ihm zu dick war, die Höcksreiter.
FRAU: Eine stattliche Frau war sie.
MANN: Schon ein bißchen zu stattlich.
FRAU: Besser als wie so eine dürre. Wie die neue Fahberger. So
    eine dürre. Da wär' doch so eine stattliche, reifere Frau viel
    was Besseres gewesen.
MANN: Zu alt wird's ihm halt gewesen sein.
FRAU: Was heißt: zu alt! Eine so fesche, stattliche Frau, so eine
    erfahrene Frau wäre doch viel besser gewesen für den jungen
    Fahberger als wie so eine unreife Person. Hat die Mutter vom
    Fahberger auch gemeint.
MANN: Mir wär' sie auch zu dick gewesen.
FRAU: Du kannst doch auf der Beerdigung nicht so unhöflich
    reden, von der Verstorbenen.
MANN: Sie war halt dick.
FRAU: Stattlich war sie.
MANN: Ich hätt' auch eher zur Dünnen geneigt, anstelle vom
    jungen Fahberger –
FRAU: Jetzt, du alter Depp –
MANN: Ich mein' ja nur –
FRAU: Das ist ja schon sehr interessant, was du dir alles für
    Gedanken machst –

MANN: Obwohl, einen Vorteil hätte es für den jungen Fahberger schon gehabt, wenn er die dicke Höcksreiter geheiratet
hätte –
FRAU: Das Geld –
MANN: Nein, nicht das Geld. Geld haben die Fahberger selber
genug. Nein: es hätte für den jungen Fahberger den Vorteil
gehabt, daß er jetzt schon wieder verwitwet wäre, gewisser-
maßen.
FRAU: Wieso soll das ein Vorteil sein, was soll denn das heißen?
MANN: Weil er eben gewissermaßen verwitwet wäre.
FRAU: Wenn ich einmal stirb und du lebst noch, dann heiratest
du am gescheitesten überhaupt nicht mehr. Das ist gar nicht
notwendig.
MANN: Mhm.
FRAU: Oder nicht? Oder meinst du nicht?
MANN: Jedenfalls keine so dicke wie die Höcksreiter.
FRAU: So dick war sie jetzt auch wieder nicht.
MANN: Die Sargträger haben s' fast nicht auf den Wagen hinauf-
derhoben. So dick war die. Das heißt: ist sie noch, streng
genommen.
FRAU: Eine stattliche Frau war sie, und sehr fesch. Auf ihre
Art. Und immer sehr freundlich.
MANN: So oft ich sie gesehen hab', war sie grantig.
FRAU: Weil du sie immer so komisch angeschaut hast.
MANN: Ich hab' sie gar nicht komisch angeschaut.
FRAU: Aber eins freut mich für sie, daß die schöne neue Lei-
chenhalle noch fertig 'worden ist. Die erste Leich' in der
neuen Leichenhalle. Alles so schön aus Glas. Die alte Lei-
chenhalle war schon unmöglich. Unmöglich. Die neue: so
hell und freundlich, quasi. Das freut mich für sie, daß sie die
erste war in der neuen Leichenhalle.
MANN: Aber das alte Harmonium war immer noch da. Wo so
quietscht.
FRAU: Das werden s' schon auch noch ersetzen. Ist ja erst grad
die Leichenhalle fertig geworden.
MANN: Und sehr unbequeme Stühle.
FRAU: Es sollen auch neue Stühle hereinkommen, habe ich gehört, nächstes Jahr.
MANN: Und hoffentlich mehr, daß nicht die Hälfte stehen
muß.
FRAU: Du brauchst keine Angst haben. Bei dir kommen einmal
schon nicht so viele.

MANN: Das kannst im voraus nicht sagen. Meine Spezi –

FRAU: Von deine Spezi kommt gar keiner.

MANN: Das wär' ja noch schöner.

FRAU: Die können doch nicht besoffen zur Beerdigung.

MANN: Die sind nicht immer alle besoffen. Vormittags nicht.

FRAU: Vormittags haben s' einen Kater, vom Abend vorher.

MANN: Der Beni vielleicht, aber die andern nicht. Nicht, wann sie zu meiner Beerdigung wollen.

FRAU: In Grund und Boden tät' ich mich schämen, vor der ganzen Familie und dem Pfarrer, wenn dein sauberer Beni dabeisteht und macht einen Kopper nach dem anderen während der Predigt. Der hat ja nicht einmal einen schwarzen Anzug.

MANN: Der Beni hat schon einen schwarzen Anzug. Bei der Beerdigung vom Sparkassendirektor hat er einen schwarzen Anzug angehabt.

FRAU: Einen blauen Anzug hat er angehabt.

MANN: Einen dunkelblauen.

FRAU: Aber keinen schwarzen.

MANN: Aber eine schwarze Krawatte.

FRAU: Es hat unmöglich ausgeschaut.

MANN: Für meine Beerdigung, hat der Beni gesagt, kauft er sich nicht nur einen schwarzen Anzug, sondern sogar eine schwarze Unterhose.

FRAU: Jetzt hör auf. Solche Unanständigkeiten. Wenn uns die Leute zuhören. Da muß man sich direkt genieren. Auf einer Beerdigung.

MANN: Und einen schwarzen Zylinder, hat er gesagt.

FRAU: Zylinder gibt's überhaupt nicht mehr zu kaufen. Die werden gar nicht mehr hergestellt.

MANN: Antiquarisch kauft er ihn.

FRAU: Da tät' mir ja grausen. Wer den womöglich schon alles aufgehabt hat.

MANN: Der Beni hat sowieso Läus'. Da macht das nichts.

FRAU: Eben. Da wär's mir nämlich direkt lieber, der Beni tät' gar nicht zu deiner Beerdigung gehen.

MANN: Der Beni muß mit. Da gibt's gar nichts. Da sorgt schon der Maxl dafür. Wenn der Maxl sagt: Beni, wenn er sagt, Beni, heut wird der Schelle begraben, mit dem wo du dreiunddreißig Jahr' jeden Tag schafkopft hast, das ist eine Ehrenpflicht, wenn der Maxl sagt, da gibt's nichts, da geht der Beni mit. Da gibt's überhaupt nichts.

FRAU: Wegen mir braucht der Maxl auch nicht mitgehen. Der grinst immer so blöd.

MANN: Wegen dir, wegen dir! Wegen dir geht er nicht mit. Wegen mir geht er mit. Wirst du beerdigt oder ich?

FRAU: Der kann nicht anders, als blöd grinsen.

MANN: Das ist ein Kriegsleiden. Da kann er nichts dafür. Das ist, weil eine Granate direkt neben ihm eingeschlagen ist.

FRAU: Das kann schon sein. Aber wie schaut denn das aus, wenn einer bei der Beerdigung dasteht und immerfort grinst.

MANN: Der Maxl muß schon deswegen mit, weil der den Kranz besorgt.

FRAU: Einen Kranz? Daß ich nicht lach'. Von denen kriegst du höchstens ein Bukett. Höchstens.

MANN: Einen Kranz.

FRAU: Da wett' ich hundert Mark mit dir, daß die bei deiner Beerdigung keinen Kranz bringen. Höchstens ein Bukett. Wenn s' nicht überhaupt das auch verschwitzen.

MANN: Der Maxl verschwitzt sowas nicht.

FRAU: Die Sametsgruber, die ja –

MANN: Auf die Sametsgruber lege ich gar keinen Wert nicht. Im Gegenteil –

FRAU: Der Herr Sametsgruber ist ein sehr netter Herr . . .

MANN: Ich kann mich noch genau erinnern, daß er mich ange-zeigt hat, weil wir nicht die richtige Verdunklung gehabt ha-ben, im Krieg.

FRAU: Das war nicht der Herr Sametsgruber –

MANN: Selbstverständlich war das der Sametsgruber –

FRAU: Das war nicht –

MANN: Das war der Sametsgruber. Selbstverständlich. Wer denn sonst. Der Herr Blockwart. Wenn der zu meiner Beer-digung kommt, da stirb ich lieber gleich gar nicht. Ich kann mich noch genau erinnern, wie der immer in Uniform in den Luftschutzkeller 'kommen ist. Da hat er sich immer erst fein machen müssen, mit voller Montur und Hakenkreuzbinde. Drum hat er immer so lang 'braucht. Ein paarmal ist er über-haupt erst gekommen, wie schon wieder Entwarnung war. Weil er sich seine paar Haare pomadisieren hat müssen.

FRAU: Jetzt sei nicht immer so gehässig. So gepflegt, der Herr Sametsgruber. Dein Freund Beni könnt' sich ruhig eine Schei-be abschneiden davon, wie der immer ausschaut, dein Beni. So ungepflegt!

MANN: Aber Blockwart war er nicht, der Beni.

FRAU: Ja, da haben s' aber auch andere gebraucht, für so eine verantwortungsvolle Aufgabe. Der besoffene Beni und Blockwart. Hör mir auf.

MANN: Ein Gschaftelhuber war der Sametsgruber. Sonst nichts.

FRAU: Er grüßt immer sehr freundlich. Und du wirst sehen: die bringen einen Kranz, du wirst es sehen! Und deine Spezi stehen nämlich mit leere Händ' da. Weil sie sogar das Bukett verschwitzen.

MANN: Mir ist der Beni besoffen lieber als wie ein ehemaliger Blockwart nüchtern.

FRAU: Ich versteh' dich nicht, daß du so nachtragend sein mußt –

MANN: Und die acht Laufenden, wo ich gehabt habe, am Dreikönigstag 1956, diese acht Laufenden, wo der Wirt rahmen hat lassen und über unseren Stammtisch hängen, die wirft er mir ins Grab nach, hat er g'sagt, der Beni.

FRAU: Was?

MANN: Hat er mir versprochen.

FRAU: Der kommt mir nicht auf die Beerdigung. Das ist ja ein Skandal. Was soll denn da der Herr Pfarrer denken.

MANN: Der Herr Pfarrer gifet sich höchstens, daß er nie im Leben acht Laufende gehabt hat. Das kommt alle hundert Jahre einmal vor, daß einer acht Laufende hat. Das ist gewissermaßen wie ein Komet, quasi. So selten. Der alte Griesböck hat in seiner Jugend einmal acht Laufende gehabt. Das war 1882! Mein Lieber. 1882!

FRAU: Der Beni –

MANN: Acht Laufende! Das ist quasi eine Sensation. Und ich habe acht Laufende gehabt. Am Dreikönigstag 1956. Und die acht Karten geben sie mir ins Grab mit.

FRAU: Du hast überhaupt nichts anderes wie deine Spielkarten im Kopf.

MANN: Dann müßt' man dir ein Kreuzworträtsel ins Grab nachwerfen.

FRAU: Das ist was anderes. Ein Kreuzworträtsel ist was Belehrendes. Das sagt sogar die Frau Oberlehrerin Moosbauer.

MANN: Jessas-na. Die kommt ja hoffentlich nicht zu meiner Beerdigung.

FRAU: Wenn der Beni kommt, sicher nicht.

MANN: Die alte Heuschrecken.

FRAU: Aber zu meiner Beerdigung kommt sie.

MANN: Diese Ratschen – und womöglich singt sie noch.

FRAU: Selbstverständlich singt sie, das hat sie mir versprochen.

MANN: Das ist der reinste Vogelmord, wenn die singt.

FRAU: Die hat sogar eine Ausbildung als Sängerin.

MANN: Wenn die singt, dann ist das der reinste Vogelmord, weil da die Spatzen tot von die Bäum' fallen, wenn die das Singen anfängt.

FRAU: Die Frau Oberlehrer singt jeden Sonntag in der Kirche. Das weißt du nur nicht, weil du nie hingehst.

MANN: Der Herr Pfarrer hat neulich gesagt, wie er mit dem Herrn Apotheker und den beiden Herren Veterinärassessoren schafkopft hat, zufällig am Nebentisch, deswegen hab' ich's gehört, hat er gesagt: wenn er nicht müßt', wegen seinem Beruf und weil er die Mess' lesen muß, tät' er auch am liebsten nicht hingehen, wenn die Frau Oberlehrerin singt. Aber er erträgt es in christlicher Demut, hat er gesagt, der Herr Pfarrer.

FRAU: Das hat er nicht gesagt.

MANN: Das hat er schon gesagt.

FRAU: Der Herr Geistliche Rat Irlböck –

MANN: Der ist doch schon pensioniert.

FRAU: – der hat gesagt: die Frau Oberlehrerin Moosbauer hat die schönste Stimme von der ganzen Pfarrei.

MANN: Weil er so taub ist, daß er die anderen nicht mehr hört.

FRAU: »Caro mio ben« singt sie für mich, hat sie mir versprochen.

MANN: Wegen mir kann s' »Ein so ein warmer Kuahdreck« singen.

FRAU: Auf einer Beerdigung kann man doch nicht »Ein so ein warmer Kuahdreck« singen –

MANN: Warum nicht? Kann man schon. Das hat bloß noch niemand probiert. Der Beni soll bei meiner Beerdigung »Ein so ein warmer Kuahdreck« singen. Jawohl. Der Beni und der Maxl –

FRAU: Sei jetzt still. Wir sind da.

Die Trauergemeinde bleibt stehn.

MANN: Der Beni und der Maxl sollen: »Ein so ein warmer Kuahdreck« singen.

FRAU: Sei jetzt still.

MANN: Mit Orgel. »Ein so ein warmer Kuahdreck«.

FRAU: Halt dich jetzt z'rück.

MANN *singt leise:* »Ein so ein warmer Kuahdreck, der ist für alles guat«.

FRAU: Das ist ja direkt pietätlos. Die Leut' schauen schon um.

MANN *singt leise weiter:* »– Im Winter für ein' Brustfleck, im Sommer für ein' Hut.«

Man hört – ohne die einzelnen Wörter zu verstehen – eine Rede.

FRAU: Ein bissel eine Ehrfurcht könntest schon haben . . .

MANN: Vor wem?

FRAU: Jetzt fangt gleich der Herr Pfarrer zum Predigen an.

MANN: Vor wem soll ich Ehrfurcht haben?

FRAU: Vor der Majestät des Todes.

MANN: »Ein so ein warmer –«

FRAU: Jetzt hörst d' auf!

MANN: Ich hab' vor der lebendigen Höcksreiter keine Ehrfurcht gehabt, ehrlich g'sagt. Warum soll ich nachher vor der toten Höcksreiter . . .

FRAU: Vor der toten Frau Höcksreiter. Immerhin warst du nicht per Du mit ihr.

MANN: Die Frau Höcksreiter hätt' vor mir auch keine Ehrfurcht g'habt, wenn ich vor ihr gestorben wäre.

FRAU: Vor dir kann man auch kaum Ehrfurcht haben. Kaum.

MANN: Obwohl ich immerhin einmal im Leben acht Laufende gehabt habe. Und sie nicht.

FRAU: Sei still. Ich glaub', der Herr Pfarrer hat schon herg'schaut zu uns.

MANN: Weil sie nämlich überhaupt wahrscheinlich nicht Schafkopfen hat können. Deine Frau Höcksreiter.

FRAU: Am liebern wär mir jetzt direkt, du wärst daheim geblieben.

MANN: Mir auch.

FRAU: Ja, dann geh' doch, wennst dich nicht schämst.

MANN: Wieso soll ich mich schämen? Ich bin doch nicht nakkert. Wenn ich nackert wär', tät' ich mich schon schämen. Auf der Beerdigung von einer Dame. »Ein so ein warmer Kuahdreck . . .«

FRAU: Sei jetzt endlich still.

Die Predigt ist zu Ende. Allgemeines »Amen«.

FRAU: Amen.

MANN: Amen.

Die Trauergemeinde stimmt ein Lied an. Eine weibliche Stimme singt besonders falsch.

MANN: Auweh. Hörst d' es? Das ist die Oberlehrerin.

Frau rempelt ihren Mann an und singt mit.

MANN: Weißt was? Hast du die Wirtschaft da vorn gesehen? »Zur Eiche«? Da wart' ich auf dich.

FRAU: Du bleibst jetzt da.

MANN: Ich werd' eine Halbe auf das Wohl der Verstorbenen trinken. Ein Dunkles, wegen dem ernsten Anlaß.

Der Mann geht. Die Frau schaut ihm bös' nach. Im Weggehen singt der Mann auf die Melodie des Gemeindegesanges: »Ein so ein warmer Kuahdreck ...«

Der Ersatzapostel

Personen: Mann, Frau, Fräulein Pfanderl

Dunkler Wohnflur einer Kleinbürgerwohnung. Die Vorhänge sind zu. Eine Wanduhr tickt. Es läutet. Es rührt sich nichts. Es läutet wieder. Es läutet ein paarmal. Es läutet Sturm.

Eine männliche Stimme von hinten: Maaari!
Eine weibliche Stimme von hinten: Was schreist d' denn so?
MANN: G'läut' hat's.
FRAU: Wer hat g'läut'?
MANN: Weiß ich doch net. Aber g'läut' hat's.
Es läutet wieder ein paarmal.
MANN: So eine Unverschämtheit. Wie spät is's denn?
Die Frau schlurft aus dem Schlafzimmer, zieht ihren Schlafrock an.
FRAU *schreit nach hinten:* Warum allweil ich aufstehn muß! *Sie macht Licht, blinzelt auf die Wanduhr.* Halbe achte.
Es läutet wieder.
MANN: Sind die narrisch! Was is' denn heut'?
FRAU: Mittwoch.
MANN: Naa. Donnerstag.
Es läutet wieder.
FRAU: Jaa. Jaa. Ich komm' schon. *Sie macht auf.* Ja, Fräulein Pfanderl. Wieso –
FRL. PFANDERL: Entschuldigen S', daß ich so früh –
FRAU: Is' was passiert?
FRL. PFANDERL: Ja, der Herr Pfarrer schickt mich –
MANN *schreit von hinten:* Wer is' denn der Verbrecher, der um halbe achte am Gründonnerstag ... der Teifi soll'n doch hol'n –
FRAU *schreit nach hinten:* Jetzt halt dei' Maul – die Pfarrschwester ist's –
Die Frau haut die Tür zum Schlafzimmer zu. Während des folgenden Dialoges öffnet sie die Vorhänge und Fensterläden.
FRL. PFANDERL: Ja, der Herr Pfarrer schickt mich – es is' nämlich – wie spät is' denn schon?
FRAU: Halbe achte –
FRL. PFANDERL: Um Gott's willen, um Gott's willen –

FRAU: Is' die Kirche abbrennt, am Gründonnerstag, aus-
g'rechnet?

FRL. PFANDERL: Naa –

Frau schaut beim Öffnen der Läden aus dem Fenster.

FRAU: Oh, pfui Teifi – respective – mich leckst am Arsch – so
ein Scheißwetter. Das soll ein Gründonnerstag sein –

FRL. PFANDERL: Der Herr Pfarrer hat mich nämlich rüber-
g'schickt, weil, hat er g'sagt, der Herr Pfarrer, hat er g'sagt –

FRAU: Das hat ja g'schneit in der Nacht.

FRL. PFANDERL: Ja. Aber der Schnee bleibt nimmer lang liegen –

*Der Mann schlurft nun aus dem Schlafzimmer, im Trikotschlaf-
anzug.*

MANN: Was hat s'n wollen, die Habergoaß?

FRAU: Du ordinärer Mensch. Schau, daß d' wieder ins Schlafzimmer kommst. Und tu dir deine Zähn' nei. So versteht dich
ja kein Mensch.

Mann verschwindet wieder.

FRAU: So ein ordinärer Mensch!

FRL. PFANDERL: – der Herr Pfarrer, also, stellen S' Ihnen vor,
den Herrn Kaufmann Waldhauser hat der Schlag 'troffen.
Also den alten Herrn Kaufmann Waldhauser, net den jungen.

FRAU: Deswegen wecken S' uns am Gründonnerstag um halbe
achte?

FRL. PFANDERL: Ja, der Herr Pfarrer –

FRAU: Wo wir eh nicht beim Waldhauser kaufen, sondern beim
Pfenninger. Weil der Waldhauser –

FRL. PFANDERL: Ja, das kann schon sein –

FRAU: Sofern ich nicht überhaupt in der Stadt drin kauf'. Nie
mehr hab' ich beim Waldhauser 'kauft.

FRL. PFANDERL: Ja, schon, nur –

FRAU: Wissen S', was mir der Waldhauser g'macht hat? 1943?
Wissen S' das?

FRL. PFANDERL: Nein, nur –

FRAU: Da waren die Herren Kaufleute natürlich obenaus, er,
mit sei'm Kramladen. Da war er natürlich obenaus, und der
Kunde war nix. Ja, ja –

FRL. PFANDERL: Ja schon, nur –

FRAU: Meine Schwester und ich, also 1943, wie's die Bezugsscheine 'geben hat, da hammer Bezugsscheine 'kriegt, 1943, im
Mai war's, für einen Meter Stoff. Und da hat meine Schwester
g'sagt, die Fanny, ich weiß nicht, ob S' es kennen, Fuchsbich-
ler schreibt sie sich, aber sie wohnt scho' seit 1950 in Solln

drauß'd, sagt meine Schwester, Mari, sagt s' zu mir, da tun wir uns zusammen, respektive legen die beiden Bezugsscheine zusammen, und da kriegen wir zwei Meter Stoff, und da kann sich wenigstens eine von uns eine gescheite Bluse machen, weil aus einem Meter, was willst d' da machen –

FRL. PFANDERL: Ja, schon, aber der Herr Pfarrer –

FRAU: – und wissen S', Fräulein Pfanderl, was da die alte Waldhauserin g'macht hat? die g'storben ist inzwischen, also, Sie haben s' ja noch kennt – da hat – *geziertes Hochdeutsch* – da hat die Frau Waldhauser gesagt, sagt sie, nein, das geht nicht, das ist gegen die Vorschrift. Ich kann Ihnen leider nicht auf zwei Bezugsscheine zwei Meter auf ein Stück geben. Herrschaftszeiten sag' ich, das is' doch Wurst, ob S' mir jetzt zwei mal ein'n Meter, oder einmal zwei Meter – Nein, nein, hat sie geantwortet, das geht leider nicht – und hat d' Scher' g'nommen und schneid't den Stoff auseinand – mit einem Meter Stoff kannst d' doch gar nix anfangen –

FRL. PFANDERL: Der Herr Pfarrer –

FRAU: Nie mehr, nie mehr betrete ich Ihren Laden respektive Scheißbude, hab' ich ihr g'sagt, mein Lieber, da hab' ich ihr einige Unschönheiten hing'rotzt, so eine Schikane, wo der Führer, also respektive der Hitler, net wahr, g'sagt hat, wir müssen alle Schulter an Schulter zusammenstehen, wegen dem Endsieg, entceterna – und was tut sie, die Waldhauserin? Schneid't den Stoff bei der Mitten voneinand', das Luder. Nie mehr, die ganzen Jahr', hab' ich auch nur einen Knopf nie mehr bei denen 'kauft. Auch nur einen Knopf! Bei denen net. Lieber fahr' ich eine halbe Stund' in die Stadt hinein, und wenn ich nur einen Knopf brauch'.

FRL. PFANDERL: Das ist ja dreißig Jahr' her –

FRAU: Und wenn ich hundert Jahr' alt werd' –

FRL. PFANDERL: Aber jetzt –

FRAU: Aber der Teifi hat s' g'holt. 1957. Und zur Beerdigung bin ich auch net 'gangen.

FRL. PFANDERL: Schon, das kann schon stimmen –

FRAU: Das kann nicht schon stimmen, das stimmt schon. Da können S' meine Schwester fragen –

FRL. PFANDERL: Also der Herr Pfarrer braucht um halbe neune, das heißt also, der alte Waldhauser, der war doch einer von die zwölfe, zur Fußwaschung!

FRAU: Was?

FRL. PFANDERL: Der alte Herr Waldhauser, der kann doch jetzt heut' nicht mehr zur Fußwaschung, wo ihn der Schlag 'troffen hat.

FRAU: Is' er tot?

FRL. PFANDERL: Nein. Aber ins Krankenhaus haben s' ihn. In der Nacht. Die andern elfe sind schon drüben. Und da hat der Herr Pfarrer g'sagt, heiliger Himmel, ich kann doch net bloß elfe die Füß' waschen, wie schaut denn das aus, das is' ja eine Schand' für die ganze Pfarrei, und ob Ihr Mann nicht, wo er doch schon vor zwei Jahr', damals, wie der Herr Hermannseder plötzlich g'storben ist – wo er doch damals als Ersatzapostel eing'sprungen ist –

FRAU: Ahso – ja – ja, das is' ja – *schreit nach hinten:* Max! Max, hast d' deine Zähn' drin? *Zu Fräulein Pfanderl:* Arg spät is'.

FRL. PFANDERL: Mir haben's auch nicht früher g'wußt. Also bittschön, ich muß jetzt wieder 'nüber. Der Herr Pfarrer verläßt sich drauf. Gell? Sie schicken ihn, gell? So schnell daß's geht. Pfüat Gott, nachher. Und dankschön.

Fräulein Pfanderl geht.

FRAU: Marandjosef. Max!

MANN *von hinten:* Leck mich doch am Arsch.

FRAU: Red net so ordinär. Am Gründonnerstag. Max, steh auf. Dreiviertel achte is'.

MANN *kommt wieder, tut sich die Zähne hinein:* Was hat s' denn wollen, die Henna?

FRAU: Das war die Pfarrschwester, keine Henn'. Muß ma' sich ja direkt genieren mit dir. So ein ordinärer Mensch. Habergoaß hast d' g'sagt – und im Pyjama –

MANN: Das hat s' net verstanden. Ich hab' ja die Zähn' noch nicht drin g'habt.

FRAU: Aber dein' Pyjama hat s' g'sehen. Ob du d' Zähn' drin g'habt hast oder net. Immer den alten Pyjama.

MANN: Der ist mir der liebste.

FRAU: Vier andere Pyjama hast –

MANN: Der is' mir der liebste.

FRAU: Daß's dir net graust.

MANN: Mir graust's net vor mir. Is' der Kaffee fertig?

FRAU: Heut gibt's kein' Kaffee!

MANN: Was?

FRAU: Du mußt sofort 'nüber zum Pfarrer. Den Waldhauser hat der Schlag 'troffen.

MANN: Was geht denn mich der Waldhauser an.

FRAU: Als Apostel mußt 'nüber. Zur Fußwaschung. Jetzt mach weiter.

MANN: Ich? Zur Fußwaschung?

FRAU: Du hast es doch vor zwei Jahr' auch g'macht. Und jetzt schau, daß d' weitermachst. Ich hol' dir den schwarzen Anzug raus.

MANN: Ich soll zur Fußwaschung?

FRAU: Ja, und zwar schnell.

MANN: Und warum gibt's kein' Kaffee?

FRAU: Erstens, weil keine Zeit nicht mehr ist, und zweitens, ich glaub', da muß man doch nüchtern sein. Bei der Fußwaschung, am Gründonnerstag.

MANN: Ich geh' nicht auf nüchternen Magen aus'm Haus.

FRAU: Das ist quasi wie Kommunion, die Fußwaschung.

MANN: Das ist ganz was anders. Das hat mit Kommunion nichts zu tun. Gar nichts.

FRAU: Das ist quasi wie Kommunion.

MANN: Nein.

FRAU: Doch. Das weißt du nur net, weil du nie zur Kommunion nicht gehst. Obwohl's dir nicht schaden tät'. Und 's letzte Mal beichten warst – das war – das war, das ist ja schon gar nimmer wahr, daß du beichten warst.

MANN: Ich brauch' net beichten.

FRAU: Daß ich net lach'.

MANN: Ich begeh' keine Sünden. Wüßt' net, was ich beichten soll.

FRAU: Da wüßt' ich schon ein paar Sachen. Mein Lieber –

MANN: Ich zahl' mei' Kirchensteuer, da brauch' ich net auch noch beichten.

FRAU: Die zahlst net, die ziehn s' dir ab. Wenn die s' nicht von der Rente abziehn täten, tät' der Pfarrer keinen Pfennig von deiner Kirchensteuer sehn.

MANN: Als christkatholischer Bayer zahl' ich meine Kirchensteuer.

FRAU: Weil s' es von vornherein abziehen.

MANN: Auch wenn s' es nicht abziehen täten –

FRAU: Das ist jetzt Wurst, schau, daß d' weitermachst. Ich hol' jetzt dein' schwarzen Anzug . . .

MANN: Das ist gar nicht Wurst. Ich lass' mir nicht nachsagen, daß ich meine Kirchensteuer –

FRAU: Und der Beni, dein Freund? der Beni?

MANN: Was soll mit'm Beni sein?

FRAU: Der aus der Kirch' aus'treten ist? Weil s' ihm soviel Kirchensteuer ab'zogen haben, sogar von seine Überstunden?

MANN: Ja, schon. Aber trotzdem.

FRAU: Was heißt trotzdem?

MANN: Der Beni – also der Beni hat g'sagt: hundertdreiundachtzig Mark Kirchensteuer im Monat, hat er g'sagt, das sind, hat er ausg'rechnet, das sind achtzig halbe Bier im Monat und achtzig doppelte Obstler. Und die, sagt er, trinkt er aufs Wohl vom Herrn Pfarrer. Das ist quasi auch Kirchensteuer, vielleicht eine bessere. Weil er das nämlich peinlich genau hält. Resi, sagt er immer, Resi, bring mir noch eine Kirchensteuer. Dann steht er auf – da ist er ganz streng, rechnet's genau aus, hat quasi eine Buchführung respektive macht Stricherl. Lieber eine z'viel als eine z'wenig, sagt er oft am End' vom Monat, ich will mich net lumpen lassen – steht auf und sagt: Zum Wohl Hochwürden ... und nicht bloß der Stadtpfarrer, na, na, auch der Herr Kardinal und die Herren Weihbischöfe, alle, alle, jeder kriegt sein' Anteil. Das ist dem Beni seine Kirchensteuer.

FRAU: Das ist ja direkt eine Gotteslästerung.

MANN: Ist es nicht.

FRAU: Jetzt gehst dich anziehen, inzwischen mach' ich den Kaffee – ahso – halt – du darfst ja nix essen –

MANN: Dann geh' ich net.

FRAU: Ja – ich weiß auch nicht. Ob man nicht da doch nüchtern sein soll, als Apostel. Wenn wir ein Telephon hätten, könnt' ich 'nübertelephonieren zum Herrn Stadtpfarrer und fragen. Aber du willst ja kein Telephon. Vor lauter Geiz.

MANN: Nicht vor lauter Geiz. Vor lauter Vorsicht.

FRAU: Als ob ein Telephon gefährlich wär'.

MANN: Und ob! Den Beni haben s' neulich ang'rufen, daß sein Cousin g'storben ist. Zum Beispiel.

FRAU: Der wär' auch ohne Telephon g'storben.

MANN: Aber der Beni hätt's nicht g'wußt.

FRAU: Irgendwann hätt' er's erfahren.

MANN: Eben. Irgendwann. Aber so hat er's sofort erfahren. Er erschrickt immer fürchterlich, wenns Telephon läut'. Höchstens – also: bestenfalls hat einer den falschen Anschluß g'wählt. Aber das kommt nur selten vor. Nie, sagt der Beni, ist es was G'scheit's, wenns Telephon läutet. Nie. Immer ru-

fen Leut' an mit Schreckensnachrichten, mit Katastrophen-
nachrichten ... mit ... mit Seuchen, Krankheiten, Todesfäl-
len. Oder daß's brennt.

FRAU: Ich wüßt' gar nicht, wer uns so oft anrufen sollt' –

MANN: Eben. Dann brauchen wir kein Telephon.

FRAU: Aber ich könnt' jetzt den Herrn Stadtpfarrer anrufen
und fragen, ob du nüchtern sein mußt zur Fußwaschung –

MANN: So ein Schmarrn. Hat der Pfarrer vielleicht ein Telephon
am Altar? Lächerlich. Wie schaut denn das aus. Ein Telephon
am Altar. *Macht den Pfarrer nach.* Dignum et justum est ...
grrrr ... *hebt einen imaginären Hörer ab* ... jawohl, bitte? ...
Das wär' ja unmöglich.

FRAU: Aber in der Sakristei hat er ein Telephon.

MANN: Kurzum, ich geh' nicht ohne Kaffee aus'm Haus.

*Der Mann geht zurück ins Schlafzimmer. Die Tür bleibt offen.
Die Frau beginnt den Frühstückstisch zu decken und schaut
immer wieder mißtrauisch durch die offene Tür ins Schlafzimmer.*

FRAU: Aber du ziehst doch eine frische Unterhosen an?

MANN: Wieso? Wascht mir der Pfarrer den Hintern?

FRAU: Ordinärer Mensch. Am Gründonnerstag ziehst du doch
g'fälligst eine frische Unterhosen an. Wo's doch quasi ein
Feiertag ist.

MANN: Jetzt hab' ich die alte schon an. Wo ist der Anzug?

FRAU: Du ziehst eine frische Unterhosen an. Und überhaupt,
du kannst doch zur Fußwaschung keine solche Unterhosen
anziehen –

Der Mann kommt in einer langen Unterhose wieder heraus.

MANN: Warum nicht?

FRAU: Weil du doch die Hosen aufkrempeln mußt. Da schaut
doch dann die lange Unterhosen 'raus. Und so ... naa ...
grausen könnt's ein'm ... du ziehst sofort eine frische Unterhosen an.

MANN: Drüber?

FRAU: Nein, statt der. Und zwar eine kurze.

*Sie gehen gemeinsam ins Schlafzimmer. Der Dialog ist von dort
zu hören.*

MANN: Wo's die ganze Nacht g'schneit hat?

FRAU: Der ist schon fast wieder weg'taut, der Schnee. Und das
kurze Stückl.

MANN: Hoffentlich ist das Wasser wenigstens warm, mit dem er
ein'm die Füß' wascht ...

FRAU: So, und da ist dein Anzug.

MANN: ... sonst kann er mir gleich die letzte Ölung auch geben.

FRAU: Mei, was ist denn das? – da ist ja ein Mordsfleck drauf! Ja Marandjosef –

Die Frau kommt mit der Anzugjacke herausgelaufen.

MANN: Das ist doch Wurst.

FRAU: Mitten am Revers! Das ist nicht Wurst. Wie kommt denn da ein Fleck hinein?

MANN: Woher soll ich das wissen?

Der Mann kommt heraus, in Hemd und Hose, Schuhe in der Hand.

FRAU: Wer soll's denn sonst wissen? *Sie reibt am Fleck, spritzt Wasser drauf usw.* Den kann ja wohl niemand anderer an-g'habt haben wie du. Was das bloß für ein Fleck ist? Wann hast denn den Anzug 's letzte Mal ang'habt?

MANN *setzt sich hin und fängt an Kaffee zu trinken:* Irgend-wann.

FRAU: Irgendwann selbstverständlich. Der Fleck geht ja über-haupt nicht mehr 'raus. Bei der Beerdigung vom Weißbecker, vom Hausherrn, hast'n ang'habt.

MANN: Kann schon sein.

FRAU: Wann ist denn der g'storben?

MANN: Weiß ich nimmer.

FRAU: Ich glaub', im Oktober.

MANN: Möglich.

FRAU: Das ist ein Fettfleck. Von einer Soß' oder was.

MANN: Unmöglich.

FRAU: Freilich ist's ein Fettfleck.

MANN: Aber der kann unmöglich von der Beerdigung vom Weißbecker sein. Weil wir da nämlich nicht zum Leichen-schmaus eing'laden waren. Die Notniggel. *Macht die Witwe Weißbecker nach:* Verstehen Sie, nur die engsten Freunde und Verwandten ... aus Geiz –

FRAU: Du brauchst reden.

MANN: Obwohl wir seit 1937 in der Wohnung wohnen.

FRAU: Einladen hätten s' uns schon können.

MANN: Der Fettfleck muß schon drauf g'wesen sein vor der Beerdigung vom Weißbecker.

FRAU: Dann bist du mit so einem fleckigen Anzug auf die Beer-digung vom Hausherrn –

MANN *dreht sich mit dem Gesicht zu ihr:* Ja. Ja, und das g'freut mich heut' noch. Recht g'schieht ihm. Wo wir nicht einmal zum Leichenschmaus eing'laden waren.

FRAU *schaut den Anzug an:* Ein biss'l besser is'.

Der Mann ist mit dem Kaffeetrinken fertig. Die Frau gibt ihm die Jacke, er zieht sie an und fängt dann an, die Schuhe anzuziehen.

FRAU: Was ziehst denn du für Schuh' an? Braune Schuh'? Du kannst doch keine braunen Schuh' zum schwarzen Anzug anziehen – und, überhaupt, hast du dir die Füß' g'waschen?

MANN: Aber ich brauch' mir doch vor der Fußwaschung nicht die Füß' waschen? Da werden s' ja zweimal g'waschen?

FRAU: Du gehst dir jetzt sofort die Füß' waschen, und dann geb' ich dir ein paar neue Socken –

Der Mann zieht ächzend die Schuhe und Strümpfe wieder aus. Die Frau bringt eine Zinkwanne mit Wasser.

FRAU: Mit Seife.

Der Mann wäscht sich mißmutig die Füße.

MANN *hält inne, denkt scharf nach:* Bei der Fahnenweihe.

FRAU: Was?

MANN: Hab' ich vor der Beerdigung vom Weißbecker den Anzug zum letzten Mal ang'habt.

FRAU: Ja, das glaub' ich, daß da ein Fleck drauf'kommen ist. Leicht. Das wundert mich, daß da nicht mehr Flecken drauf sind. Da wart ihr ja alle miteinander stockb'soffen.

MANN: Nicht alle.

FRAU: Aber du.

MANN: Ich grad nicht. Weil nämlich ich zu die drei g'hört hab', wo den Franz heim'tragen haben.

FRAU: Ja. Auf alle viere.

MANN: Auf alle viere kannst d' keinen anderen heimtragen. Das ist ja – das ist ja ausgeschlossen . . . das ist ja unlogisch. Höchstens, daß der Franz quasi am Buckl g'ritten wär' –

FRAU: Bei euch halt' ich das alles für möglich.

MANN: Schmarrn.

Es läutet.

MANN: Was ist denn das wieder.

Die Frau macht auf. Fräulein Pfanderl ist wieder da.

MANN: Ich komm' schon –

FRL. PFANDERL: Nein. Der Herr Pfarrer läßt ausrichten, nix für ungut, und dankschön für'n guten Willen. Aber es war doch kein Schlaganfall vom alten Herrn Waldhauser, nur eine kleine Übelkeit –

MANN: Ah –

FRL. PFANDERL: Ja. Er ist schon wieder entlassen aus'm Krankenhaus.

MANN: Ahso –

FRL. PFANDERL: Ja. Dankschön. Und nix für ungut.

Frl. Pfanderl verabschiedet sich schnell und geht.

MANN: Und ich wasch' mir d'Füß'. Am Gründonnerstag. Wo ich am Ostersonntag ohnehin baden hab' wollen.

Im Café

Personen: Eine ältere Dame, die Kellnerin

Café mit einigen Tischen, alle unbesetzt. Die ältere Dame kommt ins Café. Die Kellnerin schaut ihr zu, bereit zu bedienen, sobald die Dame Platz genommen hat. Die ältere Dame geht erst zu einem Tisch, dann zu einem anderen – sie ist sich nicht schlüssig, wo sie sich hinsetzen soll.

DAME: Ist da frei?

KELLNERIN: Ja, bitte.

DAME: Ist da auch frei?

KELLNERIN: Ja, bitte. Da ist auch frei.

DAME: Sind alle Tische frei?

KELLNERIN: Ja, bitte.

DAME: Der Tisch da ist nicht besetzt?

KELLNERIN: Nein.

DAME: Ja, ich weiß nicht, soll ich mich jetzt besser da hin setzen, oder dort –

KELLNERIN: Wo Sie wollen, es ist alles frei.

DAME: Der Tisch da ist auch frei?

KELLNERIN: Alle sind frei.

DAME: Dann setz' ich mich da hin. Da ist doch frei?

KELLNERIN: Ja, bitte.

DAME: Täten Sie mir bitte aus dem Mantel helfen?

KELLNERIN: Ja, bitte.

DAME: Vorsicht. In der Tasche ist was Zerbrechliches drin. Ich stelle sie besser da her. Nein, da. Da ist doch auch frei?

KELLNERIN: Ja, da ist auch frei.

DAME: Dann stell' ich die Tasche da her. Da ist was Zerbrechliches drin.

Die Kellnerin hilft der Dame, den Mantel auszuziehen.

DAME: Wo ist denn jetzt meine Tasche?

KELLNERIN: Hier haben Sie sie hingestellt, bitte.

DAME: Ach ja. Hier habe ich sie hingestellt. Ich glaube, ich setze mich doch besser da hin. Vorsicht, in der Tasche ist was Zerbrechliches. Für meinen Neffen Franz. Was Zerbrechliches. Ich habe es heute besorgt. Für meinen Neffen.

KELLNERIN: Ja, bitte.

DAME: Um elf Uhr habe ich es gefunden. Von neun Uhr bis elf Uhr bin ich durch die Stadt gerannt, um elf Uhr erst habe ich es gefunden. Ich hoffe, daß es das Richtige ist. Weil, mein Neffe hat so einen eigenen Geschmack. Es ist sehr schwer, den Geschmack meines Neffen zu treffen. *Sie setzt sich endlich hin und stellt die Tasche auf den Stuhl neben sich.* Da kann ich doch meine Tasche hinstellen?

KELLNERIN: Ja, bitte.

DAME: Da setzt sich doch niemand hin?

KELLNERIN: Nein, es ist ja gar niemand da, außer Ihnen.

DAME: Es wird sich ja nicht gleich jemand hinsetzen, hier, oder?

KELLNERIN: Nein, bitte.

DAME: Weil es zerbrechlich ist. Ich habe nämlich erst gemeint, ich bekomme es beim Ehrlicher. Aber den Ehrlicher gibt es ja gar nicht mehr.

KELLNERIN: Ja, schon lang nicht mehr.

DAME: So ein altes Geschäft. Schon meine Mutter hat dort eingekauft, müssen Sie wissen. Beim Ehrlicher. Und jetzt gibt es das Geschäft nicht mehr.

KELLNERIN: Was darf ich Ihnen bringen, bitte?

DAME: Bitte?

KELLNERIN: Was darf ich Ihnen, bitte, bringen?

DAME: Ach so – was haben Sie denn alles – haben Sie Kaffee?

KELLNERIN: Ja, bitte, selbstverständlich.

DAME: Nein – haben Sie –

KELLNERIN: Da ist die Karte, bitte.

DAME: Ach so, ja. Danke. *Sie setzt ihre Lesebrille auf, studiert die Karte.* Haben Sie alles noch?

KELLNERIN: Ja. Es ist alles noch da.

DAME: Alles, was Sie haben, steht da drauf?

KELLNERIN: Ja, bitte. Das heißt: das Gebäck müßten Sie sich drüben an der Theke aussuchen.

DAME: Was haben Sie denn für Gebäck?

KELLNERIN: Ich weiß nicht. Das müßten Sie sich drüben aussuchen.

DAME: Haben Sie Schwarzwälder Kirsch?

KELLNERIN: Ich weiß nicht.

DAME: Könnten Sie einmal nachschauen gehen, ob eine Schwarzwälder Kirsch da ist?

KELLNERIN: Ja, bitte.

Kellnerin geht hinaus. Die Dame studiert weiter die Karte.

Dann schaut sie sich um, packt umständlich ihre Sachen zusammen und setzt sich an den Nebentisch. Die Kellnerin kommt zurück.

DAME: Ich habe mich hierhergesetzt. Da ist doch frei?

KELLNERIN: Ja, bitte. Schwarzwälder Kirsch ist da.

DAME: Ist der Kaffee gut?

KELLNERIN: Ja, bitte.

DAME: Ich meine: ist der Kaffee empfehlenswert?

KELLNERIN: Ich weiß nicht. Ich trinke nie einen Kaffee. Aber er ist bestimmt empfehlenswert, bitte.

DAME: Oder ist der Tee mehr empfehlenswert?

KELLNERIN: Ja, bitte. Der Tee ist auch empfehlenswert.

DAME: Dann nehme ich eine Tasse Tee, glaube ich.

KELLNERIN: Eine Tasse Tee, bitte.

DAME: Nein, warten Sie – gibt es auch eine Portion Tee?

KELLNERIN: Selbstverständlich gibt es auch eine Portion Tee.

DAME: Wieviel ist dann eine Portion Tee?

KELLNERIN: Eine Portion Tee ist – ja, wie soll ich das sagen –

DAME: Ist das viel? oder eher wenig?

KELLNERIN: Ja – eher – also sehr viel nicht. Zwei Tassen eigentlich, gut zwei Tassen.

DAME: Hm. Ich glaube, ich nehme eine Portion Kaffee.

KELLNERIN: Bitte, danke. Eine Portion Kaffee.

DAME: Eine Portion Kaffee, sind das auch zwei Tassen?

KELLNERIN: Ja, ungefähr.

DAME: Nein. Dann bringen Sie mir doch eine Portion Tee.

KELLNERIN: Eine Portion Tee.

DAME: Oder besser: eine Tasse Tee. Ich kann ja immer noch eine zweite Tasse Tee nachbestellen.

KELLNERIN: Selbstverständlich. Und: eine Schwarzwälder Kirsch?

DAME: Ja. Nein – nein, bitte doch – bitte doch lieber keine Schwarzwälder Kirsch. Vorerst, vielleicht später – vorerst nur eine Tasse Tee.

KELLNERIN: Mit Milch oder mit Zitrone?

DAME: Ach – Tee gibt es mit Milch oder mit Zitrone?

KELLNERIN: Ja, oder mit nichts –

DAME: Mit nichts? Aber Zucker schon?

KELLNERIN: Zucker schon, selbstverständlich, aber ohne Milch und ohne Zitrone.

DAME: Portionen Tee gibt es auch mit Milch oder Zitrone?

KELLNERIN: Ja, bitte.

DAME: Ich glaube, ich trinke doch lieber eine Tasse Kaffee.
KELLNERIN: Ja, bitte. *Geht.*
DAME: Fräulein, Fräulein!
KELLNERIN: Ja, bitte?
DAME: Aber nur eine Tasse, keine Portion.
KELLNERIN: Ja, bitte. *Geht.*
Die Dame kramt in ihrer Handtasche und in den anderen Taschen und Tüten, die sie dabei hat. Die Kellnerin bringt den Kaffee.
DAME: Fräulein – Sie haben nicht zufällig Postkarten?
KELLNERIN: Bitte, was?
DAME: Postkarten. Am liebsten wäre mir eine Ansichtskarte mit etwas Schönem drauf, was ist gleich.
KELLNERIN: Nein. Ansichtskarten haben wir nicht.
DAME: Ach so. Ich habe nur gemeint.
KELLNERIN: Ansichtskarten haben wir überhaupt nie gehabt. Das kenne ich gar nicht, daß ein Café Ansichtskarten haben soll. Das habe ich noch nie gehört, daß es sowas geben soll.
DAME: Doch, doch, geben tut es das schon, deshalb habe ich gemeint, ob Sie nicht vielleicht Ansichtskarten haben.
KELLNERIN: Das haben wir noch nie gehabt.
DAME: Geben tut's das schon. Ich war einmal im Schwarzwald, da hat es in einem Café Ansichtskarten gegeben. Deswegen habe ich gemeint, Sie haben vielleicht auch Ansichtskarten.
KELLNERIN: Im Schwarzwald – ja, ja – das war wahrscheinlich ein Ausflugslokal –
DAME: Richtig.
KELLNERIN: In einem Ausflugslokal schon, natürlich. Aber hier, mitten in der Stadt – wer soll denn da einen Ausflug her machen. In den Schwarzwald schon, aber hier zum Lenbachplatz macht doch kein Mensch einen Ausflug.
DAME: Nein. Ich habe nur gemeint, Sie haben vielleicht doch Ansichtskarten. Es würde aber auch eine einfache Postkarte genügen. Das haben Sie auch nicht?
KELLNERIN: Nein, leider.
DAME *kramt weiter:* Ich muß die Ansichtskarte nach dem Zahlen im Geschäft liegengelassen haben. Zu dumm. Ich muß nämlich unbedingt meiner Schwester schreiben – zu dumm, jetzt habe ich die Karte bezahlt und dann liegengelassen.
KELLNERIN: Da haben Sie ja die Karte.
DAME: Wo?
KELLNERIN: Da in der Seitentasche.

DAME: Tatsächlich. Gott sei Dank. Danke, Fräulein. Fräulein –
bringen Sie mir doch besser eine Tasse Kaffee.

KELLNERIN: Noch eine Tasse?

DAME: Wie bitte?

KELLNERIN: Ich habe Ihnen doch schon den Kaffee gebracht.

DAME: Ach so – ach ja – ja, danke. *Sie fängt an Kaffee zu
trinken und die Postkarte zu schreiben.* Fräulein –

KELLNERIN: Ja, bitte?

DAME: Wissen Sie die Postleitzahl von Sankt Mergentheim?

KELLNERIN: Nein, leider. Was sagen Sie: Sankt Mergentheim?

DAME: Ja. Meine Schwester, der ich die Karte schreiben muß,
wohnt vorübergehend in Sankt Mergentheim.

KELLNERIN: Bad Mergentheim kenne ich, aber Sankt Mergentheim nicht.

DAME: Bad Mergentheim?

KELLNERIN: Ja. Von Sankt Mergentheim habe ich noch nie etwas gehört.

DAME: Ja – ja – ja, mein Gott, wo ist denn dann meine Schwester? Ist die in Sankt Mergentheim oder in Bad Mergentheim?

KELLNERIN: Ja, das weiß ich natürlich auch nicht. Obwohl, ich
glaube nicht, daß es Sankt Mergentheim gibt. Dann müßte es
ja einen heiligen Mergent geben, das habe ich aber noch nie
gehört.

DAME: Das verstehe ich nicht.

KELLNERIN: Ja – Sankt Johann, zum Beispiel, das ist doch der
heilige Johann oder Johannes. Oder St. Moritz – der heilige
Moritz – das ist ja immer auch ein Vorname, quasi. Ich kenne
niemand, der mit Vornamen Mergent heißt.

DAME: Pölten auch nicht. St. Pölten gibt es aber doch.

KELLNERIN: Also, meinetwegen – vielleicht gibt es auch ein
Sankt Mergentheim. Aber gehört habe ich immer nur von
Bad Mergentheim.

DAME: Liegt Bad Mergentheim weit weg von Sankt Mergentheim?

KELLNERIN: Ich habe keine Ahnung, wo Sankt Mergentheim
liegt, wenn es das überhaupt geben soll.

DAME: Ja, du lieber Himmel – wie soll ich dann das wissen, ob
meine Schwester jetzt in Sankt Mergentheim ist oder in Bad
Mergentheim – vorübergehend, normalerweise lebt sie ja in
Rottach.

KELLNERIN: Das weiß ich natürlich auch nicht.

DAME: Wenn Sankt Mergentheim in der Nähe von Bad Mergentheim wäre, dann könnte man auf die Karte schreiben: Sankt Mergentheim – Strich – oder Klammer – eventuell Bad Mergentheim. Aber wenn das natürlich weit weg ist – aber in Deutschland ist es schon? Sankt Mergentheim?

KELLNERIN: Sie können ja zwei Karten schreiben. Eine nach Bad Mergentheim und eine nach Sankt Mergentheim. Eine wird ja dann wohl ankommen.

DAME: Aber ich habe ja doch nur eine Karte.

KELLNERIN: Dann müssen Sie halt noch eine kaufen.

DAME: Mein Gott, mein Gott. Daß mir das meine Schwester auch so ungenau gesagt hat. Da habe ich es aufgeschrieben: Sankt Mergentheim, Talstraße 4, bei Frau Heuble. Gibt es in Bad Mergentheim auch eine Talstraße?

KELLNERIN: Ich weiß nicht. Ich war nie dort.

DAME: Oder ich schreibe drauf: eventuell nachsenden nach Bad Mergentheim – oder soll ich die Karte erst nach Bad Mergentheim schicken und draufschreiben: eventuell bitte nachsenden nach Sankt Mergentheim?

KELLNERIN: Ja, das bleibt Ihnen überlassen.

DAME: Mein Gott, mein Gott, ob die Karte dann überhaupt noch rechtzeitig ankommt? Ich habe nämlich meiner Schwester eine Kittelschürze geschickt, müssen Sie wissen, nachgeschickt, weil, die hat sie in Rottach vergessen –

KELLNERIN: Haben Sie die Kittelschürze nach Bad Mergentheim oder nach Sankt Mergentheim geschickt.

DAME: Das weiß ich eben nicht mehr. Ich glaube, nach Sankt Mergentheim.

KELLNERIN: Dann würde ich die Karte auch nach Sankt Mergentheim schicken.

DAME: Aber dann ist womöglich das Paket mit der Kittelschürze gar nicht angekommen?

KELLNERIN: Das kann schon sein, wenn es Sankt Mergentheim nicht gibt, dann kann das Paket eigentlich gar nicht ankommen. Es kann ja nicht irgendwo was ankommen, wo es nicht – das geht ja gar nicht.

DAME: Ja, mein Gott, mein Gott, was mach' ich da nur. Ich habe in die Tasche von der Kittelschürze eine Postkarte getan, von meinem Neffen – für den das Geschenk ist –, das ist der Sohn von meiner Schwester, also eine Karte von meinem Neffen für seine Mutter. Weil ich gesagt habe: du brauchst die Karte nicht schicken, weil ich doch eh' das Paket schicke, und da können wir die Karte ins Paket tun – und da habe ich die

Karte in die Tasche von der Kittelschürze getan, und jetzt findet womöglich meine Schwester die Karte von ihrem Sohn nicht –

KELLNERIN: Wenn Ihre Schwester die Kittelschürze anzieht, wird sie schon merken, daß da irgend etwas in der Tasche ist.

DAME: Aber wenn sie sie vorher wäscht? Und wäscht die Karte mit?

KELLNERIN: Streng genommen brauchen Sie die Karte gar nicht schreiben, wenn es Sankt Mergentheim nicht gibt.

DAME: Wieso?

KELLNERIN: Weil dann das Paket gar nicht ankommt, und wenn das Paket nicht ankommt, kann Ihre Schwester die Schürze nicht waschen.

DAME: Mein Gott, mein Gott, was soll ich jetzt nur machen. Am liebsten wäre es mir, wenn Sie die Postleitzahl von Sankt Mergentheim wüßten.

KELLNERIN: Ich weiß sie leider nicht.

DAME: Dann würde ich doch schreiben.

KELLNERIN: Ja.

DAME: Sicher ist sicher.

KELLNERIN: Ja.

DAME: Oder ob ich meinem Neffen schreiben soll? daß er seiner Mutter schreiben soll? vielleicht?

KELLNERIN: Das wäre auch eine Lösung.

DAME: Er wird ja wissen, ob seine Mutter in Sankt Mergentheim oder in Bad Mergentheim ist, oder meinen Sie nicht auch?

KELLNERIN: Ja, meine ich auch.

DAME: Wenn ich nur wüßte, ob es dann noch rechtzeitig ankommt. Sie, Fräulein, wie spät ist es denn?

KELLNERIN: Dreiviertel Zwölf.

DAME *entsetzt:* Was? Da habe ich ja meine S-Bahn versäumt. Ist es wirklich schon dreiviertel zwölf?

KELLNERIN: Ja, wenn ich's Ihnen sag'.

DAME: Mein Gott, mein Gott, meine S-Bahn ist um elf Uhr vierzig gegangen. *Sie beginnt hastig einzupacken.* Die erwische ich ja nie mehr. Ist es bestimmt schon dreiviertel zwölf?

KELLNERIN: Ja.

DAME: Mein Gott, mein Gott. Dann habe ich die S-Bahn versäumt. Was bin ich denn schuldig?

KELLNERIN: Zwei Mark.

Dame will zahlen, das Geld fällt ihr vor Aufregung hinunter, die Kellnerin hebt es auf.

DAME: Stimmt schon, stimmt schon, der Rest ist für Sie. Die S-Bahn kann ich ja gar nicht mehr erwischen, wenn es schon dreiviertel zwölf ist.

KELLNERIN: Jetzt brauchen Sie sich nicht mehr zu beeilen, wenn Sie die S-Bahn eh' schon versäumt haben.

DAME *schaut die Kellnerin völlig verständnislos an:* Ja. Dann beeile ich mich doch lieber. Auf Wiedersehen.

KELLNERIN *läuft mit einer Plastiktüte nach:* Da, das haben S' vergessen.

DAME: Mein Gott, mein Gott. Danke schön. Auf Wiedersehen. *Ab.*

KELLNERIN: Auf Wiedersehen.

Die Kellnerin räumt das Geschirr ab.

Personen: Frau Schwalbe, eine reifere Dame, Frau Nickel, auch eine reifere Dame, ein Herr, der raucht

Die Szene spielt in einem Café. Frau Schwalbe und Frau Nikkel sitzen an einem Tisch. Am Nebentisch sitzt der Herr, liest Zeitung und raucht eine Zigarre.

FRAU SCHWALBE: – da ist dann mein Schwiegersohn hingegangen und hat gesagt, daß man sich das nicht bieten zu lassen braucht.

FRAU NICKEL: Auch mein Schwiegersohn –

FRAU SCHWALBE: Lassen Sie mich das fertig erzählen. Dann hat doch die Sprechstundenhilfe, hat mein Schwiegersohn gesagt, das Rezept hergegeben, aber nicht das Röntgenbild. Stellen Sie sich vor.

FRAU NICKEL: Wie ich geröntgt wurde, bei meinem Schenkelhalsbruch –

FRAU SCHWALBE: Lassen Sie mich das fertig erzählen. Wenn ich nicht zur Kur müssen hätte, wäre ich hin zu diesem Arzt. Stellen Sie sich vor – gibt das Röntgenbild nicht heraus. Hat man sowas schon einmal gehört?

FRAU NICKEL: Ich habe gehört, daß –

FRAU SCHWALBE: Lassen Sie mich das rasch fertig erzählen. Ich war doch so schlecht beisammen, damals. Die Strahlenbehandlung hat sich auf die Gallenblase geschlagen. Das ist sehr selten, kommt aber vor. Und der Arzt hat das nicht erkannt!

FRAU NICKEL: War das der Arzt, der Ihnen das Röntgenbild nicht herausgegeben hat?

FRAU SCHWALBE: Aber nein! Haben Sie mir vorhin nicht zugehört? Nein. Zum Glück hat mir Frau Albertshofer – kennen Sie Frau Albertshofer zufällig? Nein? – die hat mir empfohlen, zum Dr. Gersdorf zu gehen. Dr. Gersdorf, in der Königinstraße. Dr. Gersdorf hat mich nur angeschaut, kurz angeschaut und hat gesagt: um Gottes willen, das war ein Verbrechen, daß Sie bestrahlt worden sind. Sie können von Glück sagen, daß Sie überhaupt noch leben.

FRAU NICKEL: Dr. Pauckner –

FRAU SCHWALBE: Lassen Sie mich das fertig erzählen. Wenn ich nicht zur Kur gehen hätte müssen –

FRAU NICKEL: Hat Sie Dr. Gersdorf zur Kur geschickt?

FRAU SCHWALBE: Aber nein! Ich glaube, Sie hören mir wirklich nicht zu. Das war doch Dr. Knapp. Habe ich Ihnen doch gesagt. Aber der hat nicht gewußt, daß ich damals doch den Nervenriß in der Hüfte hatte –

FRAU NICKEL: Einen Nervenriß?

FRAU SCHWALBE: Das habe ich Ihnen doch erzählt. Wenn er gewußt hätte, daß ich mir damals einen Nervenriß zugezogen habe, dann hätte er mich nicht zur Kur geschickt, jedenfalls nicht dorthin, wo das Wasser so jodhaltig ist. Da wäre eine Moorkur in Frage gekommen. Hat er nachher gesagt.

FRAU NICKEL: Nachher ist man immer gescheiter.

FRAU SCHWALBE: Selbstverständlich. Wie ich also bei der Kur war, wird mein Blutdruck ständig schlechter. Von Tag zu Tag schlechter. Da kann doch was nicht in Ordnung sein, habe ich mir gedacht. Ich bin zum Kurarzt gegangen und habe gesagt: Herr Doktor, habe ich gesagt, da muß irgend etwas nicht stimmen, schauen Sie sich doch meinen Blutdruck an. Dann hat er den Blutdruck angeschaut und hat die Hände über den Kopf zusammengeschlagen und gesagt: Sie müssen sofort Tinanzin nehmen, und zwar sofort.

FRAU NICKEL: Meine Schwester hat Tinanzin –

FRAU SCHWALBE: Lassen Sie mich das fertig erzählen, Frau Nickel. Zum Glück vertrage ich Tinanzin –

FRAU NICKEL: Meine Schwester hat Tinanzin nicht vertragen.

FRAU SCHWALBE: Aber ich vertrage es, zum Glück. Aber, sage ich Ihnen. Da habe ich fürchterlich Seitenstechen bekommen. Ich sage Ihnen, es war entsetzlich. Ich mußte die Kur abbrechen. Zum Glück bin ich, wie ich wieder daheim war, sofort zu Dr. Honold gegangen, und der hat gesagt: Wenn Sie nicht ein so robustes Herz hätten, wären Sie eine Leiche. Er hat sofort ein EKG gemacht. Aber inzwischen habe ich mir doch die Hand verstaucht.

FRAU NICKEL: Die Hand verstaucht?

FRAU SCHWALBE: Ja, wissen Sie das nicht? Aber das habe ich Ihnen sicher erzählt. Da hatte ich ein halbes Jahr damit zu tun.

FRAU NICKEL: War das vor der Kur?

FRAU SCHWALBE: Nein, nach der Kur, selbstverständlich. Das heißt, welche Kur meinen Sie? Meinen Sie die, die mir

Dr. Felsing verordnet hat? Vor dieser Kur. Die Kur von
Dr. Felsing hat überhaupt nicht geholfen. Wenn ich nicht selber erkannt hätte, daß mein Zwölffingerdarm das Eisenwas-
ser nicht verträgt, wäre – wäre, weiß Gott was passiert.

FRAU NICKEL: Mit dem Zwölffingerdarm ist nicht zu spaßen.

FRAU SCHWALBE: Wem sagen Sie das. Ich habe seit Jahren mit
dem Zwölffingerdarm zu tun. Ich bin sofort zum Kurarzt
und habe ihm gesagt, daß mein Zwölffingerdarm das Eisen-
wasser nicht verträgt. Das gibt es nicht, hat der Kurarzt gesagt. Stellen Sie sich vor: das gibt es nicht! sagt der. Und er
hat mir Korreval gegeben. An und für sich halte ich von
Korreval viel. Aber Dr. Bauer, zu dem ich sofort nach der
Kur gegangen bin, hat gesagt, daß dadurch die Bindegewebe
des Mittelmagens angegriffen werden. Was dann passieren
kann, können Sie sich leicht vorstellen. Ich wäre ja weiter zu
Dr. Bauer gegangen, wenn nicht diese dumme Sehnenschwellung im linken Arm gekommen wäre. Ich konnte ja keine
Nacht mehr schlafen. Dr. Grader hat mir kalte Umschläge
empfohlen, aber das ist ja lächerlich.

FRAU NICKEL: Ich –

FRAU SCHWALBE: Lassen Sie mich das rasch fertig erzählen. Ich
bin auf Empfehlung zu Dr. Bielefeldt gegangen. Der hat gesagt, bevor wir die Sehnenschwellung behandeln können,
müssen wir erst den Blutdruck herunterbekommen. Sonst
könnte eine Sonnengeflechtsdystonie eintreten. – Sagen Sie,
Frau Nickel, kann der Mensch nicht seinen Rauch woanders-
hin blasen?

FRAU NICKEL: Ich glaube, es zieht. Der Rauch –

FRAU SCHWALBE: Überhaupt eine Unverfrorenheit –

*Der Herr ist auf die Damen aufmerksam geworden und schaut
hinüber.*

FRAU SCHWALBE: Ohne jede Rücksicht. Der Rauch weht direkt
da herüber.

HERR: Pardon?

FRAU SCHWALBE: Sie könnten Ihren Rauch auf die andere Seite
blasen. Nicht ausgerechnet zu uns herüber.

HERR: Stört Sie der Rauch?

FRAU NICKEL: Die Dame ist leidend.

HERR: Ach so. Ich bitte um Entschuldigung.

FRAU SCHWALBE: Das hilft uns auch nicht viel, nachdem Sie uns
eingenebelt haben.

HERR: Rauch ist gesund.

FRAU SCHWALBE *schrill:* Wie bitte?

HERR: Ach – ach so. Sie sind offenbar mit den neuesten Erkenntnissen der medizinischen Wissenschaft nicht vertraut.

FRAU SCHWALBE: Sind Sie Arzt?

HERR: Sie haben nichts vom Kongreß gehört?

FRAU SCHWALBE: Von welchem Kongreß?

HERR: Von dem Kongreß! Ich bitte Sie, von dem Kongreß, von dem alle Welt spricht. Er findet zur Zeit hier statt.

FRAU SCHWALBE: Gehören Sie –

HERR: Ein Krebskongreß.

FRAU SCHWALBE: Ein Krebskongreß?

HERR: Also, daß Sie davon nichts gehört haben.

FRAU SCHWALBE: Doch. Ich glaube, ich habe was davon gehört.

HERR: Und daß Rauch gesund ist. Sehen Sie: der Kongreß hat herausgefunden, daß Rauchen für den Krebs ungünstig ist. Das ist ganz einfach und eigentlich logisch. Man wundert sich, daß man nicht früher draufgekommen ist: Nikotin schadet den Gewebezellen. Viel Nikotin tötet die Zellen sogar ab. Auch – und das ist der Witz – die Krebszellen. Ist doch logisch? oder? Durch vieles Rauchen werden die Krebszellen so geschwächt, daß sie sich nicht weiterentwickeln können, ja sogar absterben.

FRAU SCHWALBE: Ja – ja – aber – aber ich habe doch gehört, daß durch Rauchen Krebs entsteht –

HERR: Richtig. Aber wenn man ihn dann hat, soll man weiterrauchen.

FRAU SCHWALBE: Merkwürdig.

HERR: Deswegen habe ich gedacht, es würde Ihnen gar nichts ausmachen, wenn ein wenig Rauch zu Ihnen hinüberweht.

FRAU SCHWALBE: Das ist ein Kongreß, der jetzt stattfindet?

HERR: Ja. Das heißt: jetzt ist Mittagspause. Aber nachmittag geht's weiter.

FRAU SCHWALBE: Und ich habe mich immer in Nichtraucherabteile gesetzt.

HERR: Grundfalsch. Das heißt: bisher war es goldrichtig: jetzt ist es grundfalsch.

FRAU SCHWALBE: Das ist mir irgendwie ganz unangenehm.

HERR: Und die Schlagsahne ist ungesund. Überhaupt alle Milchprodukte. Sie stärken die Krebszellen, logisch.

FRAU SCHWALBE: Man weiß –

HERR: Milch baut ja auf. Auch die negativen Kräfte. Sogar eher die negativen Kräfte, weil die ja alles an sich reißen.

FRAU SCHWALBE: Man weiß überhaupt nicht mehr –

HERR: Die negativen Kräfte sind sozusagen vorn dran. Sie schnappen als erste zu. Schnappen nach der Milch, nach Yoghurt, et cetera.

FRAU SCHWALBE: Man weiß ja überhaupt nicht mehr –

HERR: Man kann sie überlisten, indem man raucht. Oder auch starker Alkohol. Auch da schnappen die negativen Kräfte zu, unbesehen. Gierig, wie sie sind. Das ist der neueste Trend der Medizin.

FRAU SCHWALBE: Man weiß wirklich überhaupt nicht mehr, woran man sich halten soll.

Frau Schwalbe schiebt die Schlagsahne weg. Der Herr verbeugt sich leicht, vertieft sich wieder in seine Zeitung und raucht weiter.

FRAU SCHWALBE *angeekelt:* Manchmal meine ich, das Beste ist, wenn man gar nicht krank wäre. Fräulein – zahlen!

Vor dem Schaufenster

Personen: Ein Wermutbruder, Polizist A, Polizist B

Vor einem großen Kaufhaus. Der Wermutbruder sitzt auf dem breiten Sims eines Schaufensters, den Rücken zur Scheibe. Neben ihm steht eine Wermutflasche. Vor ihm, die Öffnung nach oben, sein Hut. Die beiden Polizisten kommen dahergeschlendert, bleiben vor dem Wermutbruder stehen und schauen ihn an. Der Wermutbruder blinzelt zurück.

POLIZIST A: Was machst denn nachher da?

WERMUTBRUDER: Wer? Ich?

POLIZIST A: Freilich du. Was machst denn da?

WERMUTBRUDER: Ich hör' ein biss'l schlecht. Was ham S' g'sagt?

POLIZIST A: Ich glaub', du hörst ganz gut. Was du da machst, möchten wir gern wissen.

WERMUTBRUDER: Ahso – was ich da mach'. Nix mach' ich.

POLIZIST A: Freilich machst d' was – da sitzen tust. Und jetzt schaust, daß d' weiterkommst, Opa – mach keine Sparifankerl.

WERMUTBRUDER: Wie bitte? Ich hör' ein biss'l schlecht.

POLIZIST A: Aufstehn sollst da, und weitergehen.

WERMUTBRUDER: Wohin?

POLIZIST A: Das ist uns gleich. Aber weitergehn sollst.

WERMUTBRUDER: Ich bin ja schon weitergegangen. Vorher war ich da drüben g'sessen, gegenüber der Michelskirch', dann bin ich weitergegangen, daher, beziehungsweise hierher.

POLIZIST A: Ich mein', du weißt ganz genau, was ich mein', mein' ich.

WERMUTBRUDER: Nein, bitte, das weiß ich nicht.

POLIZIST A: Du sollst keine großen Sparifankerl jetzt da machen, du sollst dich schleichen.

WERMUTBRUDER: Soll ich mich wieder 'nübersetzen zur Michelskirch'?

POLIZIST A: Das ist uns gleich. Nein – das heißt, du sollst dich gar nirgends hinsetzen, du sollst dich schleichen.

WERMUTBRUDER: Ich soll mich nie niedersetzen? Nirgends?

POLIZIST A: Schmarrn. Natürlich kannst dich hinsetzen –

WERMUTBRUDER: Ja, eben. Jetzt bin ich schon erschrocken, daß man sich nimmer hinsetzen darf.

POLIZIST A: Aber da sollst dich nicht hinsetzen.

WERMUTBRUDER: Wo nachher?

Der Polizist A wendet sich an den Polizisten B, beide treten einen Schritt zur Seite und wenden dem Wermutbruder den Rücken zu. Der Wermutbruder versucht zu verstehen, was die beiden reden.

POLIZIST A: Kennst du den?

POLIZIST B: Nein. Das muß ein Neuer sein.

POLIZIST A: Ich hab' ihn auch noch nie gesehen. Hat er in sein'm Hut was drin?

POLIZIST B: Ich hab' nix g'sehn.

POLIZIST A: Was machen wir denn da?

POLIZIST B: Ja – was machen wir dann jetzt da?

POLIZIST A: Der soll sich schleichen, am besten in die Sendlinger Straß', da is's andere Revier zuständig.

Die Polizisten wenden sich wieder dem Wermutbruder zu.

POLIZIST A: Bist noch immer da?

WERMUTBRUDER: Ha? Ich hör' ein biss'l schlecht.

POLIZIST A: Ob du noch immer da bist?

WERMUTBRUDER *beruhigend:* Ja, ja. Doch. Ich bin schon noch da.

POLIZIST A: Ich will nicht wissen, ob du noch da bist, weil das seh' ich, ich meine, daß du dich schleichen sollst.

WERMUTBRUDER: Aber gefragt haben S', ob ich noch da bin.

POLIZIST A: Aber gemeint hab' ich, daß du dich schleichen sollst.

WERMUTBRUDER: Wenn sich die Polizei so undeutlich ausdrückt, muß sie sich nicht wundern, daß s' die Verbrecher nicht fängt.

POLIZIST A: Das geht dich gar nichts an, ob wir die Verbrecher fangen oder nicht.

WERMUTBRUDER: Nein, angehen nicht, nur: nachdenken drüber wird man doch noch dürfen, oder? Wenn's mich was angehen tät', dann tät' ich als erstes anordnen, daß sich die Polizisten nicht so undeutlich ausdrücken.

POLIZIST B: Ich werd' mich gleich ganz deutlich ausdrücken, du –

POLIZIST A *hält B zurück:* Mach kein' Schmarrn.

WERMUTBRUDER: Was haben S' g'sagt, ich hör' ein biss'l schlecht?

POLIZIST A: Ich hab' nicht mit dir g'red't.

WERMUTBRUDER *lehnt sich beruhigt zurück:* Ahso –

POLIZIST A: Jetzt schleichst dich.

WERMUTBRUDER: Wer?

POLIZIST A: Du.

WERMUTBRUDER: Jetzt kenn' ich mich gar nicht aus – reden S' jetzt wieder mit mir? oder mit wem reden S'?

POLIZIST A: Mit dir red' ich, und zwar deutlich genug, hoff' ich: schleich dich.

WERMUTBRUDER *nach einer kurzen Pause:* Warum?

POLIZIST A: Ja – weil – weil – du weißt ganz genau, was ich meine – ganz genau weißt du das.

WERMUTBRUDER: Nein. Weiß ich nicht.

POLIZIST A: Weil du da nix zum Suchen hast.

WERMUTBRUDER: Nein, beziehungsweise ja. Leider. Ich hab' nix zum Suchen. Leider, weil ich, wenn ich wenigstens was zum Suchen hätt', könnt' ich's vielleicht finden.

POLIZIST A *unsicher:* Das versteh' ich nicht. Was möchtest finden?

WERMUTBRUDER: Was man halt so finden möcht'. Mei – was gibt's nicht alles zu finden. Ach mei, je weniger man hat, desto mehr könnt' man finden, logisch.

POLIZIST A: Also jedenfalls gehst du jetzt weiter, basta.

WERMUTBRUDER: Jetzt gleich?

POLIZIST A: Ja, jetzt gleich.

WERMUTBRUDER: Ich – ist das – ist das verboten, daß man da sitzt? da hier?

Die Polizisten wenden sich wieder ab.

POLIZIST A: Hast du g'sehen, ob der 'bettelt hat?

POLIZIST B: Selbstverständlich hat der 'bettelt.

POLIZIST A: Das weiß ich auch. Aber hast du's g'sehn?

POLIZIST B: G'sehn hab' ich nix.

POLIZIST A: In sei'm Hut war nix drin?

POLIZIST B: Das hat er wahrscheinlich schnell 'raus'tan und eing'steckt, wie er uns g'sehn hat.

POLIZIST A: Hast du das beobachtet?

POLIZIST B: Nein. Aber ich vermute es.

POLIZIST A: Zum Vermuten brauch' ich keinen, der mir hilft; das kann ich selber.

Die Polizisten wenden sich wieder dem Wermutbruder zu.

WERMUTBRUDER *als ob er ferne Bekannte wiedererkennen würde:* Ach! Sie sind auch wieder da.

POLIZIST A: Jetzt horch einmal zu –

WERMUTBRUDER: Bitte? Ich versteh' Sie so schlecht?

POLIZIST A: Hast du einen Ausweis?

WERMUTBRUDER: Auweh-zwick.

Polizist A zwinkert dem Polizist B verschmitzt zu: »Jetzt haben wir ihn . . .«

WERMUTBRUDER: Einen Ausweis?

POLIZIST A: Jawohl, einen Ausweis. Oder Reisepaß.

POLIZIST B *ironisch:* Ein Führerschein würde auch genügen.

WERMUTBRUDER: Auweh-zwick, auweh-zwick. Das ist natürlich sehr schwierig. Ich fürcht', da muß ich nämlich aufstehen. Halten S' einmal den Hut, bitte, und Sie, täten S' bitte auf die Flaschen da aufpassen, inzwischen, nicht daß s' wegkommt.

Der Wermutbruder steht sehr umständlich auf und beginnt den Mantel und diverse Jacken und Strickwesten aufzuknöpfen, die er übereinander anhat.

WERMUTBRUDER: Wenn Sie grad den Mantel halten täten, tät' ich'n leichter finden, den Ausweis.

POLIZIST A *nimmt den Mantel:* Aber jetzt ein bissel fix!

WERMUTBRUDER: Wieso fix!

POLIZIST A: Weil wir auch noch was anderes zu tun haben, als wie deinen Ausweis kontrollieren.

WERMUTBRUDER *hält im Suchen inne:* Ah – dann wollen S' ihn gar nicht sehen?

POLIZIST A: Doch, aber fix.

WERMUTBRUDER: Fix sehen können S' ihn dann schon, wenn ich das Luder einmal gefunden habe. Dann können S' ihn fix sehen. Täten Sie die Westen halten, damit ich besser suchen kann?

Polizist B nimmt die Weste.

POLIZIST A: Herrschaftszeiten, wie lang suchst denn noch –

WERMUTBRUDER: Bis ich 'n g'funden hab'. Oder soll ich nicht mehr weitersuchen?

POLIZIST A: Doch. Ich glaub' aber, du hast gar keinen Ausweis.

WERMUTBRUDER: Haben tu' ich schon einen. Nur weiß ich nicht, wo er ist. *Er legt zahlreiche Gegenstände aus den Taschen auf den Boden.* Ich weiß schon: es ist verboten, daß man kein' Ausweis hat. *Er legt weitere Gegenstände heraus.* Aber es ist nicht vorgeschrieben, wo man den Ausweis hat. Oder?

POLIZIST B: Ein ordentlicher Mensch hat seinen Ausweis in der Brieftasche.

WERMUTBRUDER: Ein ordentlicher Mensch! ein ordentlicher Mensch! Freilich – ein ordentlicher Mensch. Wenn man nix mit sich herumtragen muß, dann find't man die einzelnen Sachen sofort. Aber unsereins – wenn Sie alles immer dabei haben müßten, was Sie haben, täten Sie auch nix finden, oder jedenfalls nicht so schnell. – Wo ist denn dieser verfluchte Ausweis?!

POLIZIST A: Von dem G'raffel kannst die Hälfte wegschmeißen –

WERMUTBRUDER: Freilich. Das ist ja auch alles schon einmal wegg'schmissen worden. Aber nicht von mir. Von die andern Leut'. Ich heb's auf. Schaun S': mir tun die Sachen leid. Hier: ein Knopf –

POLIZIST A: Das ist ja bloß ein halberter Knopf.

WERMUTBRUDER: Eben. Ein Invalide. Oder g'hören Sie auch zu denen, die einen Invaliden, bloß, weil er vielleicht nur noch einen Fuß hat, einfach wegwerfen? ausstoßen aus der Gesellschaft? g'hören Sie zu diesen? respektive jenen?

POLIZIST A: Nein –

WERMUTBRUDER: Eben. Und der Knopf –

POLIZIST A: Das ist doch kein Mensch. Das ist doch ein Knopf –

WERMUTBRUDER: Wieso traun Sie sich zu sagen, daß der Knopf da nicht auch ein Geschöpf Gottes ist, oder?

POLIZIST A: Meinetwegen, dann b'halst den Knopf –

WERMUTBRUDER: – den Gott geschaffen hat? den Knopf? so wie, zum Beispiel, einen Polizisten?

POLIZIST A: Ich möcht' jetzt dein' Ausweis sehen.

WERMUTBRUDER: Also. *Steckt den Knopf wieder ein.* Im Schnee habe ich ihn gefunden! Am Wegrand. Ein einsames, verstümmeltes, weggeworfenes Geschöpf Gottes. Ein Ebenbild Gottes –

POLIZIST A: Du sollst jetzt keine Predigt halten –

WERMUTBRUDER: Vielleicht ein Ebenbild Gottes! Vielleicht sieht Gott aus wie ein halber Knopf –

POLIZIST A: Das kann ich mir nicht vorstellen.

WERMUTBRUDER: Ich schon. Und eher, als daß er ausschaut wie ein Polizist.

POLIZIST A: Jetzt halt dich z'ruck, langsam, gell.

WERMUTBRUDER: Das ist nicht verboten, daß ich das sag': Gott sieht nicht aus wie ein Polizist, wahrscheinlich.

POLIZIST A: Du sollst jetzt dein' Ausweis suchen –

WERMUTBRUDER: Jessas – naa – *Aufschrei; er zieht einen Schuh aus, die Polizisten prallen einen Schritt zurück –* da ist er ja. *Er hebt die Einlagsohle hoch und nimmt den Ausweis heraus.* Da – nehmen S'n nicht?

Polizist A nimmt den Ausweis sehr vorsichtig mit spitzen Fingern. Während er den Ausweis überprüft, räumt der Wermutbruder seine Sachen wieder zusammen und zieht sich im Lauf des weiteren Gesprächs wieder an.

POLIZIST A *zu Polizist B:* Der gilt.

POLIZIST B: Aber ganz zerfleddert ist er.

POLIZIST A: Aber gelten tut er. *Zum Wermutbruder:* Bist das da du, auf dem Bild?

WERMUTBRUDER: Freilich. Lassen S' schaun. Freilich. Nur jünger.

POLIZIST A: Da warst wahrscheinlich g'waschen?

WERMUTBRUDER: Ja.

POLIZIST A: Drum kennt man dich fast nicht.

WERMUTBRUDER: Wenn man genau hinschaut, kennt man mich schon. Ein bissel g'schmeichelt hat er mir aber schon, der Photograph, finden S' nicht auch?

POLIZIST A: Also, der Ausweis ist in Ordnung. Und jetzt schleichst dich.

WERMUTBRUDER: Ja, danke. Auf Wiedersehen. *Er setzt sich wieder auf die Fensterbank der Auslage.*

POLIZIST A: Ich glaub', du hast ganz genau g'hört, was ich g'sagt hab' –

WERMUTBRUDER: Ja. Ich soll mich schleichen. Ich hab' mich auch g'schlichen – da her. Oder darf man da nicht sitzen?

POLIZIST A: Das ist eine Auslag', da soll man nicht sitzen, die ist da, daß man hineinschaut.

WERMUTBRUDER: Sollen, soll man nicht sitzen, aber man kann. Und außerdem, woher wissen S' denn, daß ich nicht auch in die Auslag' hineinschau'?

POLIZIST A: Weil du hinten keine Augen hast.

WERMUTBRUDER: Ab und zu dreh' ich mich um und schau' hinein.

POLIZIST B *schießt vor, schnell:* Dann sag mir: was ist drin, in der Auslag'? *Wermutbruder will sich umdrehen.* Halt. Nicht umdrehen. Was ist drin, in der Auslag'? Dann wissen wir nämlich gleich, ob du hineing'schaut hast oder nicht.

WERMUTBRUDER *denkt nach – er rät:* N – n – ein – F – F – Fahrradl.

POLIZIST B: Aha – haben wir dich. Da – dreh dich um, wo ist da ein Fahrradl in der Auslag'?

WERMUTBRUDER: Wollte sagen – Kinderwäsche.

POLIZIST B: Haha! Jetzt, weil d' es g'sehn hast.

WERMUTBRUDER: Das letzte Mal, wo ich mich umdreht hab' und hineing'schaut, war ein Fahrradl drin. Da müssen s' inzwischen die Dekoration gewechselt haben.

Die Polizisten wenden sich wieder ab.

POLIZIST A: Am g'scheitesten wär's g'wesen, wenn wir ihn übersehen hätten.

POLIZIST B: Das ist ein ganz Einrissiger.

POLIZIST A: Aber jetzt, wo wir ihn so lang g'ärgert haben, können wir 'n auch nicht mehr einfach stehenlassen.

POLIZIST B: Beziehungsweise sitzen.

Die Polizisten wenden sich wieder dem Wermutbruder zu.

POLIZIST A *beiläufig:* Wie lang möcht'st 'n da noch sitzen bleiben?

WERMUTBRUDER: Wie bitte? Ich hör' schlecht?

POLIZIST A: Wie lang du noch sitzen bleiben möcht'st, da?

WERMUTBRUDER: Wieso? Möchten Sie sich dann da hersetzen?

POLIZIST A *hält Polizist B zurück, der wieder auf den Wermutbruder losgehen will:* Wie lang du da sitzenbleiben willst?

WERMUTBRUDER: Jaa – hier? da? ungefähr bis – ungefähr bis zum Muttertag. Dann geh' ich wieder in'n alten Botanischen Garten.

POLIZIST A: Der Muttertag ist doch längst vorbei. *Zu Polizist B:* Wann war denn der Muttertag? im Juni?

POLIZIST B: Im Mai.

POLIZIST A *zum Wermutbruder:* – oder im Juni. Das war doch schon.

WERMUTBRUDER: Der Muttertag ist nie vorbei. Immer wieder kommt ein Muttertag. Nächstes Jahr.

POLIZIST B *zu Polizist A:* Der derbleckt uns.

POLIZIST A *zum Wermutbruder:* Jetzt werd' ich dir einmal was erzählen vom Muttertag.

WERMUTBRUDER: Ja, bitte. Das hör' ich immer gern. *Rückt auf die Seite.* Setzen S' Ihnen her.

POLIZIST A: Du verschwind'st jetzt.

Kleine Pause

WERMUTBRUDER: Und wenn ich nicht verschwind'?

Kleine Pause

WERMUTBRUDER: Ich geh' net.

Kleine Pause

WERMUTBRUDER: Ihr könnt's mich ja wegtragen.

Die Polizisten wenden sich wieder ab.

POLIZIST A: Wir können den Haderlumpen doch nicht wegtragen.

WERMUTBRUDER *ruft dazwischen:* Ich wehr' mich nicht.

POLIZIST B: Könnten schon.

POLIZIST A: Da machen wir uns ja lächerlich.

WERMUTBRUDER *ruft dazwischen:* Oder wenigstens Schubkarren fahren. Daß Sie mich bei die Füß' nehmen. Mit die Händ' geh' ich dann schon.

POLIZIST A: Am liebsten wär' mir, wenn jetzt irgendein Alarm wär' –

POLIZIST B: Daß wir sofort irgendwo anders eingreifen müßten.

POLIZIST A: Aber es ist wieder nix los heut'.

POLIZIST B: Wahrscheinlich – wenn wir nicht gekommen wären, wär' er längst schon weg.

POLIZIST A: Zu blöd. Schau einmal eine Zeitlang net hin, vielleicht verdruckt er sich dann.

POLIZIST B: Er is' schon noch da.

POLIZIST A: Wie siehst'n du das?

POLIZIST B: Da drüben – in der Vitrine spiegelt er sich.

POLIZIST A: Wenn er irgendwas anstellen tät'. Mit sein'm Hosenknopf, der ausschaut wie der liebe Gott.

POLIZIST B: Nein. Der liebe Gott schaut aus wie ein Hosenknopf.

POLIZIST A: Wie ein halber.

POLIZIST B: Du.

POLIZIST A: Ja?

POLIZIST B: Ist Gotteslästerung nicht strafbar?

POLIZIST A: Wieso Gotteslästerung?

POLIZIST B: Weil – daß der liebe Gott wie ein halber Hosenknopf ausschaut, das ist doch eine Gotteslästerung, wennst mich fragst?

POLIZIST A: Da kannst ihm nix nachweisen. Du weißt ja nicht, wie der liebe Gott ausschaut. Kein Mensch weiß das.

POLIZIST B: Aber wie ein halber Hosenknopf nicht.

POLIZIST A: Außerdem ist das nicht strafbar, höchstens eine Sünde.

POLIZIST B: Dann muß er's beichten.

POLIZIST A: Nur, wenn er katholisch ist. Sonst nicht.

POLIZIST B: Einfach hast d' es fei net, als Streifenbeamter.
Der Wermutbruder hat inzwischen eine Okarina herausgezogen
und spielt sehr häßlich. Beim ersten Ton reißt es die Polizisten
herum.
POLIZIST A: Was machst'n da?
WERMUTBRUDER: Ich?
POLIZIST A: Du hast doch da Musik g'macht?
WERMUTBRUDER: Ich? Naa.
POLIZIST A: Wir haben's doch genau g'hört. Das war eine un-
    konzessionierte musikalische Darbietung auf öffentlichen
    Plätzen.
WERMUTBRUDER: Das war keine Musik, das war nur Lärm. *Er*
    bläst wieder schrecklich falsch. Das heißen Sie Musik?
POLIZIST B: Da stellt's einem ja die Zehennägel auf.
POLIZIST A *gibt Polizist B mit dem Ellenbogen einen Schubser:*
    Herrlich. Schöne Musik.
POLIZIST B: Was stößt'n mich jetzt da?
Wermutbruder bläst weiter.
POLIZIST A: Eine wunderbare Musik. Aber leider –
WERMUTBRUDER: Das ist keine Musik, das ist ein Lärm. Ich
    weiß gar nicht, was Sie für Ohren haben, daß Sie das schön
    finden . . .
POLIZIST A: – aber leider ist es untersagt –
WERMUTBRUDER: Ich weiß schon. Musizieren ist untersagt.
    Lärm machen nicht. *Bläst.*
POLIZIST A: Also ich stelle jetzt fest, daß das Musik ist, ich
    nehme Ihre Personalien auf, und das Musikinstrument muß
    ich sicherstellen.
WERMUTBRUDER: Soll ich Ihnen noch einmal meinen Ausweis
    zeigen. *Er schickt sich an, wieder seinen Schuh auszuziehen.*
POLIZIST A: Nein, nein, ist schon gut. *Er schreibt in sein Büch-*
    lein. Ich hab' mir ja die Personalien schon gemerkt. *Zu Poli-*
    zist B: Stell du das Musikinstrument sicher.
Wermutbruder gibt dem Polizisten B die Okarina.
POLIZIST A *klappt das Büchlein zu:* So. Und jetzt gehn wir.
WERMUTBRUDER: Ah – Herr Inspektor.
POLIZIST A: Ja?
WERMUTBRUDER: Krieg' ich keine Quittung?
POLIZIST A: Ahso – ja –
WERMUTBRUDER: Gell, das hätten S' jetzt fast vergessen, wenn
    ich Sie nicht daran erinnert hätt'.
POLIZIST A *zu Polizist B:* Schreib ihm einen Zettel 'raus.

POLIZIST B: Warum ich?

POLIZIST A: Dann mach' ich's eben selber. *Reißt einen Zettel aus seinem Büchlein* – was ist denn das nachher? *Nimmt die Okarina in die Hand.* Eine Mundharmonika.

POLIZIST B: Nein, nein. Das ist keine Mundharmonika.

POLIZIST A: Was denn nachher? Das ist in weiterem Sinn eine Mundharmonika.

POLIZIST B: Das ist eine Maultrommel.

POLIZIST A: Das ist nie im Leben eine Maultrommel. Das ist – das ist –

POLIZIST B: Blockflöte!

POLIZIST A: Nein – nein. Das ist – *zum Wermutbruder:* Was ist denn das?

WERMUTBRUDER *verschmitzt:* Ein Lärminstrument.

Kleine Pause

POLIZIST A *gibt Wermutbruder die Okarina zurück:* Und du tust uns den G'fallen und verschwind'st.

Wermutbruder steckt die Okarina ein und geht.

POLIZIST A: Laß' ma' noch mal Gnade vor Recht ergehen.

POLIZIST B *schüttelt den Kopf:* Der liebe Gott als ein Hosenknopf.

POLIZIST A: Als ein halberter.

POLIZIST B: Wahrscheinlich gehört er einer Sekte an.

POLIZIST A: Wahrscheinlich.

POLIZIST B: Höchstwahrscheinlich.

Die Bewerbung

Personen: Die Bewerberin, der Chef

Ein schäbiges Büro. Der Chef montiert an einem Diaprojektor, sortiert Dias. Es klopft.

CHEF: Herein.
Bewerberin kommt, bleibt stehen.
CHEF: Ja? – und?
BEWERBERIN: Spreche ich mit dem Herrn Chef, beziehungsweise habe ich die Ehre mit demselben?
CHEF: Ja. Logisch. Sehn S' doch.
BEWERBERIN: Ja. Weil ich mich bewerben will.
CHEF: So. Ja. Sehr schlecht. Sieht sehr schlecht aus.
BEWERBERIN: Wirklich?
CHEF: Ja, ja. Wir sind ziemlich überlaufen. Als was wollen S' sich denn bewerben? Als Putzfrau?
BEWERBERIN: Nein – nicht als Putzfrau.
CHEF: So. Als Putzfrau wäre noch eher eine Chance gewesen. Eine Putzfrau suchen wir schon länger. Aber sonst sind wir ziemlich komplett.
BEWERBERIN: Als Putzfrau. Wissen Sie: nicht daß ich die Arbeit scheuen tät'; aber als Putzfrau, denke ich mir, kann ich ja immer noch gehen, wenn ich einmal in die Jahre komme. Aber solang noch was dran ist an mir ... mein' ich ...
CHEF: Ja, ja verstehe. Die Putzfrau kriegt auch nur sieben Mark die Stund'.
BEWERBERIN: Und die ...
CHEF: Fünfundzwanzig.
BEWERBERIN: Fünfundzwanzig?!
CHEF: Ja. Darum sind wir ja auch so überlaufen. Fünfundzwanzig Mark die Stund'. Fürs Nixtun. Und eine saubere hygienische Arbeit – kein Staub – kein Dreck – brauchen nichts anzufassen – keine Arbeitskleidung. Die fünfundzwanzig Mark bleiben rein netto. Kein Wunder, daß wir da überlaufen sind.
BEWERBERIN: Überlaufen? Und ich hätt' mir gedacht, Sie suchen die Damen wie Stecknadeln.
Chef lacht kurz auf.

BewerBerin: Weil, das ist doch – quasi nicht jedermanns Sache.

Chef: Ja, ja. Meint man. Aber nichts da. Der Andrang ist ungeheuerlich. Jeden Tag muß ich vier, fünfe wegschicken. Manchmal sind das – die sich da förmlich drängeln – Damen aus den besten Kreisen! Neulich war eine Postoberinspektorin dabei – hab' ich aber nicht genommen, ich will keinen Ärger mit der Post. Wahrscheinlich sind das die geheimen Lüste, die in den Weibern kochen.

BewerBerin: Ja, das hab' ich mir nicht so vorgestellt.

Chef: Ist aber so.

BewerBerin: Weil meine Freundin, mit der wo ich immer in die Sauna gehe, die hat g'meint – hat mir empfohlen –, die hat g'meint, daß an mir schon was dran wär' – optisch gesehen, hat s' g'meint.

Chef: Ja, kann schon sein.

BewerBerin *eifrig*: Woll'n Sie's sehen?

Chef *angewidert*: Nein, nein, hören S' auf.

BewerBerin: Nur daß Sie's sehen, hab' ich g'meint.

Chef: Haben Sie Erfahrung?

BewerBerin: Wie bitte? *Verschämt:* Im gewissen Sinn schon. Jungfrau bin ich keine mehr.

Chef: Ich meine: ob Sie schon einmal irgendwo aufgetreten sind?

BewerBerin: Aufgetreten? Ja. Ja. Im Krippenspiel bei der Kolpingsfamilie. Viermal. Alle Vorstellungen waren ausverkauft. Ich hab' nämlich immer einen von den Heiligen Drei Königen gespielt. Weil wir da immer mehr Damen wie Herren waren. Respektive waren es eigentlich nur vier Herren, alles andere waren Damen. Und der eine von den Herren, der Eigentner Max, hat immer den Josef spielen müssen, logisch, weil eine Dame kann doch wirklich nicht den Josef spielen. Und der andere, der Dirscherl Kurt, der hat immer den Herodes gespielt. Der Krautmeier Helmut hat auch einen von den Heiligen Drei Königen gespielt – und dann war eh' nur noch der Oberpoitner Erwin – aber der hat sich ja keinen Text nicht auswendig g'merkt, das war ja das Problem. Der war nur für den Esel zu verwenden. I-A, das war alles, was er sich hat merken können – I – A, das hat er grad noch g'lernt. Alles andere haben wir Damen geben müssen.

Chef: Ich meine: nackt!

BewerBerin: Wie bitte?

CHEF: Ich meine, ob Sie nackt aufgetreten sind?

BEWERBERIN: Als Heiliger Drei König?

CHEF: Ob Sie Erfahrung haben – im Auftreten – in unbekleidetem Zustand?

BEWERBERIN: Ach so – Sie meinen – außerhalb des Krippenspiels?

CHEF: Richtig.

BEWERBERIN: Also gewissermaßen schon, aber mehr im privaten Rahmen.

CHEF: Ach so. Wo?

BEWERBERIN: Also in Giesing, wo mein erster Verlobter, und in Haidhausen, wo mein zweiter Verlobter . . . wollen S' denn da die genaue Adresse wissen?

CHEF: In welchem Etablissement Sie aufgetreten sind?

BEWERBERIN: Ja – Etablissement war das weniger – das war mehr, wenn mein Verlobter gut eingeheizt hat, oder im Sommer, wenn's sowieso warm war.

CHEF: Ich meine jetzt nicht Ihre Intimbeziehungen, ich meine: ob Sie auch im größeren Kreis – vor Zuschauern –

BEWERBERIN: Ach so – ja – nein. Doch. Bei meinem dritten Verlobten, der am Hasenbergl gewohnt hat, da hat immer einer vom fünften Stock mit dem Fernglas herübergelurt – ein gewisser Ganser Anton. Den Namen haben wir natürlich erst bei der Verhandlung erfahren, aber der hat immer herübergelurt, da sind wir ihm aber draufgekommen, mein Verlobter und ich.

CHEF: Sie sind also noch nirgends aufgetreten und können keine Referenzen vorlegen.

BEWERBERIN: Das glaube ich kaum, daß mir der Ganser Anton eine Referenz geben wird, wo ihn mein Verlobter so g'schlagen hat, aber schon so. In der Verhandlung gegen meinen Verlobten da hat er noch mit zwei Krücken kommen müssen und den Schädel bandagiert – bloß da war mein Verlobter schon nicht mehr mein Verlobter, denn mit so einem gewalttätigen Menschen will ich nichts zu tun haben. Ich glaube nicht, daß mir der Ganser Anton eine Referenz geben wird.

CHEF: So kommen wir nicht weiter. Ihr Verlobter interessiert mich überhaupt nicht, und wenn Sie keine Referenzen –

BEWERBERIN: Angenommen meine Freundin, die wo mit mir immer in die Sauna geht, die, die wo g'meint hat, daß an mir schon was dran wär', optisch gesehen – *knöpft sich die Bluse auf.*

CHEF *angewidert:* Lassen Sie Ihr Kleid an.

BEWERBERIN: O ich verstehe, Sie interessieren sich quasi nicht für Damen.

CHEF: Wie meinen S'? Nein, nein, homosexuell bin ich nicht. Obwohl man es daherin werden könnte. Den ganzen Tag unter nackte Weiber. Wo man hinschaut: nackte Weiber. Glauben Sie, daß einem das bis zum Halse steht. Wo Sie eine Tür aufmachen: ein Busen, wo Sie hinlangen: ein Hintern. Wenn nichts Schlimmeres. Zum Abgewöhnen. Ich bin schon dankbar, wenn eine wenigstens ein Höschen anhat. *Er findet wieder ein Dia, das ihn besonders entzückt.* Oh, großartig, da ist sie ja, die S 3 6.

BEWERBERIN: Sex?

CHEF: Das sagt Ihnen nichts?

BEWERBERIN: Doch schon.

CHEF *nimmt wieder ein anderes Dia, noch verzückter:* Oh, herrlich – das war halt noch was. Die 1 Cn2 –

BEWERBERIN: Was haben S' denn da, wenn ich fragen darf? Bewerbungsunterlagen von andere Damen?

CHEF: Die 1 Cn2, die gute Alte.

BEWERBERIN: Ach, Sie nehmen auch Ältere?

CHEF *geistesabwesend:* Ältere? Na ja, so alt ist sie auch wieder nicht. 1925 ist sie noch stramm gelaufen.

BEWERBERIN: 1925?

CHEF: Nahverkehr.

BEWERBERIN: Ach so.

CHEF: 57 Tonnen – *schaut durchs Dia.*

BEWERBERIN: Nein – nein. 57 Kilo meinen S', denn ich hab' nämlich 56, aber davon entfallen mindestens viere auf meinen Busen – *neckisch* – das hat mein dritter Verlobter immer gesagt. Woll'n S'n sehn?

CHEF: Also wenn Sie unbedingt meinen, dann zeigen S' mir halt Ihre Beine.

Bewerberin hebt den Rock und streckt die Beine in die Höhe.

CHEF: Naja.

BEWERBERIN: Mein zweiter Verlobter, der hat zu meine' Füß' immer g'sagt . . .

CHEF: Ja, ja, ganz gut.

BEWERBERIN: Den Busen wollen S' nicht sehen?

CHEF: Wenn ich Ihnen sag', daß ich keine Busen mehr sehen kann.

BEWERBERIN: Dann machen S' halt die Augen zu. *Macht eine Bewegung: drüberstreichen.*

CHEF: Nein – Nein –

BEWERBERIN: Aber vielleicht wollen S' doch den Gesamtein-
druck sehen – mir macht es nichts aus. Ich hab' mich ja seelisch darauf vorbereitet. Normalerweise mache ich das nicht –
aber heutzutage ist das ja nicht mehr so. Und dann hab' ich
mich ja auch seelisch darauf vorbereitet. Ich habe mir einen
inneren Ruck gegeben – heutzutage ist das ja nicht mehr so.
Und wenn man einmal in Ibiza auf Urlaub war, hab' ich mir
gesagt, wie ich mir den inneren Ruck gegeben hab' – dann ist
das ja eigentlich kein Unterschied. Und wenn's sogar nackert
am Flaucher an der Isar herumliegen, hab' ich mir gesagt –
obwohl es mich schon eine Überwindung gekostet hat. Aber
man muß eben den inneren Schweinehund überwinden. *Während des ganzen letzten Dialogs hat sich die Bewerberin ausgezogen.* Einwandfrei hat mein zweiter Verlobter immer gesagt.
Chef ist uninteressiert, sortiert weiter seine Dias.

BEWERBERIN: Wenn ich gewußt hätte, daß Sie lieber Bilder an-
schauen, dann hätte ich ein paar von Ibiza mitgebracht. Die
sind zwar ein bißchen gelbstichig, aber in Natur wirkt mein
Körper viel lebensechter.

CHEF *versonnen:* Die 7177! Ein Mehrzweckmodell. Mit
Schlepptender.

BEWERBERIN: Mit was?

CHEF: Im Photographieranstrich. Das ist eine Seltenheit. Den
hat sie nur zwei Stunden drangehabt. Dann ist sie schwarz
gestrichen worden.

BEWERBERIN: Schwarz gestrichen?

CHEF: Logisch, wie alle!

BEWERBERIN: Die werden alle schwarz angestrichen?

CHEF: Nur die Bayrischen nicht. Die waren grün.

BEWERBERIN: Grün?

CHEF: Das Fahrgestell rot, wie bei der späteren Reichsbahn.

BEWERBERIN *lacht:* Ach so . . . Sie haben einen bei der Bahn, der
die Damen anstreicht. Also ehrlich gesagt, so hab' ich mir das
nicht vorgestellt.

CHEF: Die meisten stellen sich das anders vor. Wissen Sie überhaupt, was man da bei uns so . . . was da so gefordert wird von
den Damen?

BEWERBERIN: Ja, ja, ich denk' halt: so wie mein jetziger Verlobter . . .

CHEF: Wir sind eine Peepschau – oder Peep-Show. Eine halbe
Stunde ist die Schicht pro Dame. Und die Herren, also die

Kunden, die wollen alles sehen, wenn Sie verstehen, was ich meine. Alles.

BEWERBERIN: Ja – so. Alles. Mehr wie ich hab' können s' doch nicht sehen wollen – Oder?

CHEF: Also gut. Lassen S' den Busen sehen. Einen. Einer genügt.

Bewerberin zieht sich noch weiter aus. Oder, sie hat sich wieder angezogen, und fängt wieder neu an sich auszuziehen.

CHEF: Wenn Sie wüßten, wie mir die Busen zum Hals heraushängen. Ein Familienleben also in dem Sinn, sozusagen – ein Familienleben habe ich überhaupt nicht mehr. Kann ich Ihnen sagen. Wenn man den ganzen Tag nichts sieht als nackerte Weiber . . . ich sag' zu meiner Frau immer . . . naja, gehört ja nicht hierher. Aber ein normales Familienleben ist das nicht. Sagen Sie mal. Wie haben Sie gesagt, wie der geheißen hat, der den Josef gespielt hat?

BEWERBERIN: Welchen Josef?

CHEF: In Ihrer Theatergruppe?

BEWERBERIN: Oh – den Josef. Der Eigentner Max.

CHEF: Eigentner Max? Dem seine Mutter den Bandwurm gehabt hat?

BEWERBERIN: Ja, dem seine Mutter den Bandwurm gehabt hat. Den kennen Sie?

CHEF: Logisch. Den hat s' doch in Spiritus auf dem Nachtkastl stehen gehabt. Den Bandwurm meine ich, nachdem er endlich abgegangen ist. Normalerweise hat sie den niemand gezeigt, logisch. Aber der Max, der Eigentner Max, hat mir einmal, das war am Pfingstsonntag, da sind die alten Eigentner in den Fasanenpark hinaus – das war – da waren wir, da waren wir, der Eigentner Max und ich . . . so zehn, elf Jahre alt – *plötzlich* – wie alt sind denn Sie?

BEWERBERIN *schnell:* Auch so alt ungefähr –

CHEF *wieder in Erinnerung versunken:* Der Eigentner Max, der Bazi. Mei – und der alte Oberlehrer Bürzel mit dem Spitzbart.

BEWERBERIN: Den haben Sie auch gekannt?

CHEF: Ja logisch. Vor allem den sein Tatzensteckerl. *Lacht.* Und der Eigentner Max. Mei', und seine Mutter hat einen Bandwurm gehabt. Keiner sonst in der Klasse hat eine Mutter gehabt, die einen Bandwurm gehabt hat. Der Haushamer Beni, dem sein Vater war Blockwart. Ja – *lacht* – aber der Eigentner Max hat immer g'sagt: Du mit deinem Vater: Blockwart. Was das schon ist. Meine Mutter hat einen Bandwurm. Da hat der Oberlehrer Bürzel gesagt: Ruhe, einen Blockwart kann man nicht mit einem Bandwurm vergleichen. Ja, ja, die Jugend –

BEWERBERIN: – die kommt nicht mehr.

CHEF: Nein, da haben S' recht. Die Jugend kommt nicht mehr. Einmal im Leben ist man jung, und dann ist's aus. Der Eigentner Max. Vierzehn Schusser hab' ich ihm geben müssen, damit er mir den Bandwurm von seiner Mutter zeigt. In Spiritus. An einem Pfingstsonntag, wo seine Eltern in den Fasanengarten hinausgefahren sind. Vierzehn Schusser. Ich weiß es noch wie heut'. Das war ein Vermögen quasi, für uns Kinder damals. Vierzehn Schusser. Aber im Grunde genommen: es war nicht überbezahlt, denn – sagen Sie selbst: Wann hätte ich sonst je in meinem Leben einen Bandwurm gesehen?

BEWERBERIN: Wahrscheinlich nie.

CHEF: Den Hitler hab' ich gesehen – auf der Prinzregentenbrücke im Auto – So. *Er ahmt Hitler nach, wie er aus dem Auto grüßt.* Und letztes Jahr den Papst. Aber einen Bandwurm – *er schüttelt den Kopf* – ist natürlich kein schöner Anblick, so ein Bandwurm, aber: man muß für alles aufgeschlossen sein im Leben. Das ist meine Meinung. *Wieder versonnen:* Der Eigentner Max . . . Ja. Bandwürmer gibt's heutzutage überhaupt keine mehr. Die sind wahrscheinlich ausgestorben.

BEWERBERIN: Ich hab' ja gehört, daß sie eher wieder im Kommen sind.

CHEF: So? – Naja. Das hängt wahrscheinlich mit der Nostalgie zusammen. *Wendet sich wieder seinen Dias zu.* Das waren bis jetzt die Dampfgetriebenen. Jetzt kommen die Elektrischen. *Er zeigt das Dia. Eine Lokomotive.* Eine Holländische 30'30 – Baureihe 1600. Erkennt man sofort, weil s' gelb ist.

BEWERBERIN: Das ist ja eine Lokomotive!

CHEF: Was haben denn Sie gemeint?

BEWERBERIN: Ja – was Erotisches.

CHEF: Es gibt nichts Erotischeres als eine Lokomotive. Da jetzt werden Sie staunen, kennen Sie die?

BEWERBERIN: Ja, ja eine Dampflok halt, eine elektrische.

CHEF: Eine Dampflok halt, eine elektrische! Sonst sagt Ihnen das nichts?

BEWERBERIN: Ehrlich gesagt: nein.

CHEF: Das ist eine C e6/8, genannt das Krokodil. Für den Güterzugbetrieb auf der Gotthardbahn gebaut. Da hat es überhaupt nur 33 Stück gegeben. Von 1919–22 sind die gebaut worden. Die letzte ist erst am 31. August 1969 außer Dienst gestellt worden. Dienstgewicht 128 Tonnen. Länge über Puffer 19 460 mm. Achsenfolge 1' C/C' 1. Maximale Anfahrzugkraft 26 000 kg. Die Gotthardsteigung von 26% wurde mit 450 Tonnen Anhängerlast bei 30 km/h bewältigt. Dieses Bild ist eine Rarität. Wenn Sie genau hinschauen: das ist noch vor der 1947 erfolgten Umrüstung auf Hülsenpuffer. Und das sagt Ihnen nichts?

BEWERBERIN: Doch – doch –

CHEF: Doch – doch – und da meinen Sie, daß Sie mit Ihrem Busen dagegen ankommen können?

BEWERBERIN: Aber ein Busen ist doch ganz was anderes.

CHEF: Sagen Sie mal. Wenn Sie den Eigentner Max kennen, dann müßten Sie ja mich auch kennen?

BEWERBERIN: Sie sind mir auch schon die ganze Zeit so bekannt vorkommen.

CHEF: Ich bin der Siegfried Strelow.

BEWERBERIN: Der Strelow Sigi, von der Kohlenhandlung von Nummer 18?

CHEF: Ja.

BEWERBERIN: Ich bin die Griesinger Kunigunde.

CHEF: Ja – Nein – Sie – du.

BEWERBERIN: Und dein Vater hat immer g'sagt, daß du studiert hast! *Lacht laut und klopft ihm auf die Schulter.*

CHEF: So – so die Griesinger Kunigund'. Da sind Sie aber ziemlich tief gesunken ... daß Sie sich für eine Peep-Show bewerben. Was sagen denn da Ihre Herren Eltern dazu, wenn s' noch leben. Der Herr Oberaktuar Griesinger – von der Marianischen Kongregation?

BEWERBERIN: Mein Vater ist ja schon gestorben – letztes Jahr.

CHEF: Und die Sünde fürchten S' nicht? Daß Ihr Vater, der Herr Oberaktuar Griesinger, vom Himmel vielleicht herunterschaut?

BEWERBERIN: Vom Himmel – herunterschaut? – in die Peep-Show? *Chef schiebt das nächste Dia in den Projektor. Bewerberin steht unglücklich in ihrer Nacktheit da, hält ihr Hemd vor sich, kleinlaut:* Und wenn ich doch als Putzfrau –?

CHEF *ohne sie nochmals anzuschauen.* Ich kann keine Schnalle als Putzfrau brauchen.

Der Basilisk

Personen: Baron, Baronin, Professor

I

Ein finsteres Zimmer, uneinheitlich mit alten Möbeln eingerichtet. Mehrere Türen.

BARON: Nein!

BARONIN: Doch.

BARON: Es ist gar nicht wahr. Du siehst das falsch.

BARONIN: Ich sehe es richtig. Im Grunde genommen magst du ihn nicht.

BARON: So kann man das nicht sagen.

BARONIN: Wie soll man es dann sagen?

BARON: Ich gebe zu – er ist mir fremd.

BARONIN: Siehst du!

BARON: Ich sage nur: er ist mir fremd. Das ist etwas anderes. Fremd – mein Gott – ich bin eben nicht so wie er. Ich bin ihm wahrscheinlich auch fremd –

BARONIN: Anfangs hat er dich sehr gern mögen. Er war sogar eifersüchtig – auf mich.

BARON: In gewisser Weise ist er mir auch – ja, man kann ruhig sagen, ans Herz gewachsen.

BARONIN: Daß ich nicht lache.

BARON: Gewiß, meine Liebe, gewiß.

BARONIN: Ans Herz gewachsen! Dann würdest du ihn anders behandeln. Du hast kein gutes Wort für ihn. Alles kritisierst du. Nichts kann er dir recht machen –

BARON: Ja – ich bitte dich –

BARONIN: Ich weiß. Er ist schwierig. Aber er spendet auch Freude.

BARON: Das leugne ich nicht.

BARONIN: Aber du magst ihn nicht.

BARON: Er ist mir fremd.

BARONIN: Du magst ihn nicht.

BARON: Meine Liebe –

BARONIN: Sag nicht »meine Liebe«, wenn du schlecht von dem Kleinen denkst.

BARON: So klein ist er gar nicht.

BARONIN: Er ist relativ klein.

BARON: Kein Mensch weiß, wie groß er noch werden wird.

BARONIN: Dafür kann er nichts. Er ist eben so.

BARON: Und ich kann auch nichts dafür – ich bin eben auch so –

BARONIN: Was willst du damit sagen?

BARON: Nichts – nur: daß er mir fremd ist. Das muß doch jeder Mensch einsehen.

BARONIN: Du willst damit sagen, daß nur für einen von euch Platz hier ist. Das willst du damit sagen. Für ihn oder für dich.

BARON: Du nennst ihn schon an erster Stelle. Vor mir.

BARONIN *kühl:* Entschuldige.

BARON: Ich kann nicht arbeiten, wenn er so trampelt.

BARONIN: Er trampelt nicht immer.

BARON: Aber er trampelt oft.

BARONIN: Das kommt, weil er so nervös ist.

BARON: Das ist mir gleich. Ich stelle lediglich fest – unterbrich mich bitte nicht – ich stelle lediglich die Tatsache fest, daß er trampelt, und zwar merkwürdigerweise immer dann, wenn ich arbeite –

BARONIN: Wenn er nur trampelte, wenn du arbeitest, wäre es nicht der Rede wert.

BARON: Ein Außenstehender merkt nicht immer, ob ich arbeite oder nicht. Oft denke ich.

BARONIN: Darauf redest du dich immer heraus. In Wirklichkeit schläfst du.

BARON: Das werde ich wohl besser wissen.

BARONIN: Neulich bist du richtig aus dem Schlaf aufgeschreckt, wie ich dich bei der »Arbeit« unterbrochen habe.

BARON: Aus tiefen Gedanken bin ich aufgeschreckt.

BARONIN: Das kann jeder sagen.

BARON: Da! – schon wieder. Er trampelt.

BARONIN: Ich höre nichts.

BARON: Natürlich hörst du nichts. Weil du nichts hören willst.

BARONIN: Und du willst immer hören, daß er trampelt. Du wärst ja gar nicht glücklich, wenn du nichts an ihm aussetzen könntest. Wenn ich schon deinen Blick sehe –

BARON: Er ist mir fremd, das gebe ich zu –

BARONIN: – Haß ist in deinem Blick. Jede Bewegung von ihm, wenn er nur atmet, seine Existenz, daß er nur da ist, geht dir gegen den Strich. Wenn du es wenigstens zugeben wolltest.

BARON: Meine Liebe –

BARONIN: Sag nicht »meine Liebe«!

BARON: Du siehst das falsch.

BARONIN: Ich sehe es richtig.

BARON: Bitte – hör zu.

BARONIN: Was soll ich denn zuhören. Wir sind doch wieder da, wo wir waren.

BARON: Niemand weiß, wie groß er wird.

BARONIN: Dafür kann er doch nichts.

BARON: Nein, das sage ich ja nicht. Nur: was ist, wenn er, sagen wir, so groß wird wie ein Elefant?

BARONIN: Das ist überhaupt nicht gesagt, daß er so groß wird. Das ist eine Hypothese. Das ist nicht einmal eine Hypothese.

BARON: Aber auch das Gegenteil ist nicht bewiesen.

BARONIN: Man wird sehen.

BARON: Wenn man sehen können wird, ist es zu spät.

BARONIN: Du magst ihn nicht.

BARON: Er riecht.

BARONIN: Weil er nervös ist.

BARON: Er ist überhaupt nicht nervös.

BARONIN: Du läßt kein gutes Haar an ihm.

BARON: Er hat gar keine Haare. Er hat Schuppen.

Baronin bricht in Weinen aus. Es läutet. Die Baronin wringt ihr Taschentuch.

BARONIN: Du magst ihn nicht.

BARON: Das wäre nicht ganz unverständlich.

BARONIN: Siehst du. Du gibst es zu.

BARON: Bitte – es kommt jemand.

BARONIN: Es wird der Professor sein. Ich gehe –

BARON: Bitte. Mach keine Szene, wenn der Professor kommt.

BARONIN *wegwerfend:* Ach – Professor!

Sie geht, eine Tür schlägt. Es läutet wieder. Der Baron schlurft zur Wohnungstür und macht auf. Der Professor kommt herein.

PROFESSOR: Lieber Baron!

BARON: Lieber Professor!

PROFESSOR: Einen schönen, einen guten Tag wünsche ich Ihnen.

BARON: Ach Gott . . .

PROFESSOR *wissend:* Oh – ist . . . wieder –

BARON: Es ist eine Tragödie. Nehmen Sie Platz. *Geheimnisvoll:* Haben Sie die Karte mitgebracht?

PROFESSOR: Was denken Sie, weshalb ich sonst komme?

BARON: Ach, ich freue mich immer auf diese Dienstage. Sie geht gleich.

PROFESSOR: Sie ist also noch da?

BARON: Sie brauchen keine Angst zu haben. Sie geht durch die Küche.

PROFESSOR: Es gibt einen zweiten Ausgang?

BARON: Lieber Professor! Was sage ich Ihnen. Wissen Sie, was das früher war? Eine Hausmeisterwohnung. Ja. Sie hören recht. Eine Hausmeisterwohnung. Ich wohne in einer Hausmeisterwohnung. Es fehlte nicht viel, und ich wäre Hausmeister. Nur noch dunkel kann ich mich an die Zeiten erinnern, wo ich –

PROFESSOR *schmeichlerisch:* Wo Sie selber einen Hausmeister hatten –

BARON: Ich? Einen Hausmeister? Blödsinn. Wir hatten einen Verwalter. Der Verwalter hatte einen Hausmeister. Der hieß Kranenberg. Die Hausmeisterkinder waren alle rothaarig. Wissen Sie: ich kannte den Verwalter kaum. Wann waren wir schon auf dem Gut ... ein-, zweimal im Jahr ein paar Wochen. Und dann waren wir meistens auf der Jagd oder ausgeritten. Was ging mich, mich! der ich noch ein Kind war, ein halbes Kind, was ging mich der Verwalter an. Und, verstehen Sie – wieviel weniger ging mich der Hausmeister an. Ich rätsle auch – *Eine schwere Tür fällt ins Schloß.* Sie ist fort. Sie ist wirklich fort. Sie können beruhigt sein. Sie wäre auch gar nicht hier durchgegangen, wenn Sie da sind. Eine ... Flasche ... haben Sie nicht ...?

PROFESSOR: Doch. Pardon – selbstverständlich. Hier.

BARON *etwas kühl:* Die Marke ist mir nicht geläufig.

PROFESSOR: Er ist recht ordentlich.

Der Baron schraubt die Flasche auf – es ist eine Schnapsflasche –, riecht mißtrauisch daran. Dann holt er zwei kleine Gläser aus einer Vitrine und schenkt ein.

BARON: Zum Wohl.

PROFESSOR: Zum Wohl.

Sie trinken.

PROFESSOR: Sie sagten, lieber Baron, Sie rätselten auch –

BARON: Ja – ganz unwichtig; kaum wert, daß man fortfährt, wenn man dabei unterbrochen wird – ich rätsle auch, wieso mir der Name des Hausmeisters in Erinnerung geblieben ist: Kranenberg. Wenn Sie mich fragten, wie der Verwalter geheißen hat, den ich immerhin ab und zu gesehen habe ... ich wüßte es nicht mehr. Kaum die Pferde . . . na ja . . . Goldmeise hieß die eine Stute, aber der scheckige junge Hengst, der neben ihr im Stall stand . . . ich wüßte es nicht mehr. Aber wie der Hausmeister hieß, das weiß ich noch.

PROFESSOR: Kranenberg.

BARON: Ja. Kranenberg. Warum weiß ich das? niemand kann das sagen. Das Gedächtnis geht eigenartige Wege.

PROFESSOR: Wo die wohl jetzt sind –?

BARON: Pst – hören Sie es –?

PROFESSOR: Bitte – was?

BARON: Dieses Untier. Haben Sie es nicht gehört?

PROFESSOR: Ich habe nichts gehört.

BARON: Es hat schon wieder so geblasen. Sie haben nichts gehört? Ich gebe zu, daß meine Ohren geschärft sind, was die Geräusche anbetrifft, die dieses Untier von sich gibt. Den ganzen Tag.

PROFESSOR: Die Frau Baronin hat es nicht mitgenommen?

BARON: Ach woher. Geht ja gar nicht. Außerdem würde es wahrscheinlich nicht wollen. Ich sage Ihnen: eine Tragödie. Aber wie bin ich auf den Hausmeister gekommen . . .? Ach ja . . . Kranenberg hieß er, vielmehr: hießen sie. Mann, Frau, zwei Kinder, vielleicht sogar drei, alle rothaarig. Wissen Sie: nicht so tizianrot, nein – ordinär fuchsfarben. Von meinem Fenster konnte ich, wenn wir auf dem Gut waren – ein-, höchstens zweimal im Jahr: im Sommer, zu Weihnachten vielleicht . . . sonst, ha! Nizza, Berlin, Sylt, New York –

PROFESSOR: Ich war auch einmal in Nizza.

BARON *desinteressiert:* So? – von meinem Fenster aus konnte ich in den Garten der Hausmeister sehen. Ganz drüben . . . jenseits der Pappelallee, grade so zwischen den Bäumen, und auch das nur mit dem Fernglas. Im Garten hatte der Hausmeister für seine Kinder eine Schaukel gebastelt. Da schaukelten sie dann, ich konnte sie mit dem Fernglas sehen, sie mich natürlich nicht. Alle waren rothaarig. Daher weiß ich auch nicht, ob es zwei oder drei Kinder waren. Es konnte immer nur einer schaukeln, und alle waren sie gleich rothaarig, verstehen Sie? Ich konnte nicht zählen. Ist auch gleichgültig.

PROFESSOR: Zum Wohl.

BARON: Zum Wohl.

Sie trinken.

PROFESSOR: Nicht übel?

Baron sagt nichts.
PROFESSOR: Er ist sehr preiswert.
BARON: Hat auch etwas für sich.
PROFESSOR: Ja, ja. Nizza. Das war 1928 –
BARON *desinteressiert:* So? – mich haben die Hausmeisterkinder
   natürlich nicht gesehen. Also gesehen haben sie mich schon –
   von fern. »Pst, Kinder – da reitet der junge Herr, macht einen
   Diener!« So müssen Sie sich das vorstellen – das waren ja
   noch ganz andere Zeiten – Ich war eine Respektsperson für
   den Verwalter. Der Verwalter war eine Respektsperson für
   den Hausmeister. Der Hausmeister war, wahrscheinlich, eine
   Respektsperson für die Hausmeisterkinder. Was war ich da
   für eine Respektsperson für diese Kinder! Das müssen Sie
   sich einmal vorstellen! Für die war ich . . . ein Gott. Einmal
   habe ich es hintenherum erfahren, über die Köchin und die
   Zofen undsoweiter: die Hausmeisterin hat ihren Kindern immer gesagt: ich sei aus Rosenblättern, ganz aus Rosenblättern,
   röche nach Rosen . . . köstlich. Um die Brut zu ermuntern,
   sich zu waschen. Ein Gott! war ich für die.
PROFESSOR: Und wenn man so denkt, daß das jetzt Kommuni-
   sten sind.
BARON: Wieso?
PROFESSOR: Na ja, die leben doch noch, vielleicht. Mindestens
   die Kinder. Und das war doch in Ostpreußen . . .
BARON: Was haben Sie für Ahnung von Geographie.
PROFESSOR: Ich bin nicht Geographieprofessor.
BARON: In der Mark Brandenburg war das.
PROFESSOR: Das ist aber doch heute auch kommunistisch?
BARON: Genau genommen, ja.
PROFESSOR: Dann sind die zwei, möglicherweise drei damali-
   gen Kinder Kranenberg heute Kommunisten.
BARON: Das ist allerdings nicht ausgeschlossen.
PROFESSOR: Oder sie tun so, als wären sie Kommunisten.
BARON: Eher. Ich kann mir überhaupt nicht vorstellen, daß
   man Kommunist sein kann. Ich kann mir allenfalls vorstellen,
   daß man tun kann, als wäre man Kommunist.
PROFESSOR: Naja – also nicht, daß ich – bei Gott –, Sie kennen
   mich – wie sonst – also: ich kann mir auch nicht vorstellen,
   daß ich eine Frau bin. Und doch gibt es Frauen.
Baron schweigt.
PROFESSOR: Können Sie sich vorstellen, daß Sie eine Frau sind?
BARON *nach einer Pause:* Nein.

PROFESSOR: Haben Sie es eben versucht?

BARON: Ja. Es geht nicht.

PROFESSOR: Eben.

BARON: Eben.

PROFESSOR: Aber ich glaube –

BARON: Wie sind wir jetzt auf die Kommunisten gekommen?

PROFESSOR: Hausmeister –

BARON: – Kranenberg – Hausmeisterwohnung – Hinterausgang. Ein reicher Rechtsanwalt hat sich das Haus bauen lassen, vor hundert Jahren. Die Jahreszahl steht auf dem Haus außen. Man kann sie nur noch schlecht lesen. Im Hochparterre war die Kanzlei, da ist jetzt eine chemische Firma. Drüber war die Wohnung des Rechtsanwalts. Da hat jetzt auch ein Rechtsanwalt seine Kanzlei, ein anderer natürlich. Genau genommen sind es drei Anwälte. Ich habe nichts zu tun mit ihnen.

PROFESSOR: Und das war die Hausmeisterwohnung?

BARON: Sie haben recht, es so süffisant zu sagen. In der Regel verdient man das Unglück, das man hat.

PROFESSOR: Aber ich habe es doch gar nicht süffisant gesagt, lieber Baron –

BARON: Doch, doch! Sie haben ja recht –

PROFESSOR: Nein, ich hätte nicht recht –

BARON: Doch, es ist die Hausmeisterwohnung –

PROFESSOR: Schon, aber ich habe es nicht –

BARON: Es ist die Hausmeisterwohnung.

PROFESSOR: Nicht süffisant, gar nicht.

BARON: Reden wir von was anderem.

PROFESSOR: Sie sind wirklich wahnsinnig empfindlich, lieber Baron.

BARON: Empfindlich? Nur empfindlich? Wissen Sie, was ich bin? Ich bin ein Nervenbündel. Wissen Sie, was das ist? Die Nerven liegen außen auf der Haut, ungeschützt, schlängeln sich wie kleine dünne Spagatschnüre über die Haut, und jeder Luftzug verursacht Schmerzen, sage ich Ihnen, Schmerzen, wie ein Vulkanausbruch. Und wissen Sie warum? Wegen Musil.

PROFESSOR: Musil?

BARON: Sie nennt ihn Musil. Ein Kosename.

PROFESSOR: Ein merkwürdiger Kosename.

BARON: Das ist irgendein Dichter. Weil sie doch liest.

PROFESSOR: Hm. Musil.

BARON: Es würde Sie auch verrückt machen, wenn ein Musil die ganze Zeit bläst. So – *bläst durch die Nase* – ungefähr.

PROFESSOR: Na ja.

BARON: Ich kann es nicht richtig nachmachen.

PROFESSOR *bläst auch*: – so?

BARON: Das ist gar nichts dagegen. Viel schlimmer, und den ganzen Tag. Und die Tragödie ist – heute bläst er – was wird er morgen tun?

PROFESSOR: Ich kann schon verstehen.

BARON: Was wird er morgen tun?

PROFESSOR: Ich sage das jetzt wirklich nicht süffisant: das hier, wo Sie leider wohnen müssen –

BARON: Mit diesem Untier.

PROFESSOR: – ist die Hausmeisterwohnung?

BARON: Ist?

PROFESSOR: Ich meine: War.

BARON: Aber gesagt haben Sie: ist.

PROFESSOR: Ein Lapsus. Verzeihen Sie.

BARON: Sehen Sie ... Sie haben ja recht. Es ist eine Hausmeisterwohnung. Deshalb hat sie übrigens zwei Eingänge, einen vorn und hinten den Lieferanteneingang zum Hof, nur liefert niemand mehr etwas. Sie haben recht. Sie hätten sich gar nicht zu entschuldigen brauchen. Aus der Tatsache, daß ein Baron Zwerger von Zephyrau – so hieß unser Gut, Zephyrau, wir führten dieses Prädikat zur Unterscheidung der anderen Linie, der Zwerger zu Brettlitz – daß Arthur, der mutmaßlich letzte Freiherr Zwerger von und auf Zephyrau, daß ich in einer Hausmeisterwohnung wohne, aus dieser Tatsache ergibt sich noch nicht, noch nicht, daß aus der Hausmeisterwohnung eine Baronswohnung wird, wenn Sie verstehen, was ich meine.

PROFESSOR: Die Baronin ist also die Lieferantenstiege –

BARON: Sie hätten sich entschuldigen müssen, wenn Sie gesagt hätten: war eine Hausmeisterwohnung.

PROFESSOR: Selbstverständlich.

BARON: Es ist eine Hausmeisterwohnung.

PROFESSOR: Sagen Sie, lieber Baron. Kann man das Tier denn nicht abschaffen?

BARON: Musil?

PROFESSOR: Ich meine: wenn es in der Wohnung so stört?

BARON: Mich stört es. Sie doch nicht. Sie wäre todunglücklich ohne das Vieh.

PROFESSOR: Die Baronin stört das Blasen nicht?

BARON: Daß ich nicht lache! Die stört es nicht nur nicht, die leugnet, daß es bläst. »Es bläst nicht«, sagt sie. »Du bildest dir ein, daß es bläst. In Wirklichkeit bläst es gar nicht.«

PROFESSOR: Es bläst aber.

BARON: Selbstverständlich bläst es. Hören Sie –

Kurze Stille.

PROFESSOR: Ich höre nichts.

BARON: Sie hören nichts?

PROFESSOR: Nein.

BARON: Ja, ich – es kann sein – im Moment bläst es nicht. Aber sonst . . . tagein, tagaus! Immer natürlich dann, wenn ich arbeite. Ich behaupte: das macht es absichtlich. Beweisen kann ich das natürlich nicht.

PROFESSOR: Vielleicht – geht es eines Tages ein?

BARON: Das glaube ich nicht.

PROFESSOR: Eines Tages muß es eingehen. Es wird doch nicht ewig leben.

BARON: Aber wann! Abgesehen davon, traue ich ihm zu, daß es ewig lebt.

PROFESSOR: Sie sind schon ein wenig ungerecht.

BARON: Ich weiß. Ich sage es ja immer: der Musil ist mir fremd. Vielleicht hat er seine guten Seiten, aber er ist mir fremd. Ich kann nichts dafür. Ich kann doch nichts dafür, daß ich nicht so bin wie der Musil.

PROFESSOR: Wie alt ist er denn?

BARON: Der Musil, das Untier? Das weiß niemand. Sehr alt wird er nicht sein, nehme ich an. Er wächst ja noch.

PROFESSOR: Und gesund?

BARON: Kerngesund. Es tut ihm zwar alle Augenblicke was weh, dann darf ich erst recht nichts gegen ihn sagen, aber in Wirklichkeit fehlt ihm überhaupt nichts. Das heißt: er sieht schlecht, das schon. Wobei man nicht weiß, ob er nicht nur so tut, als ob er schlecht sähe.

PROFESSOR: Warum sollte er so tun, als ob er schlecht sähe?

BARON: Aus Heimtücke natürlich.

PROFESSOR: Aber was gewinnt er dabei?

BARON: Weiß ich doch nicht. Wahrscheinlich macht es ihm Freude, wenn er das Bewußtsein hat, heimtückisch zu sein. Das gewinnt er dabei.

PROFESSOR: Ich weiß nicht recht.

BARON: Sollte er aber tatsächlich wirklich schlecht sehen, so kommt das davon, vermute ich, daß er schielt. Aber das darf ich natürlich auch nicht sagen. Da heißt es gleich, ich könne ihn nicht leiden.

PROFESSOR: Schielt er wirklich?

BARON: Natürlich schielt er.

PROFESSOR: Die Frau Baronin ist die Lieferantentreppe hinuntergegangen?

BARON: Ja. Aber wir haben schon zuviel Zeit vertan. Ich habe den Tisch abgeräumt. Breiten Sie die erste Karte aus.

Der Professor breitet eine Landkarte aus.

BARON: Was ist das für eine Karte?

PROFESSOR: Tirol.

BARON: Tirol. Sehr gut. Ich hatte schon immer eine große Vorliebe für die Tiroler. Kühnes, kerniges Bergvolk.

PROFESSOR: Waren Sie schon einmal in Tirol?

BARON: Nein, leider –

PROFESSOR: Sie haben nichts versäumt. Ich kann die Tiroler nicht leiden.

BARON: Wieso?

PROFESSOR: Ich war kurz vor Kriegsende in Tirol. Ein sehr ein geiziges Volk. Sehr unfreundlich.

BARON: Bergvölker sind unfreundlich.

PROFESSOR: Wenn es nach den Tirolern gegangen wäre, wäre ich glatt verhungert.

BARON: Naja – sie messen eben mit ihren eigenen Maßstäben. Die Tiroler essen Baumrinde, und so weiter.

PROFESSOR: Ich habe keinen einzigen Tiroler Baumrinde essen sehen.

BARON: Sie waren nicht lang genug dort.

PROFESSOR: Vier Monate.

BARON: In vier Monaten hätten Sie die Tiroler Baumrinde essen sehen müssen. Sie haben nur nicht richtig aufgepaßt.

PROFESSOR: Ich habe aufgepaßt. Sie haben Baumrinde geraucht, ja, in ihren langen Pfeifen, aber gegessen: nein.

BARON: Naja – vielleicht ist das nach Tälern verschieden. Wo stehen wir?

PROFESSOR: Herr Baron?

BARON: Ja?

PROFESSOR: Wenn er plötzlich weg wäre?

BARON: Wer?

PROFESSOR: Musil.

BARON: Er läuft nicht weg. Der nicht.

PROFESSOR: Man könnte – nachhelfen.

Baron schweigt.

PROFESSOR: Reden kann er ja nicht.

BARON: Ich habe auch schon dran gedacht.

PROFESSOR: Während die Baronin nicht da ist.

BARON: Ich habe es immer wieder zurückgestellt. Wenn ich
meine Erfindung gemacht haben werde, wenn wir dann wieder in einer anständigen, ich meine, in einer angemessenen
Wohnung wohnen – um ganz ehrlich zu sein: ich trage mich
mit dem Gedanken, ein Schloß zu erwerben –, dann könnte
ich dem Tier einen Turm oder meinetwegen auch einen Flügel
einräumen. Dann würde es mich nicht stören. Nur jetzt, hier,
stört es mich.

PROFESSOR: Wie Sie meinen.

BARON: Nein, nein. Mir gefällt Ihr Gedanke schon. Nur: die
Baronin darf natürlich nichts ahnen. Sie ist mir ohnehin nicht
grün in der Richtung. Ihr Verdacht würde sofort auf mich
fallen. Ich muß ein tadelloses Alibi haben.

PROFESSOR: Wie groß ist es denn?

BARON: So groß auch wieder nicht. Noch nicht. Es besteht nur
die Gefahr, daß es sehr groß wird.

PROFESSOR: Sehen Sie. Dann können Sie womöglich gar nicht
in das Schloß übersiedeln.

BARON: Warum nicht?

PROFESSOR: Weil der Musil nicht mehr durch die Tür geht.

BARON: Auch daran habe ich schon gedacht.

PROFESSOR: Je eher, desto besser.

BARON: Und wie?

*Professor macht ein nachdenkliches Gesicht. Dann entspannt
sich sein Gesicht: er hat aufgehört, nachzudenken, ist zu keinem
Ergebnis gekommen, hebt bedauernd die Arme und läßt sie
wieder sinken. Der Baron macht eine wegwerfende Handbewegung.*

II

Einige Zeit später. Baron und Baronin.

BARONIN: Nein.

BARON: Ich –

BARONIN: Nein.

BARON: Aber man kann doch darüber reden!

BARONIN: Mit dir kann man darüber nicht reden.

BARON: Mit mir kann man über alles reden. Frag den Professor.

BARONIN: Den Professor. Daß ich nicht lache. Professor. Wenn der Professor ist, dann bin ich ... dann bin ich ...

BARON: Selbstverständlich ist er Professor.

BARONIN: Wenn der Professor ist, dann bin ich ...

BARON: Was bist du dann?

BARONIN: Jetzt laß mich in Ruhe. Ich muß gehen.

BARON: Wohin gehst du denn?

BARONIN: Das geht dich gar nichts an.

BARON: Ich weiß, wohin du gehst.

BARONIN: Warum fragst du dann?

BARON: Er ist Professor. Er hat mir die Urkunde gezeigt.

BARONIN: Lächerlich. Eine Urkunde. Als ob man nicht wüßte, daß man jede Urkunde fälschen kann.

BARON: Es ist eine echte Urkunde.

BARONIN: Meinetwegen. Ist es eine echte Urkunde. Soll es eine echte Urkunde sein –

BARON: Meine Liebe!

BARONIN: Sag nicht immer »meine Liebe«! Ich rede mit dir nicht mehr über den Professor oder was er ist, weil man mit dir darüber nicht reden kann, und ich rede erst recht nicht über Musil mit dir.

BARON: Er ist gewachsen.

BARONIN: Ja, ja, er ist gewachsen.

BARON: Er ist wirklich gewachsen. Du kannst es daran erkennen –

BARONIN: Er ist nicht gewachsen.

BARON: Entschuldige –

BARONIN: Ich entschuldige gar nichts. Und sag nicht immer »meine Liebe!« zu mir.

BARON: Ich habe gar nicht »meine Liebe« gesagt.

BARONIN: Doch.

BARON: Nein!

BARONIN: Dann hast du es eben nicht gesagt. Es ist mir gleich, was du denkst. Ich weiß, daß du es gesagt hast.

BARON: Dann weißt du etwas Falsches –

BARONIN: Ich lehne es ab, weiter darüber zu reden.

BARON: Musil ist gewachsen.

BARONIN: Ja, ja – er ist gewachsen.

BARON: Das ist doch nichts Negatives, wenn ich von ihm sage, er ist gewachsen. Das ist doch wirklich nichts Negatives.

BARONIN: Aber du meinst es negativ.

BARON: Nein.

BARONIN: Du meinst alles negativ, was sich auf sie bezieht.

BARON: Auf wen?

BARONIN: Auf sie. Auf Musil.

BARON: Warum sagst du auf einmal sie für ihn?

BARONIN: Weil man für ein weibliches Wesen sie sagt, falls du das noch nicht wissen solltest –

BARON: Ein weibliches Wesen?

BARONIN: Aber ich traue dir zu, daß du von weiblichen Wesen so wenig Ahnung hast, daß du nicht einmal –

BARON: Ein Weibchen?

BARONIN: – daß man für weibliche Wesen –

BARON: Musil wäre ein Weibchen?

BARONIN: – das Personalpronomen sie gebraucht. Was entsetzt dich denn so daran, daß Musil ein Mädchen ist? Dafür kann sie doch nun wirklich nichts?

BARON: Seit wann soll er ein Weibchen sein?

BARONIN: Selbstverständlich schon immer. So eine blöde Frage. Sie ist als Mädchen auf die Welt gekommen. Nur haben wir es nicht bemerkt. Ich, meine ich – du hättest es dein Leben lang nicht bemerkt. Weil es dich nicht interessiert.

BARON: Das ist ja schrecklich –

BARONIN: Frauen und überhaupt allen weiblichen Wesen gegenüber bist du völlig unfähig zu irgendeinem tieferen Verständnis. Das ist es nämlich.

BARON: Das ist jetzt unlogisch. Ich habe ja gar nicht gewußt, daß es ein Weibchen ist.

BARONIN: Also du gibst zu, daß du sie nicht magst?

BARON: Er ist mir fremd.

BARONIN: Sag nicht er. Oder meinst du das als eine Beleidigung? Eine sehr feine Beleidigung – hätte ich dir gar nicht zugetraut –

BARON: Verzeih, es war nicht als Beleidigung gedacht.

BARONIN: Ist schon gut.

Es läutet.

BARON: Ich bitte dich im voraus um Entschuldigung: ich werde, bis ich mich daran gewöhnt habe –

BARONIN: Ist schon gut. Geh jetzt aufmachen. Es wird dein Professor sein.

BARON: – ich kann mich nicht von einem Tag auf den anderen umstellen, daß er jetzt eine sie ist –

178

BARONIN: Ich weiß schon. Es ist kein Platz da für euch beide.

BARON: Das habe ich nie gesagt. Ich habe nur gesagt: bitte entschuldige, wenn ich versehentlich hie und da er von ihr sagen sollte, bis ich mich daran gewöhnt habe.

Es läutet.

BARONIN: Mach jetzt deinem Professor auf. Sonst schlägt er noch die Tür ein.

BARON: Du kannst ruhig dableiben.

BARONIN: Ich störe deinen sauberen Professor nicht.

BARON: Du störst nicht.

BARONIN: Ich habe Besseres zu tun. *Sie geht.*

Der Baron macht auf. Der Professor kommt herein.

BARON: Liebster Professor!

PROFESSOR: Mein Baron!

BARON: Kommen Sie herein. Setzen Sie sich.

PROFESSOR: Ist die Baronin –?

BARON: Nein, aber sie geht gleich. Gleich werden Sie die Tür schlagen hören. Haben Sie die Karten dabei?

PROFESSOR: Warum glauben Sie, daß ich sonst komme?

Weiter weg fällt eine Tür ins Schloß.

BARON: Haben Sie gehört? Sie können sich beruhigt setzen. Haben Sie auch –?

PROFESSOR: Ja, hier. Preiswert, aber bekömmlich.

Der Professor zieht eine Flasche aus seiner Aktentasche.

BARON: Was der für eine komische Farbe hat? Sagen Sie, sind Sie sicher, daß –?

PROFESSOR: Die Farbe kommt nur von der Flasche. Die Flasche hat so eine eigenartige Farbe.

BARON: Früher – früher haben wir nur französischen Champagner getrunken.

PROFESSOR: O ja – m – m – ich habe auch französischen Champagner getrunken, 1928, als ich in Nizza war.

BARON: Wir haben nur französischen Champagner getrunken. Wir haben ausschließlich französischen Champagner getrunken. Es hat in unserem Hause, also ich meine: in unseren Häusern, gar kein anderes Getränk gegeben als Champagner. Mein Vater, Arthur hieß er, wie ich, vielmehr: ich heiße wie er, mein Vater hätte jedes andere Getränk außer Champagner kategorisch abgelehnt.

PROFESSOR *kichert in seliger Erinnerung:* Als ich damals in Nizza war, 1928 –

BARON: Wir waren jedes Jahr in Nizza. Von Oktober bis Mai,

vielmehr: von Mai bis Oktober, wollte ich sagen. Wir haben immer im »Negresco« gewohnt.

PROFESSOR: Das »Negresco« ist gar nicht in Nizza, das »Negresco« ist in Cannes.

BARON: Sie werden mir doch bitte nicht erzählen wollen, wo das »Negresco« ist. Ich bitte Sie –

PROFESSOR: Meines Wissens ist das »Negresco« in Cannes.

BARON: Sie werden mir doch bitte nicht erzählen wollen, wo wir jedes Jahr – und jedes Jahr im »Negresco« – also das wäre ja geradezu lächerlich, mir erzählen zu wollen, wo das »Negresco« ist, wo ich sozusagen im »Negresco« aufgewachsen bin.

PROFESSOR: Wie ich 1928 in Nizza war, war das »Negresco« in Cannes.

BARON: Also, meinetwegen gibt es in Cannes auch ein Hotel »Negresco«. In Cannes war ich nie, weil man zu meiner Zeit einfach nicht nach Cannes gefahren ist. Man ist nur nach Nizza gefahren, nie nach Cannes –

PROFESSOR: 1928 hat es in Nizza kein –

BARON: Pst – pst – hören Sie? hören Sie ihn, wie er trampelt?

PROFESSOR: Ich höre nichts

BARON: Jetzt haben Sie ihn selber gehört – das heißt – ja, das habe ich Ihnen überhaupt noch nicht erzählt. Ich fürchte fast, Sie können Ihre Karten wieder einpacken. Ich habe gar keine Freude dran. Was ist denn das für eine Karte?

PROFESSOR: Die Niederlande. Wollen wir nicht wenigstens eine kleine Offensive –?

BARON: Die Niederlande. Die Niederlande. Ein scheußliches Land. Und scheußliche Leute. Wie Engerlinge. Ein Land, flach wie ein Nudelbrett, und lauter Leute wie Engerlinge, einschließlich der Königin. Bleich und dick wie Engerlinge. Das sind die Niederländer. Die Belgier sind nicht viel besser. Etwas weniger bleich, aber dennoch: wie Engerlinge.

PROFESSOR: Aber die Windmühlen.

BARON: Von Engerlingen bevölkerte Windmühlen. Das kommt davon, daß sie immer diesen Käse essen. Wie Maden. Immer nur diesen Käse. Da müssen sie ja mit der Zeit wie Engerlinge ausschauen. Seit Generationen essen sie nichts als Käse – auch wir haben früher ab und zu Käse gegessen, nach dem Essen –

PROFESSOR: Käse schließt den Magen.

BARON: Ein kleines Stück Camembert mit Rotwein und viel-

leicht einer Olive – ja, aber diese Engerlinge essen ständig nur
diesen fetten, bleichen holländischen Käse –

PROFESSOR: Aber eine kleine Offensive könnten wir doch vor-
tragen.

BARON: Eine rechte Lust dazu habe ich nicht, ehrlich gesagt.
Wo stehen wir?

PROFESSOR: Hier, vor Breda.

BARON: Breda. Breda. Eine scheußliche Stadt.

PROFESSOR: Aber in gewissem Sinn eine Schlüsselstellung.

BARON: Wieviel Divisionen haben wir?

PROFESSOR: Acht.

BARON: Wieso nur acht?

PROFESSOR: Weil Sie vorige Woche vier Divisionen abgezogen
und an die bulgarische Front verlegt haben.

BARON: Naja. Acht Divisionen werden ja wohl genügen. Würfeln Sie.

PROFESSOR: *würfelt:* Fünf – drei – drei.

BARON: Genommen. Breda ist genommen. Geben Sie mir den
Rotstift her –

PROFESSOR: Nein, Herr Baron – fünf, drei, drei – das gibt elf.
Eine Stadt, die auf der Landkarte rot eingezeichnet ist, kann
nur genommen werden, wenn wir mindestens zwölf würfeln.

BARON: Wo steht das?

PROFESSOR: Hier. Haben Sie selber geschrieben. Paragraph 14.

BARON: Ach, Unsinn. Elf oder zwölf – ist Breda überhaupt rot
eingezeichnet?

PROFESSOR: Ja, hier, sehen Sie.

BARON: Aber sehr klein. Das ist mir unverständlich, wieso so
ein windiges Nest wie Breda rot eingezeichnet ist.

PROFESSOR: Aber es ist rot eingezeichnet. Sogar unterstrichen.

BARON: Das ist wahrscheinlich ein Druckfehler. Wir haben elf
gewürfelt. Das genügt für Breda. Genommen. Schluß.

PROFESSOR: Wenn Sie immer die Regeln umgehen, macht es
kein Vergnügen, muß ich schon sagen.

BARON: Stellen Sie sich nicht an. Elf oder zwölf, das ist doch so
gut wie dasselbe.

PROFESSOR: Immer umgehen Sie die Regel zu Ihren Gunsten.

BARON: Ich umgehe nie eine Regel.

PROFESSOR: Weil Sie immer siegen wollen.

BARON: Wenn wir nicht siegen, macht es mir kein Vergnügen.

PROFESSOR: Und mir macht es kein Vergnügen, wenn Sie die
Regeln nicht beachten.

BARON: Schreiben Sie auf: Von den acht Divisionen, die eben Breda erobert haben, werden weitere zwei nach Bulgarien verlegt.

PROFESSOR: Aber in Bulgarien haben wir doch schon dreiundachtzig Divisionen. Da haben ja überhaupt keine mehr Platz. Das kleine Bulgarien!

BARON: Zeigen Sie die bulgarische Karte her.

PROFESSOR: Die habe ich heute nicht dabei.

BARON: So. Meine liebste Karte haben Sie nicht dabei.

PROFESSOR: Ich habe nicht gewußt, daß das Ihre liebste Karte ist.

BARON: Dreiundachtzig Divisionen?

PROFESSOR: Ja, hier. Dreiundachtzig. Und ein Fliegerkorps.

BARON: Hmhm. Gut. Dann verlegen Sie die zwei Divisionen nach – nach Tirol.

PROFESSOR: Und wohin nach Tirol?

BARON: – nach – Bludenz.

PROFESSOR: Bludenz ist nicht in Tirol. Bludenz ist Vorarlberg.

BARON: Sie werden mir doch nicht erzählen wollen, wo Bludenz ist, wo wir jahrelang, jahrzehntelang jeden Winter in Bludenz verbracht haben, beim Bobfahren.

PROFESSOR: Zufällig habe ich die Karte von Tirol –

BARON: Pst – haben Sie ihn wieder gehört?

PROFESSOR: Ich glaube, jetzt habe ich ihn auch gehört.

BARON: Ein widerliches Schnauben.

PROFESSOR: Ich habe ein Kratzen gehört.

BARON: Seit heute weiß ich, und hiermit wissen auch Sie es: er ist eine sie.

PROFESSOR: Wer?

BARON: Musil. Musil ist ein Weibchen. Ein Mädchen, wie die Baronin zu sagen beliebt. Mädchen. Unter einem Mädchen habe ich mir immer etwas anderes vorgestellt.

PROFESSOR: Naja. Ist ja gehupft wie gesprungen –

BARON: Gehupft wie gesprungen? Was reden Sie denn da für einen Blödsinn. Ja, denken Sie denn nicht, was das bedeutet?

PROFESSOR: Nein.

BARON: Wenn es sich vermehrt?

PROFESSOR: Wie soll es sich denn vermehren, wenn –

BARON: Wie sich eben so Ungeziefer vermehrt. Durch Zellteilung oder wie. Bin ich ein Zoologe? Wobei ich daran zweifle, ob dieses Untier überhaupt in die Zuständigkeit der Zoologie fällt. Durch Zellteilung, wie die Schnecken oder die Engerlinge.

PROFESSOR: Woher wissen Sie denn, daß es ein Weibchen ist?

BARON: Die Baronin hat es herausgebracht.

PROFESSOR: Vielleicht hat sie es nur gesagt, um Sie zu ärgern?

BARON: Das ist natürlich gut möglich. Das schließt aber nicht aus, daß es tatsächlich ein Weibchen ist. Und stellen Sie sich vor! wenn es sich vermehrte? Das kann man sich überhaupt nicht vorstellen.

PROFESSOR: Sie müssen etwas unternehmen.

BARON: Ja, aber was?

PROFESSOR: Sie müssen Ihrer Frau klarmachen –

BARON: Meiner Frau etwas klarzumachen, das geht überhaupt nicht. Meine Frau hat einen derart trüben Verstand, daß es völlig ausgeschlossen ist, ihr etwas klarzumachen. Neulich hat sie zu mir gesagt, wissen Sie, was sie zu mir gesagt hat? Wenn du noch lang weiterstänkerst, hat sie gesagt, dann nehme ich den Musil – den Musil, hat sie gesagt, sie wußte da noch nicht, daß es ein Weibchen ist – dann nehme ich den Musil, und wir verlassen beide das Haus!

PROFESSOR: Aber das ist doch die Lösung, lieber Baron?

BARON: Das ist überhaupt keine Lösung.

PROFESSOR: Das ist doch die Lösung: Sie sind beide los, auf einen Schlag.

BARON: So kann nur jemand reden, der von der ganzen Sache keine Ahnung hat.

PROFESSOR: Sie brauchen überhaupt nichts zu tun. Sie zieht aus, nimmt das Ungeziefer mit, und Sie haben für immer Ihre Ruhe.

BARON: Das ist doch alles dummes Gerede.

PROFESSOR: Sie – haben doch keine – keine, wie soll ich sagen, galanten Inklinationen mehr zur Baronin? Ich meine: daß sie Ihnen fehlen würde?

BARON: So kann nur ein Mensch reden, der von der Sache nichts versteht. Lassen Sie mich doch in Ruhe mit Ihren blödsinnigen Vorschlägen

PROFESSOR: Aber Sie haben mich doch dauernd, seit Jahren gebeten, daß ich Ihnen Vorschläge mache, wie Sie das Ungeziefer los werden.

BARON: Ja, schon, aber nicht gleichzeitig die Baronin.

PROFESSOR: Ach so. Ja – ja. Sie haben . . .

BARON: Nichts habe ich. Gar nichts habe ich.

PROFESSOR: Ja, ja. Sowas gibt es. Auch im Alter noch –

BARON: Das hat mit dem Alter nichts zu tun. Es waren eben

Spekulationen. Wie eben Spekulationen so sind. Spekulationen sind ihrem Wesen nach auf Sand gebaut, sonst wären sie keine Spekulationen. Sonst wären sie irgend etwas anderes. Investitionen, Transaktionen, Manipulationen oder was weiß ich, jedenfalls keine Spekulationen. Und was auf Sand gebaut ist, läuft eben schief.

PROFESSOR *verständnislos:* Aha.

BARON: Sie verstehen nichts?

PROFESSOR: Nein.

BARON: Mein Vater! Verstehen Sie? Nein? Mein Vater, Arthur Baron Zwerger von Zephyrau, der mutmaßlich vorletzte Baron Zwerger aus der Linie Zephyrau, der letzte bin ich, wahrscheinlich – mein Vater hat sich auf Spekulationen eingelassen.

PROFESSOR: Aha.

BARON: Ja, das war eben so. Falsche Freunde, schlechte Ratschläge, gewagte Spekulationen. Kann ich etwas dafür? Ich war ein Kind von vier Jahren. Da werden Sie doch wohl nicht von mir verlangen wollen, daß ich da irgendwie eingegriffen hätte. Wo ja nicht einmal meine Mutter etwas von diesen Spekulationen geahnt hat.

PROFESSOR: Was waren denn das für Spekulationen?

BARON: Verschiedene. Natürlich – mehrere. Mit *einer* Spekulation kann kein Mensch so ein gewaltiges Vermögen durchbringen. Sie haben ja keine Ahnung, über welch gigantische Mittel die Zwerger von Zephyrau verfügten. Ein unermeßliches Vermögen.

PROFESSOR: Mehrere Spekulationen – gleichzeitig?

BARON: Teils gleichzeitig, teils hintereinander. Zunächst kaufte mein Vater auf Anraten eines Freundes die Universität von Konstantinopel.

PROFESSOR: Wie?

BARON: Ohne sie gesehen zu haben.

PROFESSOR: Gibt es denn in Konstantinopel eine Universität?

BARON: Selbstverständlich gibt es in Konstantinopel eine Universität, oder jedenfalls hat es damals eine gegeben.

PROFESSOR: Aber was fängt man mit einer Universität an?

BARON: Das ist ja Nebensache –

PROFESSOR: Und werden denn Universitäten, wie soll ich es sagen, gehandelt?

BARON: Das weiß ich alles nicht, jedenfalls hat sich herausgestellt, daß dem Türken, der sie verkauft hat, die Universität gar nicht gehört hat.

PROFESSOR: Und das Geld war weg.

BARON: Natürlich. Der Türke auch. Der Prozeß mit der türkischen Regierung hat dann nochmals ein paar Millionen gekostet. Mein Vater hat den Prozeß natürlich verloren.

PROFESSOR: Das ist aber dann schon eher keine Spekulation, sondern –

BARON *spitz:* Sondern?

PROFESSOR: – hmhm – ein Irrtum. Ihr Herr Vater ist einem Irrtum zum Opfer gefallen.

BARON: Na, gut. Wie man es immer nennen mag. Mein Vater hatte das Geld nicht mehr und auch keine Universität. Dann kam das Petroleum. Erdöl sagt man heute, damals hat man Petroleum gesagt. Ein Freund meines Vaters hat berechnet, daß in der Mark Brandenburg, wo unsere Güter waren, Petroleum sein muß, unter der Erde, versteht sich. Also so abwegig war das nicht: Sand, Sand, lauter Sand, zwar keine Kamele, aber Sand. Und wo Sand ist, ist doch meistens darunter Petroleum. Der Haken war nur, daß dieser saubere Freund das nicht nur meinem Vater erzählt hat, sondern auch anderen Gutsbesitzern. Was dann los war, können Sie sich gar nicht ausmalen. Die Junker, allen voran mein alter Herr, haben wie die Teufel um die blödsinnigen sandigen Grundstücke gekämpft. Es war direkt ein Sport. Die Geldbündel sind nur so hin- und hergeflogen. Monatelang hat mein Vater, sonst ein passionierter Jäger, keinen einzigen Hirsch, kein Reh, keinen Fasan gesehen, nur Notare. Die Preise für diese sandigen Äcker sind in die Höhe geschossen wie Raketen. Naja, und zum Schluß hat mein Vater den ganzen Sand gekauft gehabt, für einen Preis, hat er später ausgerechnet, für den er Berlin komplett vom Reichstag bis Halensee einschließlich Schloß Charlottenburg hätte haben können.

PROFESSOR: Und das Petroleum?

BARON: Kein Tropfen.

PROFESSOR: Dies allerdings würde ich in der Tat als Fehlspekulation bezeichnen.

BARON: Am meisten hat Papa gewurmt, daß er eine volle Jagdsaison versäumt hat. Er war nahe daran, nachdem alles aufgekommen ist, auf die ganzen Notare zu schießen. Aber die haben ja letzten Endes nichts dafür können. Bis auf einen, aber auf den hat mein Vater auch nicht geschossen. Der hat Bußmark geheißen. Dr. Bußmark, nicht Bismarck sondern Bußmark. Mein Vater könne, hat dieser Dr. Bußmark gesagt, das ganze Geld wieder hereinholen mit einer Sache, von der, im Gegensatz zum Petroleum, kein Mensch weiß. Man müsse, hat dieser Dr. Bußmark gesagt, direkt neben dem Casino von Monte Carlo ein zweites Casino bauen, größer und schöner, als Konkurrenz. Es wäre eine todsichere Sache.

PROFESSOR: Ach –

BARON: Und wie die Sache dann Bankrott gegangen ist, ist das Projekt mit der Rollschuhbahn gekommen. Also, wenn Sie mich fragen, dieses Projekt war gar nicht so schlecht. Die Idee stammte diesmal von meinem Vater selber. Er sagte sich, die Leute fahren gerne Rollschuh. Wenn es eine bequeme, wirklich attraktive Rollschuhbahn gäbe, eine Rollschuhbahn, die ständig ganz leicht bergab geht, mit Jausenstationen dazwischen, Ruhe- und Aussichtspunkten und so fort, so lassen sich die Leute das schon etwas kosten. Mein Vater plante eine leicht abschüssige Bahn von Dänemark nach Calabrien. Ob überdacht oder nicht, war noch nicht entschieden. Wahrscheinlich mehr im Norden überdacht, im Süden, ab Verona etwa, wo das Wetter besser ist, offen. Sie stellen sich im Norden Dänemarks auf die leicht abschüssige Bahn, stoßen sich ab – und rollen, rollen gemächlich dahin, bald schneller, bald langsamer – durch die Lüneburger Heide, an Rothenburg ob der Tauber vorbei, das Matterhorn grüßt herüber, der Schiefe Turm von Pisa, und so fort, und in Calabrien, in einer großen, geschwungenen Kurve, rollen Sie aus, steigen unter Palmen in einen D-Zug, verwahren die Rollschuhe im Gepäcknetz und fahren zurück nach Hause. Ich lasse mir heute noch nicht nehmen, daß das eine moderne Idee war.

PROFESSOR: Und woran ist das Projekt gescheitert? Ich nehme an, daß die Grenzformalitäten – es wären ja immerhin mehrere Grenzen zu überwinden gewesen –

BARON: Keine Spur. Die Grenzer hätten auch Rollschuhe bekommen, wären jeweils ein Stück mitgerollt und mit Flaschenzug wieder zurückbefördert worden. Nein, nein, die Schwierigkeit war, woran mein Vater nicht gedacht hat, daß man, geht man von einem Gefälle von nur drei Prozent aus, in Dänemark einen sechzig Kilometer hohen Turm gebraucht hätte.

PROFESSOR: Sechzig Meter.

BARON: Kilometer! Das sind sechzigtausend Meter. Der Mount Everest ist achttausend Meter hoch. Also, ich weiß die Zahlen nicht mehr genau, es können auch nur vierzigtausend Meter gewesen sein. Der Turm steht übrigens noch, also jedenfalls, soweit mein Vater gekommen ist. Auf über hundertfünfzig Meter ist er gekommen.

PROFESSOR: Und dann?

BARON: Dann hatte er nur noch fünf Mark. Wenn ich Ihnen sage, daß meine Mutter keine Ahnung hatte. Die gute Frau. Erst wurde das Gut verkauft – wir sind in die Stadt gezogen, nach Berlin, in ein hübsches, geräumiges Haus. Meine Mutter, das war eben damals noch so, hat nicht gemurrt und nicht gefragt – es wird schon recht sein, wenn der Vater sagt, wir ziehen in die Stadt. Dann wurde das Haus verkauft, wir sind in eine Etagenwohnung gezogen. Der Vater wird schon seinen Grund haben, hat die Mutter gesagt. Dann wurde ein Teil der Etagenwohnung untervermietet –

PROFESSOR: Aber da mußte Ihrer Frau Mutter doch etwas aufgefallen sein?

BARON: Aufgefallen schon. Aber sie hat nichts gesagt. Verstehen Sie?

PROFESSOR: Ja, und dann?

BARON: Dann ist der Moment gekommen, in dem mein Vater nur noch fünf Mark gehabt hat. Fünf Goldmark, es war ja noch vor dem Krieg. Er ist ins »Adlon« gegangen, hat sich ein Zimmer gemietet, hat dem Boy geklingelt und gesagt: »Hier haben Sie fünf Mark, geben Sie dieses Telegramm auf, der Rest ist für Sie.«

PROFESSOR: Ein Telegramm?

BARON: An meine Mutter. »Habe mich erschossen. Stop. Arthur.« Meine Mutter hat es später gerahmt, mit einem schwarzen Band über das Eck unterm Glas, aber ich weiß nicht, wo es dann hingekommen ist, in den ganzen Wirren nach dem Krieg.

PROFESSOR: Scheußlich, scheußlich. Aber ich verstehe immer noch nicht –

BARON: Lieber Professor: wir, die Zwerger von Zephyrau, haben durch die Russen und so weiter nichts verloren, verstehen Sie? Weil wir schon vorher nichts gehabt haben. Wir bekommen keinen Lastenausgleich und nichts, nichts. Aber sie – die Baronin –, eine geborene Loibersdorff, sagt Ihnen das nichts? Der alte Loibersdorff hat das Gut meines Vaters und die ganzen sandigen Äcker für einen Pappenstiel zusammengekauft, und jetzt kriegt sie jeden Monat eine Menge Rente.

PROFESSOR: Und Sie bekommen nichts?

BARON: Woher soll ich denn was bekommen?

PROFESSOR: So gesehen ist die Situation natürlich miserabel.

BARON: Wem sagen Sie das.

PROFESSOR: Dann müssen wir uns doch irgend etwas anderes ausdenken. Es müßte doch eigentlich gelacht sein, wenn zwei erwachsene Männer wie wir, nicht etwas fänden, um dieses Ungeziefers Herr zu werden. Was halten Sie davon –?

Der Baron macht eine wegwerfende Handbewegung.

III

Einige Zeit später. Baron und Baronin.

BARON *erregt:* Wir haben so nicht gewettet.

BARONIN: Wie redest du mit mir?

BARON: Ich bin mir nicht –

BARONIN: Ich wundere mich –

BARON: Unterbrich mich bitte nicht –

BARONIN: Ich unterbreche dich, so oft ich will. Jetzt, nachdem das passiert ist, erst recht. Ich wundere mich selber über mich, daß ich überhaupt noch mit dir rede, und du wagst es zu sagen: So haben wir nicht gewettet. Ich darf dich darauf hinweisen, daß ich nie wette. In meiner Familie ist es nicht üblich zu wetten, war es nie üblich. In deiner Familie vielleicht. In deiner Familie war es vielleicht üblich ... Erholung in der eher vulgären Sphäre des Wettens und Kartenspielens zu suchen und – unterbrich mich bitte nicht – zu suchen und auch zu finden, wie gewisse Beispiele zeigen.

BARON: Ich gebe zu, daß mein Vater alles mögliche gemacht hat, aber gewettet hat er nicht, Karten gespielt auch nicht.

BARONIN: Jedenfalls verbitte ich mir diesen Ton.

BARON: Also, bitte – wenn du den harmlosen Ausdruck: wetten als Beleidigung empfunden hast –

BARONIN: Das habe ich in der Tat.

BARON: Dann bitte ich um Entschuldigung.

BARONIN: Und sonst bittest du wegen nichts um Entschuldigung?

BARON: Er hat –

BARONIN: Sie hat, wenn schon.

BARON: Also gut, sie hat –

BARONIN: Wenn du dich nicht schon schämst, ein wehrloses Wesen zu mißhandeln, so könnte doch wenigstens dein Ge-

fühl für Höflichkeit und Ritterlichkeit, das du ja hoffentlich
noch nicht ganz verloren hast, dich davon abhalten, ein weibliches Wesen derart brutal –

BARON: Von brutal kann überhaupt keine Rede sein.

BARONIN: Wenn das nicht brutal war, dann weiß ich nicht, was
brutal ist.

BARON: Ich habe nur –

BARONIN: Ich habe gesehen, was du getan hast. Mein Gott, wer
weiß, was du alles dem armen Geschöpf angetan hättest,
wenn ich nicht durch Zufall dazugekommen wäre.

BARON: Ich habe nie –

BARONIN: Ich glaube dir kein Wort.

BARON: Wenn ich dir –

BARONIN: Ich glaube nur, daß Schläge kein geeignetes Mittel
sind, ein krankhaft nervöses Wesen zu erziehen.

Es läutet.

BARONIN: Ah – der Herr Professor.

BARON: Clara –

BARONIN: Sag nicht immer Clara zu mir.

BARON: Aber du heißt doch Clara?

BARONIN: Mach deinem Professor auf, bevor er noch die Tür
einrennt.

BARON: Aber er tut doch gar nichts. Hör bitte einen Moment
zu.

BARONIN: Ich wüßte nicht, warum.

Die Baronin geht hinaus, haut die Tür zu. Es läutet nochmals.
Der Baron macht auf. Der Professor kommt herein.

PROFESSOR: Lieber Baron!

BARON *förmlich:* Ach was.

PROFESSOR: Oh – war wieder . . .?

BARON: Haben Sie was dabei?

PROFESSOR: Ich habe heute alle Karten dabei. Ich habe auch
eine neue Karte dabei: Irland. Wir haben doch letzthin zwei
feine Divisionen bereitgestellt für eine kleine Invasion, für ein
kleines Invasiönchen . . .

BARON: Hören Sie auf mit dem kindischen Blödsinn. Ob Sie
etwas zu trinken dabei haben?

PROFESSOR: Ach so – ist es so schlimm?

BARON: Sie haben nichts zu trinken dabei?

PROFESSOR: Nein, leider –

BARON: Sie sind aber auch eine Flasche.

Eine Tür knallt in der Ferne zu.

PROFESSOR: Die Baronin?

BARON: Die Bestie. So haben wir nicht gewettet, kann ich Ihnen sagen. So haben wir nicht gewettet! Ich meine nicht Sie, ich meine die Baronin. Sehen Sie: hätte ich geheiratet, wenn ich gewußt hätte, daß sie eines Tages so ein – so ein Ungeziefer mitbringt? Nein. Niemals hätte ich sie geheiratet. Habe ich doch schon auf Kinder verzichtet, ihretwegen. Ach, wenn ich Ihnen alles erzählen würde. Ich hätte gern Kinder gehabt. Aber nein – wenn ich Ihnen erzählen würde, was sich da in, wie soll ich sagen, in intimen Momenten unseres Ehelebens, unseres an solchen Momenten ohnehin spärlichen Ehelebens, an Tragödien abgespielt hat! Es ist kaum je dazu gekommen, daß – wenn Sie wissen, was ich meine – vor lauter Angst, daß sie ein Kind bekommen könnte. Nie, nie hat sie auch nur das Nachthemd ausgezogen. Immer im Nachthemd, so hochgeschoben, so hochgeschoppt, könnte es einem dabei schon vergehen, aber ich will Sie mit solchen Einzelheiten nicht langweilen. Und ich habe das respektiert. Obwohl die Zwerger von Zephyrau damit aussterben, habe ich das respektiert. Meine Ehe, sage ich Ihnen, war der reinste Zölibat. Und dann bringt sie dieses Ungeziefer mit. Da hätten wir gleich auch Kinder haben können. Die wären nicht so groß geworden.

PROFESSOR: Wie groß ist es denn?

BARON: Sehr groß. Es kann sich im Zimmer schon nicht mehr umdrehen.

PROFESSOR: Und wächst weiter?

BARON: Ich vermute es.

PROFESSOR: Und was war speziell heute der Anlaß für den Ärger?

BARON: Haben Sie wirklich nichts zu trinken dabei?

PROFESSOR: Nein, leider –

BARON: Naja – gar nichts war, natürlich. Ich habe nur gewagt, die Tür aufzumachen, und da ist sie zufällig dazugekommen.

PROFESSOR: Gestattet die Baronin nicht, daß Sie das Tier sehen?

BARON: Nein, doch. Aber ich wollte gerade einen Schritt ins Zimmer treten, und da hat die Bestie wieder einmal versucht, sich umzudrehen –

PROFESSOR: Sprechen Sie als von der Bestie von der Frau Baronin oder –

BARON: Von dem Ungeziefer spreche ich. Immerhin hat es den Vorteil, daß es jetzt nicht mehr hin und her trampelt, wo es sich schon nicht mehr umdrehen kann. Nur auf der Stelle zu trampeln, langweilt ihn offenbar.

PROFESSOR: Ja, und was war dann?

BARON: Ja – ich habe gerade einen Fuß in das Zimmer gestellt, schließlich ist es ja auch meine Wohnung, oder nicht? Und in dem Moment hat das Ungeziefer versucht, sich umzudrehen – und da ist mein Fuß – es hat, wenn Sie so wollen, meinen Fuß förmlich eingequetscht. Und da ist die Baronin zufällig dazugekommen.

PROFESSOR: Und hat gemeint, Sie hätten ihm einen Tritt gegeben.

BARON: Dabei hat das Ungeziefer mir –

PROFESSOR: Förmlich ein Anschlag auf Sie.

BARON: So kann man sagen.

PROFESSOR: Wir müssen irgend etwas unternehmen.

BARON: Ja, aber was?

PROFESSOR: Ich habe Ihnen schon eine Menge Vorschläge gemacht.

BARON: Alle Ihre Vorschläge waren Humbug.

PROFESSOR: Nicht alle.

BARON: So gut wie alle.

PROFESSOR: Wir könnten noch einmal meine ganzen Vorschläge durchgehen. Vielleicht findet sich doch in einem oder anderem der Ansatz zu einer Lösung –

BARON: Wenn Sie wenigstens etwas zu trinken dabei hätten.

PROFESSOR: Vielleicht, lieber Baron, löst sich das Problem von alleine?

BARON: Wie sollte sich so ein Problem von alleine lösen?

PROFESSOR: Grade unlösbare Probleme, das ist eine alte Erfahrung, neigen dazu, sich von alleine zu lösen. Man muß nur warten.

BARON: Warte ich denn nicht schon lang genug?

PROFESSOR: Sie sagen: es wächst noch.

BARON: Ich vermute es.

PROFESSOR: Und es kann sich jetzt schon fast nicht mehr umdrehen. Ja – dann ist doch der Zeitpunkt abzusehen, daß es sich nicht nur fast nicht mehr umdrehen kann, sondern gar nicht mehr. Und wenn es dann noch ein wenig wächst, dann kann es sich nicht nur nicht mehr umdrehen, dann kann es sich gar nicht mehr bewegen, und kann dann nicht mehr atmen und erstickt sich selber. Aus. Und Sie können absolut nichts dafür. Man kann, mit dem besten Willen, Ihnen nichts anlasten.

BARON: Schön wär's.

PROFESSOR: Aber so muß es doch kommen!

BARON: Soll ich Ihnen ein Geständnis machen?

PROFESSOR: Ich bitte darum, Herr Baron.

BARON: Ich habe es nämlich doch absichtlich getreten.

PROFESSOR: Das habe ich mir, im Vertrauen gesagt, schon gedacht.

BARON: Einmal geht einem der Gaul durch. Einmal! Einmal im Jahr – so haben wir doch nicht gewettet!

PROFESSOR: Sie brauchen mich nicht so anschreien, ich bin ja Ihrer Meinung –

BARON: Sie hat das Ungeziefer mitgebracht, ohne mich zu fragen. Da hätten wir gleich Kinder haben können. Aber dieses Ungeziefer, das mit seinem Atem die ganze Wohnung verstinkt, das die Nächte hindurch schnaubt und ganz, ganz unappetitlich die Nase hochzieht, so – *er macht es nach* – pfui Teufel, und man darf nichts sagen, weil es ja nichts dafür kann, weil es so nervös ist. Kann einem da verargt werden, wenn man einmal sich vergißt und dem Ungeziefer einen saftigen Tritt gibt – den es ohnedies nicht spürt, sage ich Ihnen, den es ohnedies nicht spürt. Seine vielgerühmte Sensibilität: damit ist es gar nicht weit her, sage ich Ihnen. Es hat eine Haut wie ein Elefant. Das hat den Tritt überhaupt nicht wahrgenommen. Aber die Alte hat ein Geschrei gemacht, sage ich Ihnen –

PROFESSOR: Ich glaube –

BARON: Mein Gott, wenn Sie einmal in Ihrem Leben etwas wüßten. Sie glauben zuviel. Was ich von Ihnen brauche, sind konkrete –

PROFESSOR: Nein, Herr Baron, ich glaube, ich habe doch etwas dabei.

BARON: Was zu trinken?

PROFESSOR: Da hat sich doch tatsächlich zwischen die Karten ein Fläschchen eingeschlichen.

Die Flasche wird ohne Umstände aufgemacht, es wird getrunken.

PROFESSOR: Hier, sehen Sie: Irland.

BARON *schwermütig:* Ach ja, Irland. Die Iren sind Kelten, wissen Sie das?

PROFESSOR: Selbstverständlich –

BARON: Ich habe auch keltische Vorfahren. Ein kühnes, weitblickendes Volk, wenngleich abergläubisch.

PROFESSOR: Kühn und abergläubisch schon, aber weitblik-
kend?

BARON: Und weitblickend. Sie haben nur leider alle sehr eng
zusammenstehende Augen. Haben Sie schon einmal einen
Iren gesehen? Wenn Sie einen Menschen mit sehr eng zusam-
menstehenden Augen sehen, können Sie so gut wie sicher
sein, daß er ein Ire ist. Ich bin ein Freund der Iren. Wissen Sie
übrigens, wo die Baronin immer hingeht?

PROFESSOR: Ich würde mir nicht erlauben –

BARON: Da brauchen Sie sich gar nichts zu erlauben. Auf den
Jahrmarkt geht sie, damit Sie's wissen.

PROFESSOR: Ich nehme an –

BARON: Sie brauchen nichts anzunehmen, ich sage es Ihnen
klipp und klar. Sie geht auf den Jahrmarkt. Sie geht nicht auf
einen Jahrmarkt, sie geht auf alle Jahrmärkte weitum, soweit
sie mit ihrem widerwärtigen kleinen Auto kommt. Irgendwo
ist immer ein Jahrmarkt. Komisch ist das ja schon: ein Auto
kann man sich halten, zur Not, obwohl es, im Vertrauen
gesagt, unsere Verhältnisse übersteigt. Ein Pferd – unmöglich.
Das hätten Sie vor fünfzig Jahren jemand sagen sollen, meinem Vater, zum Beispiel, daß es kostspieliger ist, ein Pferd zu
halten als ein Auto. Obwohl – mein Vater hatte den ersten
Führerschein der Mark Brandenburg. Auch den ersten Verkehrsunfall: in Pasewalk. Er hat einen Abgeordneten überfahren. Dummerweise einen sozialistischen. Selbstverständlich hat man sofort gemunkelt, es wäre Absicht gewesen. Ein
ganz blödes Gerede.

PROFESSOR: Man kann ja einem Abgeordneten von außen nicht
ansehen, ob er sozialistisch ist oder nicht.

BARON: Obwohl – wenn man damals einen Abgeordneten
überfahren wollte, konnte man nur einen sozialistischen
überfahren. Die anderen sind nicht zu Fuß gegangen, damals.
Heute gehen auch die sozialistischen nicht mehr zu Fuß, hört
man.

PROFESSOR: Und was tut die Frau Baronin auf den Jahr-
märkten?

BARON: Sie reitet! Ja –! Wir haben kein Pferd, und deswegen
geht sie in ihrem alten Reitdreß, der ihr kaum noch paßt, weil
sie viel zu dünn geworden ist, in einen Stiefel paßt sie zweimal
hinein, geht sie auf die Jahrmärkte und reitet. Ein paarmal bin
ich ihr nachgeschlichen, habe mich natürlich nicht zu erkennen gegeben, hätte mich geniert bis auf die Knochen. Sitzt das

alte Geripe in seinem Reitdreß auf so einem Klepper in so
einem karussellartigen Ding, hinten Kinder, vorn Kinder,
überall Kinder, billiges Volk, versteht sich, sitzt sie auf dem
Klepper, wartet geduldig bis die Glocke scheppert, und die
windigen Gäule trotten rundum, und die Drehorgel leiert,
und sie sitzt auf dem Pferd und denkt, sie reitet durch die
masurischen Wälder.

PROFESSOR: Hm.

BARON: Und denkt, sie reitet durch die masurischen Wälder!

PROFESSOR: Irgendwie erschütternd ist das aber schon auch.

BARON: So, so, erschütternd.

PROFESSOR: Irgendwie erschütternd.

BARON: Also so einen wie Sie kann es möglicherweise erschüt-
tern. Ich finde es lächerlich. Wissen Sie, was mich erschüttert?
Mich erschüttert, daß dieses Ungeziefer da drüben hin und
her trampelt, mir nach dem Leben trachtet, und Ihnen fällt
nichts ein, was man dagegen tun könnte.

PROFESSOR: Hin und her trampeln tut's nicht mehr, haben Sie
gesagt.

BARON: Aber es wächst, und sprengt demnächst das Haus,
wahrscheinlich während ich im Bett liege, und die Wand fällt
über mich und erdrückt mich, noch bevor ich richtig wach
bin. Das erschüttert mich.

PROFESSOR: Vielleicht gibt es irgendeine Möglichkeit, das Ungeziefer zu verkaufen. Und damit Ihre Frau nicht schimpft,
kaufen Sie ihr ein Pferd von dem Erlös.

BARON: Ich glaube, Sie merken langsam selber, wie maßlos
albern Ihre Vorschläge sind.

Der Professor macht ein betretenes Gesicht.

BARON: Und es frißt, sage ich Ihnen! Es frißt uns noch die
Haare vom Kopf.

PROFESSOR *zögernd:* Vielleicht ... frißt es eines Tages ... –

BARON: – die Baronin? Würden Sie die Baronin fressen? Dieses
Geripe?

PROFESSOR: Aber lieber Baron, ich bin doch kein Kannibale.

BARON: Sie könnten mir vielleicht den Gefallen tun und sich
einen Augenblick, nur einen einzigen Augenblick, in die Lage
eines Kannibalen versetzen. Aber nicht einmal dazu sind Sie
bereit. Ich als Kannibale würde die Baronin nicht fressen.

IV

Einige Zeit später. Die Baronin allein. Sie spielt Klavier: Liszt
›Année de pélerinage‹. Es läutet. Die Baronin hört auf zu spie-
len, geht zur Tür, macht auf. Der Professor steht vor der Tür.

PROFESSOR: Oh – oh – ich – ich –

BARONIN: Der liebe Professor, treten Sie ein, sehe ich aus wie
  ein Gespenst – oh – sollte ich nicht richtig frisiert sein?

PROFESSOR: Nein, nein, im Gegenteil – ich – ich –

BARONIN: Aber warum kommen Sie denn nicht herein? Wenn
  Sie noch lange unter der Tür stehenbleiben, werden wir beide
  noch eine Lungenentzündung bekommen.

PROFESSOR: Sehr wohl, wenn Sie gestatten. Erlauben Sie, Verzeihung –

Der Professor tritt ein, die Baronin schließt die Tür.

BARONIN: Stellen Sie Ihre Galoschen hierher, aber vielleicht
  achten Sie darauf, daß nicht wieder alles naß wird.

PROFESSOR: Sollte ich, Frau Baronin, so unglücklich gewesen
  sein –

BARONIN: Wenn Sie Ihre Galoschen auf dieses kleine Blech
  unter der Konsole stellen, kann überhaupt nichts passieren.

PROFESSOR: Ich hoffe –

BARONIN: Und den Schirm geben Sie her, den hänge ich über
  die Badewanne. *Die Baronin öffnet hinten eine Tür, schließt*
  sie nicht mehr. Man sieht so ins Badezimmer. Die Baronin
  spannt den Schirm über der Badewanne auf. Da macht er
  erstens nichts naß und zweitens, wenn man ihn aufspannt,
  trocknet er. Wenn Sie wieder gehen – aber ich hoffe doch, Sie
  bleiben ein Weilchen –, aber wenn Sie dann wieder gehen,
  haben Sie einen trockenen Schirm. Ein scheußliches Wetter,
  nicht? schon seit Tagen.

PROFESSOR: Ja – November. Aber genau genommen: eigentlich, wenn ich mir erlauben darf, das zu sagen, hilft es gar
  nichts, wenn der Schirm trocken ist, weil er ja wieder naß
  wird. Er soll ja sogar naß werden. *Lacht – hüstelt.* Verzeihung, eine kleine Schelmerei von mir. Eine sozusagen logisti-
  sche Spielerei.

BARONIN *ernst:* Ein trockener Schirm ist besser als ein nasser.
  Trocken ist jedenfalls besser als naß.

PROFESSOR: Naja, nicht immer, wenn ich da –

BARONIN: Trocken ist besser als naß.

PROFESSOR: Ja, ja, in gewissem Sinn, gewiß, gewiß.

BARONIN: Und dann krempeln Sie sich bitte ein wenig Ihre
Hosen – es ist ja wirklich ein schandbares Wetter – krempeln
Sie sich die Hosen –

PROFESSOR: Die Hosen krempeln?

BARONIN: Ja, was denn sonst? Ihre Hosen sind ja naß bis zum
Knie hinauf. Ist kein Wunder bei dem Wetter, aber wenn Sie
mit diesen klatschnassen Hosen über das Parkett gehen – oder
wollen Sie sie gleich ausziehen, und wir hängen sie zum
Schirm ins Bad?

PROFESSOR: Aber Frau Baronin!

BARONIN: Machen Sie sich nicht lächerlich. Ich bin eine alte
Frau, und außerdem war ich in zwei Weltkriegen Kranken-
schwester, da habe ich ganz andere Dinge gesehen, ganz andere Dinge –

PROFESSOR: Ach nein, ich denke, es genügt, wenn ich die Hosen hinaufkremple.

BARONIN: Dinge habe ich da gesehen, ach, ich könnte Ihnen
erzählen, erzählen könnte ich Ihnen, aber Sie würden ja nicht
zuhören. Dinge habe ich gesehen, da könnte ich einen ganzen
Roman schreiben. So – na, also. Aber zwei verschiedene Sok-
kenhalter haben Sie an.

PROFESSOR: Oh!

BARONIN: Macht nichts. Schließlich sind Sie ja Professor. Für
irgendwas müssen Sie doch Professor sein. Professoren sind
doch berühmt dafür, daß sie immer alles verwechseln oder
zwei Hüte aufsetzen oder sowas.

PROFESSOR: Tatsächlich. Einen blauen und einen grauen.

BARONIN: Sie sind mir schon einer! Wo es kaum noch Männer
gibt, die überhaupt Sockenhalter anhaben, da haben Sie gleich
zwei verschiedene an! Jetzt kommen Sie aber. Ihre Jacke ist
hoffentlich trocken?

PROFESSOR: Ja, ja. Staubtrocken.

BARONIN: Sonst hänge ich sie gern ins Bad. Zwei verschiedene Hosenträger werden Sie ja wohl nicht anhaben? *Lacht.*
Professor lacht verlegen mit. So, und jetzt setzen Sie sich
her.

PROFESSOR: Danke, Frau Baronin.

Pause

BARONIN: Ein scheußliches Wetter.

PROFESSOR: Ja. Ja, Sie sagen es. Genau.

BARONIN: Da vergehen einem Hund die Flöhe, sagt man bei
uns daheim.

PROFESSOR: Wie bitte?

BARONIN: Bei uns daheim sagt man: Da vergehen einem Hund die Flöhe, wenn es so regnet, sagt man bei uns daheim.

PROFESSOR: Ah – ja. Aha. Ja, also bei uns sagt man: es regnet Schusterbuben.

BARONIN: Das sagt man bei uns daheim nicht. Jedenfalls hat man es nicht gesagt, damals. Wie es jetzt dort ist, weiß ja kein Mensch. Dort sind Polen, jetzt, müssen Sie wissen.

PROFESSOR: Aber eigentlich – warum sollen einem Hund die Flöhe vergehen, wenn es regnet?

BARONIN: Das weiß ich auch nicht, man sagt das eben so.

PROFESSOR: Eigentlich hat das aber keinen Sinn.

BARONIN: Wieso nicht?

PROFESSOR: Naja, weil, warum sollen einem Hund die Flöhe vergehen, wenn es regnet? Ein Hund behält die Flöhe, ob es regnet oder ob die Sonne scheint.

BARONIN: Man sagt es nur, wenn es sehr stark regnet, so wie heute.

PROFESSOR: Auch wenn es sehr –

BARONIN: Das mit den Schusterbuben ist auch unlogisch.

PROFESSOR: Womit? Ach so – ja, ja, da haben Sie wieder recht.

Pause

PROFESSOR: Ich habe vorhin, bevor ich geläutet habe, Musik gehört. Ich hoffe, daß ich nicht so unglücklich war, Sie im Spiel zu stören?

BARONIN: Ach, woher. Nicht der Rede wert.

PROFESSOR: Ich hätte sonst nicht gewagt, zu läuten. Aber, ehrlich gesagt: ich habe angenommen, das Klavierspiel käme aus einer anderen Wohnung, denn der Herr Baron kann ja gar nicht Klavier spielen, und Sie, Frau Baronin, habe ich gedacht, seien beim – seien – seien ausgeritten.

BARONIN: Was?

PROFESSOR: Ausgeritten.

BARONIN: Wie kommen Sie darauf, daß ich ausgeritten sein könnte?

PROFESSOR: Ja, ich dachte –

BARONIN: So ein Blödsinn. Haben Sie mich jemals ausreiten sehen?

PROFESSOR: Nein, aber ich –

BARONIN: Wo sollten wir ein Pferd halten, hier, in diesen beengten Verhältnissen!

PROFESSOR: Schon, nur hat der Herr Baron –

BARONIN: Ich habe seit Jahren überhaupt kein Pferd mehr gesehen! In meiner Jugend, ja, da bin ich geritten. Wie eine Amazone. Aber jetzt! Wenn Sie mich fragen, wie ein Pferd aussieht, so könnte ich nur noch sagen: es hat vier Beine, mehr weiß ich nicht mehr, so lang ist das alles her –

PROFESSOR: Aber der Herr Baron –

BARONIN: So ein Blödsinn.

PROFESSOR: Verzeihung, das muß ich wohl dann mißverstanden haben.

BARONIN: So ein Blödsinn.

PROFESSOR: Ich habe Sie also nicht unterbrochen – das heißt, unterbrochen habe ich Sie schon, aber es hat Sie nicht gestört, um genau zu sein. Was war das Schönes, was Sie da gespielt haben?

BARONIN: Da muß ich nachschauen. Nein, behalten Sie Platz – *sie geht ins andere Zimmer; aus der Ferne:* Nein, bitte behalten Sie Platz –

PROFESSOR: Verzeihung.

BARONIN *aus dem anderen Zimmer:* – Ihre Jacke ist womöglich doch naß. *Sie kommt wieder.* Liszt.

PROFESSOR: Ah.

BARONIN: Franz Liszt. ›Année de pélérinage‹. Geschrieben 1848 bis 1853.

PROFESSOR: 1848 bis 1853?

BARONIN: Ja.

PROFESSOR: Hm. Wie die Zeit vergeht.

BARONIN: Ich bin Schülerin von Liszt.

PROFESSOR: Aber das ist doch gar nicht möglich!

BARONIN: Wieso? Liszt hat in unserem Haus verkehrt.

PROFESSOR: Ich bitte Sie, Frau Baronin, Liszt ist 1886 gestorben, ungefähr –

BARONIN: Was reden Sie denn. Wie kann denn Franz Liszt 1886 gestorben sein, wenn er bei uns im Haus verkehrt hat. Ach, wie oft war der bei uns. Alt war er, sehr alt, das schon, aber nicht tot. Sie müssen einen anderen Franz Liszt meinen, vielleicht den Vater.

PROFESSOR: Also, ich glaube, da irren Sie sich –

BARONIN: Wenn ich Ihnen sage, ich sehe ihn noch vor mir, ach, ein herrlicher Mann. Nur schade, daß er so geschielt hat. Mit einem purpurnen Radmantel ist er immer gekommen, den hat er so aufgeschlagen, so schwungvoll, und dann hat er sich ans

Klavier gesetzt, und hat – gespielt kann man gar nicht sagen, er hat uns förmlich verzaubert.

PROFESSOR: Ich meine aber immer noch –

BARONIN: Und eine Ausstrahlung hat er gehabt, obwohl er geschielt hat. Kind, hat er zu mir gesagt, zum Beispiel, bringen Sie mir ein Glas Portwein. Ach, Sie können sich das gar nicht vorstellen. Und erst Gerhart Hauptmann. Ein ungeheurer Mann.

PROFESSOR: Gerhart Hauptmann, das geht schon eher –

BARONIN: Oft sind sie gleichzeitig gekommen. Und dann haben sie vierhändig gespielt. Obwohl auch Gerhart Hauptmann geschielt hat – haben Sie übrigens Hugo von Hofmannsthal gekannt? Nein? Ein faszinierender Mann. Ach, wenn ich Ihnen sage – zum siebzigsten Geburtstag meines Vaters – *kichert* – wir hatten natürlich schon am Vortag gefeiert, und es ist etwas spät geworden. Das war in Paris, in unserer Stadtwohnung. Und ich war als einzige auf, als um halb neun Uhr, stellen Sie sich vor, um halb neun Uhr, Hugo von Hofmannsthal läutet. Ich war als einzige schon wach, aber ich war – *kichert* – quasi noch nicht ganz angekleidet. Ich war im Negligé. Also, um ganz ehrlich zu sein, ich war noch nicht einmal im Negligé – *kichert* – naja, ich war ein junges, unbekümmertes Ding – ein knuspriges Ding, glauben Sie mir. Naja, was soll ich Ihnen sagen: ich habe einen hauchdünnen Morgenmantel übergeworfen. Ein Spinnennetz ist eine Roßdecke dagegen, das erste, was ich eben nur so gegriffen habe, und mache auf, und da steht Hugo von Hofmannsthal. Aber Hofmannsthal konnten Sie mit so etwas nicht erschrecken. Nicht mit so etwas. Der hat getan, als sähe er gar nichts. Hat seinen Zylinder neben den Stuhl gesetzt, seine Handschuhe hineingelegt und sich eine Zigarette angezündet. Ein Mann von Welt.

PROFESSOR: Und ist Ihr Herr Vater dann aufgestanden?

BARONIN: Ich bitte Sie. Selbstverständlich. Wenn Hofmannsthal kommt! Außerdem, irgendwann einmal hat er ja aufstehen müssen, auch wenn sein Geburtstag war. Und es war ja immerhin schon halb neun Uhr. Er hat ihn in seinem Kater übrigens verwechselt, hat immer Herr von Liliencron zu ihm gesagt. Aber Hofmannsthal hat das glatt überhört. Er hatte übrigens nie Geld, Hofmannsthal –

PROFESSOR: Ach –

BARONIN: Nie. Ich habe ihn oft sagen gehört: Wenn nur nicht

dieser Schönfeld, oder Schönburg oder wie er heißt, meine Opern komponieren würde, sondern Franz Lehár oder wenigstens Leo Fall. Wer hört schon eine Oper von Schönburg an. Naja, später hat dann mein Vater die Verbindung mit Leo Fall zuwege gebracht, und Leo Fall hat ja dann, wie Sie wissen, dieses hübsche Stück von Hofmannsthal vertont –

PROFESSOR: Leo Fall einen Text von Hofmannsthal?!

BARONIN: ›Das weiße Rössl‹. Kennen Sie das nicht?

PROFESSOR: Ist ›Das weiße Rössl‹ von Leo Fall?

BARONIN: Selbstverständlich. Danach, wie das so ein Erfolg war, ist es dem armen Hofmannsthal finanziell etwas besser gegangen. Wir waren eine sehr musikalische Familie. Und dann habe ich leider diesen Banausen geheiratet.

PROFESSOR: Frau Baronin?

BARONIN: Ja?

PROFESSOR: Ich hätte eine Frage.

BARONIN: Ja?

PROFESSOR: Erlauben Sie, daß ich mir die Hosen wieder herunterkremple?

BARONIN: Oder, wenn Sie schon Hofmannsthal nicht gekannt haben, haben Sie wenigstens den Konsistorialrat Neuwenbühl gekannt?

PROFESSOR: Nein.

BARONIN: Mit Neuwenbühl war ich einmal in Bordighera. Ich nehme an, Sie wissen selbstverständlich, wo Bordighera ist. Ja. Meine Eltern durften natürlich nichts wissen. Also, daß ich in Bordighera war, das durfte niemand wissen. Neuwenbühl hatte einen Ruf, sage ich Ihnen, einen Ruf, obwohl er Konsistorialrat war, einen Ruf zum Fürchten. Und er hatte die Perlenkette dabei, rosa Perlen, die, kommen Sie näher her, ich kann das heute noch nicht laut sagen, mein Mann hat sein Leben lang nie etwas davon erfahren, die Perlenkette, die Marie Antoinette auf dem Schaffott getragen hat. Woher Neuwenbühl die Perlenkette hatte? Weiß der Teufel. Ich nehme an, er war der Beichtvater von irgendeinem Erzherzog oder so etwas –

PROFESSOR: Wenn er Konsistorialrat war, dann war er aber doch Protestant, und ein Protestant kann doch nicht Beichtvater –

BARONIN: Oder so etwas Ähnliches, sage ich Ihnen doch – und dieser Erzherzog hatte dem Neuwenbühl diese Perlenkette geliehen, kann auch sein verpfändet oder weiß ich was, jeden-

falls hatte Neuwenbühl diese Perlenkette bei sich: Das, mein
Kind, hat Neuwenbühl zu mir gesagt, ist die Perlenkette, die
die Königin Marie Antoinette getragen hat, als sie das Scha-
fott besteigen mußte. Aber er hat sie mir nur gezeigt. Ich
durfte sie nicht einmal anfassen. Und dann mußte Neuwenbühl – Sie erzählen es niemand weiter?

PROFESSOR: Wo denken Sie hin, Frau Baronin!

BARONIN: Mußte Neuwenbühl austreten. Ich springe aus dem
Bett, nackt wie ich war – Sie erzählen es niemand weiter?

PROFESSOR: Keine Silbe –

BARONIN: Splitternackt, stellen Sie sich vor, ich war natürlich
noch ein blutjunges Ding, rase zum Nachtschränkchen, hole
die Perlen heraus – ich konnte nicht anders, legte sie mir um
den Hals und trete vor den Spiegel –

PROFESSOR: Alles in Bordighera?

BARONIN: Selbstverständlich. Und dann klopft es. Ich – ich
muß Ihnen sagen: ich denke überhaupt nicht daran, daß ich
da sozusagen splitternackt vor dem Spiegel stehe, nur die
Perlenkette der Marie Antoinette am Hals, ganz in mein Spie-
gelbild versunken, ich sage, stellen Sie sich vor: Herein. Und
herein kommt der Hotelpage. Aber so Leute wie Hotelpagen
haben oft ein erstaunliches Gespür für solche Situationen.
Wissen Sie, was der Page tut? Er kniet vor mir nieder und
sagt: Meine Fürstin. Er muß irgendwie ergriffen gewesen
sein.

PROFESSOR: Und dann kam Neuwenbühl zurück?

BARONIN: Sie können sich gar nicht vorstellen, was der für ein
Geschrei gemacht hat: Entweihung! hat er geschrien und der-
gleichen. Halten Sie sich zurück, habe ich gesagt, in Ihren
Äußerungen, denken Sie daran, daß Sie Konsistorialrat sind. –
Was machen Sie denn da?

PROFESSOR: Ich kremple mir die Hosen wieder herunter, wenn
Sie erlauben.

BARONIN: Sind sie trocken?

PROFESSOR: Ja, völlig.

BARONIN: Ja, also dann Adieu.

Sie stehen auf.

BARONIN: Und grüßen Sie mir den Baron recht herzlich, wenn
Sie ihn sehen.

PROFESSOR: Wie bitte? Ich soll den Baron grüßen?

BARONIN: Wenn Sie ihn sehen, meine ich.

PROFESSOR: Verzeihung, welchen Baron?

BARONIN: Welchen Baron! Meinen Mann, natürlich.

PROFESSOR: Ich verstehe jetzt nicht ganz. Ich hatte erwartet, den Herrn Baron hier zu treffen.

BARONIN: Also, dann grüßen Sie ihn nicht, wenn Sie nicht wollen.

PROFESSOR: Doch schon, aber –

BARONIN: Entweder grüßen Sie ihn oder Sie grüßen ihn nicht, im Grunde genommen ist es mir gleichgültig.

PROFESSOR: Ich – nur – ich wollte –

BARONIN: Was ist denn, heraus mit der Sprache?

PROFESSOR: – wie – wie geht es Musil?

BARONIN: Musil? Ach, Musil. Ja, gut, danke. Sie schrumpft.

PROFESSOR: Oh – ah – sie schrumpft. Das ist aber eine unerwartete Wendung.

BARONIN: Was heißt unerwartete Wendung. So unerwartet auch wieder nicht. Schließlich war sie so groß wie das ganze Zimmer. Wachsen konnte sie nicht mehr. Also blieb ihr doch wohl nicht viel anderes übrig, als zu schrumpfen. Ist ja nicht ganz unlogisch, oder?

PROFESSOR: In der Tat. Nicht ganz unlogisch.

BARONIN: Haben Sie Ihre Hosenbeine wieder heruntergekrempelt? Dann darf ich Sie hinausbegleiten.

Sie gehen hinaus.

PROFESSOR: Zu gütig. Und wenn ich dann um meinen Schirm bitten dürfte, den Sie so freundlich waren ins Bad zu hängen.

BARONIN: Ach ja – *sie geht ins Bad.*

PROFESSOR: Einstweilen ziehe ich meine Galoschen an.

V

Einige Zeit später. Tiefer Winter. Die Baronin schließt die Tür auf und läßt den Professor herein.

BARONIN: Lieber Professor, schön, daß Sie wieder einmal kommen. Wie sehen Sie denn aus?

PROFESSOR: Das ist nur Schnee, nur Schnee.

BARONIN: Aber Sie sind ja klatschnaß.

PROFESSOR: Ja – leider. Ein Mißgeschick. Darf ich kurz eintreten?

BARONIN: Ja – aber – Vorsicht – Sie machen ja alles naß. *Der Professor kommt herein. Die Baronin schließt die Tür.* Am besten – nein, ausziehen können Sie sich nicht gut, außerdem

nehme ich an, daß auch Ihre Unterkleidung durchnäßt ist, so
wie Sie ausschauen. Wie ist denn das passiert? Ins Wohnzimmer kann ich Sie ja gar nicht hineinlassen –

PROFESSOR: Ich bin mit dem Fahrrad gefahren –

BARONIN: Am besten ist es, Sie setzen sich in die Badewanne. In
die leere Badewanne, meine ich, natürlich. Da läuft dann
gleich ab, was von Ihnen abtropft. Aber vorsichtig, wenn Sie
da durchgehen.

PROFESSOR: Ich danke Ihnen sehr herzlich, Frau Baronin –

BARONIN: Wie kann man denn nur so naß werden?

PROFESSOR: Es ist wegen der Brille –

BARONIN: Vorsicht – bleiben Sie auf dem Teppich, nicht aufs
Parkett. *Die Baronin führt den Professor ins Badezimmer, wo
er in die Wanne steigt. Die Baronin geht ins Wohnzimmer
zurück, die Tür zum Badezimmer bleibt offen.* Wenn ich die
Türe offen lasse, können wir uns trotzdem unterhalten.

PROFESSOR: Ich glaube, meine Schuhe ziehe ich besser aus.

BARONIN: Ja. Stellen Sie Ihre Schuhe ins Waschbecken. Die sind
ja wahrscheinlich am nassesten.

PROFESSOR: Nein, nein. Es ist alles gleich naß.

BARONIN: Wie kann denn nur so etwas passieren?

PROFESSOR: Ich bin Ihnen sehr dankbar. Ich müßte sonst mit
einer Lungenentzündung rechnen. Damit ist in meinem Alter
nicht zu spaßen.

BARONIN: Mit einer Lungenentzündung ist nie zu spaßen – Ich
hoffe, es stört Sie nicht, wenn ich weiterhäkle?

PROFESSOR: Nicht im mindesten. Es war förmlich Glück im
Unglück, daß das gerade sozusagen vor Ihrem Haus passiert
ist. Fünf Minuten so naß in dieser Kälte – es wäre eine Kata-
strophe gewesen.

BARONIN: Dann wollten Sie mich eigentlich gar nicht besuchen?

PROFESSOR: Doch, das heißt, ich war auf dem Weg –

BARONIN: Sie sind also nur gekommen um sich aufzuwärmen?

PROFESSOR: Nicht direkt. Ich habe schon mit dem Gedanken
gespielt, Sie heute zu besuchen –

BARONIN: Ach so.

PROFESSOR: Ich spiele jedes Mal mit dem Gedanken Sie zu
besuchen, wenn ich hier in diese Gegend komme –

BARONIN: Haben Sie die Schuhe ausgezogen?

PROFESSOR: Ja. Und ins Waschbecken getan. Hoffentlich
schrumpfen sie nicht.

BARONIN: Wie kann ein Mensch nur so naß werden? Um ehrlich zu sein: ich habe bisher in meinem Leben keinen Menschen gesehen, der auch nur annähernd so naß war wie Sie.

PROFESSOR: Ich bin mit dem Rad gefahren –

BARONIN: Ich bin auch schon mit dem Rad gefahren, aber so naß geworden bin ich nicht.

PROFESSOR: Nein, es war nicht wegen des Radfahrens allein – meine Lesebrille ist mir aus der kleinen Seitentasche hier oben, hier oben am Sakko, herausgerutscht. Beim Radfahren brauche ich ja keine Lesebrille.

BARONIN: Wie kann man denn Radfahren, wenn es so schneit.

PROFESSOR: Wie ich weggefahren bin, hat es noch nicht geschneit.

BARONIN: Naja. Ist ja schließlich Ihre Sache. Aber ich verstehe immer noch nicht –

PROFESSOR: Ich muß irgendwie zu schwungvoll in die Kurve gefahren sein, möglicherweise ist die Brille auch schon vorher ein wenig herausgerutscht – ich nehme sogar an, daß die Brille vorher schon ganz aus der Tasche gerutscht und zwischen Sakko und Mantel steckengeblieben ist, lose steckengeblieben, ohne daß ich das gemerkt habe –

BARONIN: Aber Sie haben Ihre Brille jetzt wieder.

PROFESSOR: Ja. Sonst wäre ich ja nicht so naß.

BARONIN: Ich sehe immer noch keinen Zusammenhang.

PROFESSOR: Wie ich, wie gesagt, offenbar etwas zu schwungvoll um die Kurve gefahren bin, hier unten vor Ihrem Haus, ist die Brille in hohem Bogen davongeflogen. Ich habe es sofort gemerkt, zum Glück – das heißt, man kann auch sagen: zu meinem Pech, denn sonst wäre ich jetzt nicht so naß. Ich habe mir sofort, also blitzschnell überlegt: das kann nur meine Brille gewesen sein, was da davongeflogen ist, habe gebremst und bin umgekehrt.

BARONIN: Aber auch davon wird man doch nicht so naß.

PROFESSOR: Unglücklicherweise ist die Brille die Böschung hinuntergefallen oder, besser, – geflogen.

BARONIN: Welche Böschung?

PROFESSOR: Die Böschung vom Mühlbach.

BARONIN: Hier? von unserem Mühlbach?

PROFESSOR: Ja. Ich sagte ja: es ist alles quasi direkt vor Ihrem Haus passiert.

BARONIN: Und dann ist die Brille in den Mühlbach gerutscht.

PROFESSOR: Nein. Da wäre ja nur die Brille naß geworden, nicht ich. Ich habe –

BARONIN: Natürlich wären Sie auch naß geworden, wenn die Brille in den Mühlbach gerutscht wäre, nachher nämlich, wenn Sie sie herausgeholt hätten.

PROFESSOR: Wenn die Brille in den Mühlbach gerutscht wäre, wäre ich nicht naß geworden, weil ich sie dann gar nicht mehr groß suchen hätte brauchen, weil ich die Brille, noch dazu ohne Brille, in dem Mühlbach nie mehr gefunden hätte. Die wäre ja sofort im Schlamm versunken. Nein, nein, die Brille ist schon auf der Böschung, also am Ufer liegengeblieben. Ich habe sie da liegen gesehen, und habe mich gebückt – also, ich muß voranschicken: ich wollte das Fahrrad nicht loslassen –

BARONIN: Wer soll denn das Fahrrad stehlen in den paar Sekunden!

PROFESSOR: Nicht deswegen. Ich wollte das Fahrrad nicht in den Schnee legen, damit es nicht voll Schnee wird und ganz naß.

BARONIN: Und dann sind Sie naß geworden. Da wäre doch besser gewesen –

PROFESSOR: Natürlich. Aber das habe ich vorher nicht gewußt. Ich habe mich mit dem Fahrrad nach der Brille gebückt –

BARONIN: Und sind in den Bach gefallen.

PROFESSOR: Ja.

BARONIN: In Ihrem Alter darf man eben so Kunststücke nicht mehr machen.

PROFESSOR: Wem sagen Sie das.

BARONIN: Sie hätten ja ertrinken können.

PROFESSOR: Nein, nein. So tief ist der Bach nicht.

BARONIN: Warum sind Sie dann bis über den Kopf naß geworden?

PROFESSOR: Ich bin flach hineingefallen, also gerollt, schräg flach gerollt, der Länge nach. Und stellen Sie sich vor, die Geistesgegenwart: im Hineinfallen – ich habe ja immer noch das Fahrrad festgehalten – mein Hut ist natürlich vom Kopf gerutscht – im Hineinfallen schnappe ich mit der freien Hand nach dem Hut, sonst wäre er fortgerissen worden von der Strömung.

BARONIN: Und die Brille?

PROFESSOR: Die Brille war ja noch am Ufer gelegen. Die habe ich ja nicht erwischt, sonst hätte ich ja nicht das Übergewicht bekommen.

BARONIN: Mein inzwischen verstorbener Bruder, der Baron von Loibersdorff, ist auch einmal ins Wasser gefallen, allerdings nicht mit dem Fahrrad, sondern mit dem Pferd.

PROFESSOR: Auch im Winter?

BARONIN: Nein, im Sommer.

PROFESSOR: Dann war's ja nicht so schlimm.

BARONIN: Schlimm genug. Ins Wasser fallen ist nie angenehm. Auch im Sommer nicht. – Wie steht es jetzt mit Ihnen? Sind Sie trocken?

PROFESSOR: Ich fürchte, nein. Obwohl: es tropft nichts mehr.

BARONIN: Bleiben Sie ruhig in der Badewanne. Sie können drin bleiben, bis Sie ganz trocken sind.

PROFESSOR: Hoffentlich schrumpfen die Schuhe nicht.

BARONIN: Haben Sie die Schuhe ins Waschbecken getan?

PROFESSOR: Ja. – Ich glaube, ich würde schneller trocken, wenn ich den Mantel ausziehen dürfte.

BARONIN: Dann ziehen Sie ihn doch aus. Aber behalten Sie ihn in der Badewanne.

PROFESSOR *zieht den Mantel aus, wringt ihn aus:* Das dicke Futter hat so viel Wasser aufgesogen.

BARONIN: Wringen Sie ihn aus.

PROFESSOR: Das mache ich eben. O du meine Güte. Das Manuskript.

BARONIN: Was für ein Manuskript?

PROFESSOR: Mein Manuskript. ›Die pädagogische Urschuld‹.

BARONIN: Naß?

PROFESSOR: Oje, oje – das hat sich ja praktisch mit dem Futter verfilzt.

BARONIN: Hatten Sie es in der Tasche?

PROFESSOR: Ja. In der Innentasche. Ich habe es immer bei mir. Naja, macht nichts.

BARONIN: Wenn es in der Innentasche war, und das Futter hat so viel Wasser aufgesogen, muß es ja naß geworden sein.

PROFESSOR: Da muß noch irgend etwas anderes in der Innentasche gewesen sein. Das ist ja völlig verklebt. Da muß irgend etwas Klebriges in der Innentasche gewesen sein. Weiß der Kuckuck, was das war.

BARONIN: Aber daß Sie mir in der Badewanne bleiben!

PROFESSOR: Ja, ja – ich wringe ja nur den Mantel aus. Das ist ja eine einzige klebrige Masse in der Innentasche.

BARONIN: Was ist das, die »pädagogische Unschuld«?

PROFESSOR: Nicht Unschuld, Urschuld. ›Die pädagogische

Urschuld‹. Mein Hauptwerk. Soll mein Hauptwerk werden.

BARONIN: Dann ist es ja ziemlich leichtsinnig, wenn Sie das immer mit sich herumschleppen, noch dazu, wenn Sie solche Eskapaden machen.

PROFESSOR: Nein, macht nichts. Es war ja nur ein Blatt. Das habe ich vollständig im Kopf.

BARONIN: Nur ein Blatt?

PROFESSOR: Das ist es ja eben.

BARONIN: Was eben?

PROFESSOR: Drum wird es nie fertig.

BARONIN: Sie sprechen schon wieder in Rätseln.

PROFESSOR: So. Jetzt setze ich mich auf den Mantel. Durch den Druck wird er vielleicht schneller trocken.

BARONIN: Ich würde ihn quasi zu einem Kissen zusammenrollen.

PROFESSOR: Das ist eine sehr gute Idee.

BARONIN: Aber daß Sie mir in der Wanne bleiben!

PROFESSOR: Keine Angst, Frau Baronin.

BARONIN: Und weswegen ist jetzt Ihre »pädagogische Unschuld« nicht fertig?

PROFESSOR: Urschuld, nicht Unschuld. Fertig ist sie schon, aber auch wieder nicht, genau genommen: zu schnell fertig. Sehen Sie – ich bin da einmal auf der Straße gegangen, das war schon vor Jahren, vor vielen Jahren. Es war spät abends. Ich gehe also auf der Straße, und plötzlich kommen mir vier junge Leute entgegen, können auch fünf gewesen sein. Erstens haben sie gegrölt –

BARONIN: Die werden betrunken gewesen sein.

PROFESSOR: Selbstverständlich waren sie betrunken. Daß sie gegrölt haben, war noch nicht das Entscheidende. Sie haben aber auch die ganze Breite des Trottoirs eingenommen und waren nicht bereit, mir auch nur ein wenig Platz zu machen. Nicht, daß ich übertriebenen Respekt vor der Wissenschaft fordere, nein, nur den Respekt vor dem Menschen, der sozusagen in mir auch für einen Betrunkenen zu erblicken ist. Nichts davon. Die vier oder fünf Burschen sind grölend auf mich zugekommen, und einer hat geschrien: Aus der Bahn, Opa! Gut – ich mußte auf die Straße hinuntertreten – wäre ja nicht der Rede wert.

BARONIN: Der Klügere gibt nach.

PROFESSOR: Eben. Aber, wie ich hinter den Burschen, die fortgrölen, ohne mich übrigens weiter zu beachten, wieder von der Straße aufs Trottoir herauftrete, denke ich: warum tun die das? Warum sind das solche Flegel?

BARONIN: Erziehung.

PROFESSOR: Eben. Vielmehr: mangelnde Erziehung, genau genommen. Und warum fehlt es ihnen an Erziehung? Weil ihre Eltern nicht in der Lage waren, sie zu erziehen. Und warum waren ihre Eltern nicht in der Lage sie zu erziehen? – Sie sehen, Frau Baronin, das Ganze ist in eine Art platonischen Dialog gekleidet – warum also? Weil die Eltern nicht dazu erzogen worden sind, zu erziehen, und so fort über Großeltern, Urgroßeltern, Urahnen ... irgendwann einmal hat irgend jemand, wahrscheinlich das Urelternpaar, den Fehler gemacht und hat die Erziehung zur Erziehung vernachlässigt, und jetzt haben wir den Salat. Und den Fehler dieser Ureltern nenne ich die »pädagogische Urschuld«. Den Begriff habe ich erfunden.

BARONIN: Ach, drum Urschuld und nicht Unschuld. Aber warum wird das Werk nicht fertig?

PROFESSOR: Fertig schon, aber zu kurz. Das, was ich Ihnen erzählt habe, ist alles. Das sind, wenn es hochkommt, fünfundzwanzig Zeilen, wobei ich die Vorgeschichte schon hinzuzähle. Ich zerbreche mir seit Jahren den Kopf, wie man das umfangreicher darlegen könnte, aber bis jetzt ist mir noch nichts eingefallen. Ich kann doch nicht ein philosophisches Hauptwerk von nur fünfundzwanzig Zeilen schreiben.

BARONIN: Im Grunde genommen verstehe ich nichts von solchen Dingen.

PROFESSOR: Das ist doch ganz einfach: warum benehmen sich die Leute –

BARONIN: Nein, das habe ich schon verstanden. Nur von der Philosophie überhaupt verstehe ich nichts, also wie dick philosophische Bücher sein müssen –

PROFESSOR: Sehr dick. Glauben Sie mir, ich verstehe was davon.

BARONIN: So. Ja. Dann wird es wohl stimmen –

PROFESSOR: Und zwar deswegen, weil sie niemand liest. Philosophische Bücher werden nicht gelesen, sie sind da. Sie gibt es. Aber man liest sie nicht. Man weiß schon ungefähr, was drin steht, weil irgendwann einmal irgend jemand das Buch gelesen hat, und der hat es dann seinen Schülern weitererzählt, und so weiter, oder der Philosoph selber hat es erzählt –

BARONIN: Dann steht ja womöglich in dem Buch ganz was anderes drin als alle meinen?

PROFESSOR: Das kommt sehr häufig vor. Und drum, sehen Sie, muß ein philosophisches Buch dick sein. Es ist so wie in der Trambahn, wenn sie voll ist. Ein dicker Mensch fällt da mehr auf. Nur ein dicker Mensch wird im Gedränge ernst genommen. Und auf dem philosophischen Buchgebiet, sage ich Ihnen, drängt man sich viel mehr als in der Trambahn.

BARONIN: Dann brauchen Sie ja eigentlich nur den Deckel von Ihrem Buch zu schreiben.

PROFESSOR: Nein, das wäre zu gefährlich. Ab und zu, zum Beispiel, wenn er photographiert wird, nimmt ein philosophischer Professor ein Buch in die Hand, und dabei kommt es vor, daß er es aufschlägt, und dann würden die leeren Seiten auffallen.

BARONIN: Dann bräuchten Sie ja bloß irgend etwas hinzuschreiben –

PROFESSOR: Was?

BARONIN: Irgend etwas. Was Ihnen eben einfällt. Daß Sie heute naß geworden sind, zum Beispiel.

PROFESSOR: Das wäre allerdings eine Möglichkeit.

BARONIN: Eben.

PROFESSOR: Obwohl –

BARONIN: Es war nur ein Vorschlag von mir. Wegen mir brauchen Sie es nicht zu machen.

PROFESSOR: Ich glaube –

BARONIN: Was glauben Sie?

PROFESSOR: – daß ich eigentlich wieder aus der Badewanne könnte.

BARONIN: Sind sie trocken?

PROFESSOR: Äußerlich schon. Die Wäsche allerdings – offenbar trockne ich von außen nach innen.

BARONIN: Selbstverständlich. Alles trocknet von außen nach innen.

PROFESSOR: Es ist ein sehr unangenehmes Gefühl – diese nasse oder vielmehr feuchte Unterwäsche –

BARONIN: Sie werden doch wohl hoffentlich jetzt nicht Ihre Unterwäsche wechseln wollen!

PROFESSOR: Ich glaube, Sie gestatten, daß ich aus der Badewanne steige?

BARONIN: Tropfen tun Sie nicht mehr?

Der Professor steigt aus der Badewanne.

BARONIN: Wenn Ihre Schuhe trocken sind, können Sie sich ja den Stuhl, der im Flur steht, hier an die Tür rücken. Ins Wohnzimmer kommen Sie bitte lieber nicht. Wer weiß, ob Sie nicht doch noch tropfen.

Der Professor zieht draußen ächzend seine Schuhe an.

PROFESSOR: Der Satan soll sie holen. Jetzt sind sie doch geschrumpft.

BARONIN: Wer?

PROFESSOR: Die Schuhe. Man hätte sie mit Zeitungspapier ausstopfen müssen.

BARONIN: Wenn Sie mir das früher gesagt hätten, hätte ich sie natürlich mit Zeitungspapier ausgestopft.

PROFESSOR: Jetzt ist es zu spät.

BARONIN: Daran sind Sie aber selber schuld.

PROFESSOR: Wenn sie nur nicht auf der Straße platzen. Bei dem Schnee.

BARONIN: Vielleicht dehnen sie sich wieder aus, wenn Sie damit gehen.

PROFESSOR: Wenn ich aber doch mit dem Fahrrad fahre.

BARONIN: Dann schieben Sie halt das Fahrrad. Sie sind schon ein unglaublich umständlicher Mensch.

PROFESSOR: Frau Baronin?

BARONIN: Ja?

PROFESSOR: Ich hatte tatsächlich vorhin einen Moment lang den Gedanken, ob ich nicht die Unterwäsche wechseln soll.

BARONIN: Haben Sie denn frische Unterwäsche dabei?

PROFESSOR: Nein, natürlich nicht, aber in meiner Not habe ich die Kühnheit Sie zu fragen, ob Sie mir nicht eine Garnitur vom Herrn Baron leihen ... er hat sicher nichts dagegen ... und ungefähr die gleiche Größe ... selbstverständlich würde ich sie gewaschen zurückbringen. –

BARONIN: Von wem?

PROFESSOR: Vom Herrn Baron ...

BARONIN: Von welchem Baron?

PROFESSOR: Ja – natürlich – von Ihrem Herrn Gemahl, vom Herrn Baron, hier ...

BARONIN: Haben Sie denn meinen Mann gekannt?

PROFESSOR: Aber ich bitte Sie, ich weiß nicht – ich war doch – hier – ich war doch –

BARONIN: Sie haben ihn gekannt?

PROFESSOR: Ja, aber selbstverständlich. Ich war doch unzählige Male hier, hier in diesem Zimmer mit Ihrem Mann –

BARONIN: Also, entschuldigen Sie, aber ich fürchte, etwas von dem Wasser ist in Ihren Kopf eingedrungen. Hier wollen Sie meinen Mann besucht haben?

PROFESSOR: Aber! – hundertmal, Frau Baronin.

BARONIN: Sie spinnen. Mein Mann ist seit dreiundvierzig Jahren tot. Also – was Sie alles erzählen. Und bei aller Pietät – 43 Jahre lang Unterhosen von einem verstorbenen Mann aufbewahren! Wer macht denn das! Die hätten, abgesehen davon, längst die Motten gefressen –

PROFESSOR: Ich verstehe nicht –

BARONIN: Ich weiß nicht, was es da groß zu verstehen gibt. Sie werden ja wohl Ihre nasse Unterwäsche anbehalten müssen.

PROFESSOR: Und –

BARONIN: Ja?

PROFESSOR: Musil gibt es auch nicht?

BARONIN: Musil? Nein, wirklich – warum soll es den kleinen Musil nicht geben?

PROFESSOR: Ja – so – Sie sagen: den Musil –

BARONIN: Wie denn sonst? Soll ich von einem männlichen Wesen sagen: sie – oder die Musil?

PROFESSOR: Männlichen Geschlechts also doch?

BARONIN: Also, was Sie heute alles für einen Blödsinn reden. Noch nie war Musil anders als männlichen Geschlechts. Was meinen Sie denn, was ich hier häkle?

PROFESSOR: Ich weiß in der Tat nicht –?

BARONIN: Ein Präservativ, natürlich. Sie werden doch wohl nicht von einer Dame, die immerhin 43 Jahre lang Witwe ist, verlangen, daß sie in die Drogerie geht und Präservative kauft, oder?

PROFESSOR: Ja, aber – wozu braucht Musil –

BARONIN: Also, jetzt hören Sie auf, lieber Professor. Daß Sie sich in meiner Badewanne abtropfen lassen, kann man ja noch verstehen, aber daß ich Sie aufklären soll, können Sie wohl nicht gut verlangen.

PROFESSOR: Nein – ich meine: ja – nur: verwendet denn Musil –

BARONIN: Ob er es verwendet? Er muß. Sonst lasse ich ihn nicht hinaus.

PROFESSOR: Er kann wieder hinaus?

BARONIN: Ja, seit drei Wochen geht er wieder durch die Tür.

PROFESSOR: Sehr erfreulich.

BARONIN: Allerdings.

PROFESSOR: Naja – dann werde ich wohl jetzt gehen. Vielmehr: fahren. Wo ist denn mein Mantel –

BARONIN: Auf dem sind Sie in der Badewanne gesessen.

PROFESSOR: Richtig. – Ach je – es kommt schon immer alles zusammen. Den kann ich ja gar nicht mehr anziehen.

BARONIN: Ist er auch geschrumpft?

PROFESSOR: Nein, aber ich habe ihn doch zusammengerollt.

BARONIN: Dann rollen Sie ihn halt wieder auseinander.

PROFESSOR: Da war doch die klebrige Masse in der Tasche, wo das Manuskript war – jetzt hat die Masse den ganzen Mantel durchtränkt.

BARONIN: Sie sind aber schon sehr ungeschickt –

PROFESSOR: – und hat sich erhärtet. Das ist ja wie ein Stein. Wie eine Rolle aus Stein. Da sieht man ja nicht einmal mehr, daß das einmal ein Mantel war.

Die Baronin steht auf und geht hinaus auf den Flur.

BARONIN: Zeigen Sie her. Das ist tatsächlich hart wie ein Stein. Der Mantel ist hin.

PROFESSOR: Und was mach' ich jetzt?

BARONIN: Sie werden sich einen neuen Mantel kaufen müssen.

PROFESSOR: Ich meine: was mach' ich jetzt? bei dieser Nässe? und dieser Kälte? Inzwischen hat es sicher gefroren – und in dieser feuchten Unterwäsche?

BARONIN: Ich kann Ihnen da auch nicht helfen, lieber Professor. Schließlich sind Sie ins Wasser gefallen und nicht ich.

PROFESSOR: Das ist ja der reinste Selbstmord, wenn ich so hinausgehe. Und womöglich platzen noch die Schuhe.

BARONIN: Darauf kommt's dann auch schon nicht mehr an.

PROFESSOR: Ich komme ja nicht einmal mehr nach Hause. Das ist ja – ich werde – ich werde unterwegs erfrieren.

BARONIN: Wie lange werden Sie mich jetzt noch Ihren ehemaligen Mantel halten lassen?

PROFESSOR: Pardon. *Nimmt den ehemaligen Mantel. Kläglich:* Das überlebe ich nicht. Das kann kein Mensch überleben.

BARONIN: Ja. Zu blöd, daß Ihnen das ausgerechnet im Winter passiert ist.

PROFESSOR: Wenn ich jetzt hinausgehe – dann – dann habe ich keine zehn Minuten mehr zu leben. Noch dazu auf dem Fahrrad! *Der Professor macht die Wohnungstür auf.* Eine eisige Kälte.

BARONIN: Ja. Es hat ziemlich angezogen.

PROFESSOR: So hätte ich mir mein Lebensende nicht vorgestellt.

BARONIN: Man stellt sich wahrscheinlich sein Lebensende immer anders vor, als es dann kommt.

PROFESSOR: Diesen Mantel – oder was davon übrig geblieben ist – der – das brauche ich dann auch nicht mehr. Wenigstens damit möchte ich mich für diese paar Minuten nicht mehr belasten.

BARONIN: Nein, nein. Ich bitte Sie. Was soll denn ich damit. Sie können ihn ja in die Mülltonne werfen. Sie müssen ja ohnedies an den Mülltonnen vorbei.

PROFESSOR: Wenn ich noch soweit komme.

BARONIN: Da, nehmen Sie endlich den Mantel.

PROFESSOR *mit dem säuerlichen Pathos eines unentschlossenen Selbstmörders:* Es ist mir – so merkwürdig – ich glaube, das verstehen Sie schon –

BARONIN: Ich möchte jetzt, bitte, die Tür zumachen, sonst heize ich ja den Hausgang.

PROFESSOR: Ja – ja –

BARONIN: Auf Wiedersehen – vielmehr: adieu.

Herbert Rosendorfer

Das Messingherz
oder
Die kurzen Beine
der Wahrheit

Roman

nymphenburger

Ein großer deutscher Gesellschaftsroman,
von der Kritik wegen seiner sprachlichen
und kompositorischen Originalität
einhellig begrüßt, jetzt in neuer Fassung.
Das literarische Kabinettstück eines der
wohl brillantesten deutschsprachigen
Schriftsteller.

nymphenburger

Herbert Rosendorfer im dtv

Foto: Isolde Ohlbaum